DISPARU

SÉRIE « LES MYSTÈRES DE LUCA »

DAN PETROSINI

DAN PETROSINI
MYSTERY & SUSPENSE AUTHOR
www.danpetrosini.com

Disponible en version numérique, imprimée et audio.

Première édition : 2025

ISBN Print: 978-1-960286-51-2

Naples, Florida, USA

LIVRES DE DAN PETROSINI

REMERCIEMENTS

Un grand merci à Julie, Stéphanie et Jennifer pour leur amour et leur soutien, ainsi qu'au sergent de brigade Craig Perrilli pour ses conseils sur le monde réel des forces de l'ordre. Grâce à lui, mon récit reste ancré dans la réalité.

1

STEWART

« Ce n'est pas en parcourant le mauvais chemin qu'on arrive à la bonne destination. »

— BEN GAYE, III

3 MAI

Je me suis agité sur ma chaise pendant que Kevin Greely présentait ses arguments à notre plus gros client. Il y avait un énorme contrat pour une usine de dessalement que nous voulions, non, dont nous avions besoin, mais les courbettes de mon patron me donnaient la nausée.

Mon téléphone a de nouveau vibré, pour la troisième fois en cinq minutes. J'ai balayé la table du regard. Tous les yeux étaient rivés sur la présentation PowerPoint, alors j'ai glissé la main dans ma veste pour y jeter un œil. J'ai fixé le numéro pendant qu'il vibrait.

C'était elle.

J'ai reculé ma chaise de la table de conférence, attirant l'attention que je redoutais tant.

« Euh, désolé. Je dois prendre cet appel. C'est une urgence familiale. Je reviens tout de suite. »

Les yeux de Greely m'ont transpercé tandis qu'il disait : « Dépêchez-vous, Stewart, on passe à votre domaine juste après. »

« Ça ne devrait prendre qu'une minute. » En me glissant hors de la pièce, j'ai su que j'allais devoir inventer quelque chose de crédible pour que Greely me fiche la paix. Mon Dieu, ce que je détestais faire le lèche-bottes. Ce boulot n'avait rien de spécial, juste un poste alimentaire, et en plus, la paie était merdique. Il fallait que je passe à autre chose, et vite.

J'ai rappelé le numéro et me suis recroquevillé près d'une colonne, les yeux rivés sur la porte de la salle de conférence.

« Robin ? »

Un frisson, mélange d'excitation et de nausée, m'a parcouru de l'estomac jusqu'au nez. J'avais l'impression d'être un élève de CM2 qui appelle la fille qui lui plaît depuis les toilettes. La citation « tout vient à point à qui sait attendre » m'a traversé l'esprit.

« Salut, Robin, désolé, j'étais en… »

« Phil n'est toujours pas rentré. Tu sais où il est ? »

« Tu es sûre ? »

« Il n'est pas rentré cette nuit encore et il ne s'est pas présenté au travail aujourd'hui. Mais bordel, où est-ce qu'il est ? Je crains qu'il ne lui soit arrivé quelque chose. »

Elle avait besoin d'être rassurée, et j'allais m'en charger.

« Je suis sûr qu'il va revenir… »

« Arrête tes conneries, Dom, tu m'as dit la même chose hier. Bordel, où est-ce qu'il est ? » Elle semblait affolée.

« Je ne sais pas, Robin. »

« Oh, allez ! Il te dit tout. »

En plein dans le mille. « Écoute, je suis sûr qu'il va bien, mais est-ce que tu as cherché, genre, dans les hôpitaux ? »

« Bien sûr. J'ai vérifié le NCH Downtown et North, le Lee Memorial, le Health Park, et même le Physicians Regional, bien qu'il n'irait jamais là-bas. Quelque chose ne va pas, je le sens. »

Je devais bien lui donner raison. « Je suis sûr qu'il y a une explication. Il faut que tu restes calme. Ne tirons pas de conclusions hâtives. D'accord, Robin ? »

« Je sais, mais écoute, tu peux me le dire. Je veux juste savoir. » Sa voix est montée d'un ton. « Est-ce que Phil déconne encore ? Est-ce qu'il s'est barré avec une autre de ses pouffes ? »

Je n'avais pas besoin qu'on me rappelle que Phil collectionnait les femmes comme des pièces de monnaie. Le plus fou, c'était que c'était complètement dingue de faire ça alors qu'il avait Robin.

Robin et Phil étaient mariés depuis dix ans, avec des hauts et des bas. Je me souviens du jour où ils se sont passé la bague au doigt. Robin était un sacré parti : belle et gagnant déjà un salaire mirobolant à seulement vingt-cinq ans. Le jour de ce mariage avait eu un goût doux-amer pour moi, parce que Phil était un ami de toujours, le frère que je n'avais jamais eu. Tous les deux formaient un couple si éblouissant que c'en était déprimant.

Mon pote, Phil Gabelli, n'était pas en reste non plus. J'ai toujours détesté être en compétition avec lui pour les filles quand on était jeunes. En fait, je n'ai jamais cessé d'être en compétition avec lui. Même marié à Robin, il venait encore chasser sur mes terres. Il avait Robin ; franchement, qui diable aurait-on pu vouloir d'autre ?

La porte de la salle de conférence s'est ouverte dans un grincement, et Greely, le visage sévère, a lancé :

« À vous, Stewart ! »

J'ai levé un doigt. Greely a secoué la tête, a pointé son pouce en arrière et a disparu. Mon Dieu, j'ai hâte de dire à ces mecs d'aller se faire foutre.

« Écoute, Robin, je sais que tu es contrariée, mais je suis sûr qu'il va réapparaître. Il le fait toujours. »

« Je ne sais pas quoi faire, Dom. Cette fois, c'est différent, je le sens. »

J'entendais la sonnerie de son portable en arrière-plan.

« Ne t'inquiète pas… »

« Attends une seconde. Oh, je dois te laisser. C'est l'inspecteur qui s'occupe de l'affaire. »

Inspecteur ? Affaire ? Est-ce que les inspecteurs s'impliquaient dans une simple disparition ? J'ai cherché mon inhalateur. C'était probablement normal. Robin était une fonceuse. C'était l'une des choses que j'aimais chez elle, même si Phil n'était pas du même avis. Elle pouvait y aller en force, en vous intimidant ou en usant de son charme, pour obtenir ce qu'elle voulait.

Phil s'en plaignait à moi, mais je savais que c'était la raison de sa réussite. Il ne savait pas comment s'y prendre avec elle, mais moi, je la trouvais facile à gérer. Comme je le disais à Phil, supporter ses petites manies était un faible prix à payer pour tout le fric qu'elle rapportait.

2

STEWART

« *Si vous trouvez un chemin sans obstacles, il ne mène probablement nulle part.* »

— FRANK A. CLARK

EN ME REGARDANT DANS LE MIROIR, MA BARBE NAISSANTE m'agaçait. Je me suis rasé, puis j'ai enfilé un beau jean et une chemise neuve que j'avais achetée dans une boutique de Waterside Shops. Je voulais avoir l'air chic et décontracté, quoi que ça puisse bien vouloir dire, parce qu'un inspecteur du nom de Frank Luca devait passer.

Luca mesurait environ un mètre quatre-vingts et était séduisant, comme Phil. Je me suis immédiatement demandé ce que Robin pensait de lui.

Je me suis avancé pour lui serrer la main, mais il a brandi sa plaque et est entré.

« Ça ne devrait pas être long, je suis juste venu obtenir quelques informations sur M. Gabelli. »

« Pas de problème, officier, ou inspecteur ? Comment dois-je vous appeler ? »

« Eh bien, si mon vieux était là, il dirait : "Appelez-moi comme vous voulez, mais faites le chèque au nom d'Espèces". » Luca a souri. « Inspecteur, officier, Frank, ça ne me fait aucune différence. »

« Entendu. Votre père est toujours de ce monde ? »

Luca a secoué la tête. « Non, ça fait cinq ans maintenant. J'ai encore du mal à y croire. »

« Ouais, je vois ce que vous voulez dire. J'ai perdu ma mère il y a deux ans et ça me fait toujours mal. J'aime bien ce qu'a dit la reine Elizabeth : "Le chagrin est le prix que nous payons pour l'amour". C'est une belle citation, n'est-ce pas ? »

Luca a hoché la tête et a sorti un carnet de sa veste.

« On commence ? »

J'ai sorti deux bouteilles d'eau et nous nous sommes assis à la table de la cuisine.

« C'est fou que Phil se soit barré, non ? »

« Vous dites "se soit barré" ; avait-il une raison particulière de s'enfuir ? »

« Eh bien, vous savez, Phil était, je ne sais pas, agité. Il ne pouvait pas tenir en place une minute, sauf s'il était sur un tabouret de bar à draguer une femme. » J'ai souri.

« Phil aimait boire et courir les jupons ? »

« Eh bien, il ne buvait pas tant que ça. Écoutez, Phil et moi, ça remonte à loin. Je veux dire, on est les meilleurs amis du monde. Il m'a sorti de tellement de pétrins que j'ai arrêté de compter. Je ne veux juste pas dire du mal de lui, ni rien. »

« Je comprends. J'essaie juste d'obtenir des informations sur lesquelles travailler. Tout ce que vous me direz restera entre nous. J'ai besoin de savoir s'il a pris la fuite ou si quelque chose lui est arrivé. »

Je me suis penché en avant. « Qu'est-ce que vous voulez dire ? Qu'il serait blessé ou… »

Luca a levé la main. « Ne nous emballons pas. Mon travail consiste à enquêter sur sa localisation et à suivre les pistes, bonnes ou mauvaises, où qu'elles mènent. Bien, vous disiez que votre ami aimait papillonner. »

J'ai souri. « C'est juste, mais pas pour Robin. C'est quelqu'un, elle, n'est-ce pas ? » Je voulais faire réagir Luca, mais il ne m'a laissé aucun indice sur ce qu'il pensait d'elle.

« Eh bien, Phil est unique en son genre. Disons qu'il n'a jamais eu de problème avec les femmes. Je suis sûr que vous voyez ce que je veux dire, n'est-ce pas, inspecteur ? Enfin, avec votre physique. Hé, vous savez quoi ? » J'ai claqué des doigts. « Vous ressemblez à George Clooney. Ouais, c'est ça. Ouah, son portrait craché. On doit vous le dire souvent. »

Luca a esquissé un léger sourire et a secoué la tête. Quel pète-sec.

Il a dit : « Continuez. »

« Disons simplement que Phil profitait pleinement de sa situation. C'est tout. »

« Sa situation ? »

« Vous savez, son physique, sa façon de faire avec les femmes. On pourrait appeler ça le style. En gros, il était irrésistible. »

« Et est-ce que sa femme était au courant de ses », Luca a mimé des guillemets avec ses doigts, « activités ? »

J'ai froncé les sourcils. « Ouais, elle savait. Robin se mettait en colère et menaçait de le jeter dehors, mais Phil parvenait toujours à se rattraper, en faisant les mêmes vieilles promesses. Et Robin tombait dans le panneau à chaque fois. »

« Vous pensez qu'elle en a peut-être finalement eu marre de passer pour une idiote ? »

« Quoi ? Vous ne pensez pas que... ? Non, impossible, elle ne ferait jamais de mal à qui que ce soit, ni à Phil, ni à personne d'autre. »

« Je suis obligé de poser la question. »

« Ouais, je sais que la plupart du temps c'est le conjoint, mais bon, il est probablement juste », j'ai baissé la voix d'un ton, « planqué avec une minette. »

« Robin a dit que vous et Phil étiez les meilleurs amis du monde et que si quelqu'un savait où il se trouvait, ce serait vous. »

Robin ? Il l'appelle déjà par son prénom ?

« Ouais, Phil et moi, on se connaît depuis l'école primaire. On a joué dans la petite ligue, on a fait le lycée ensemble et tout le reste. Robin vous a probablement dit que j'étais son témoin à leur mariage. »

Luca a hoché la tête en silence.

« Mais vraiment, je ne sais pas où il est allé. J'aimerais bien le savoir. »

« Savez-vous s'ils avaient des problèmes financiers ? »

J'ai secoué la tête. « Sûrement pas. C'est Robin qui fait bouillir la marmite, et elle gagne très bien sa vie. »

Luca a demandé : « Peut-être avait-il ses propres problèmes d'argent. »

« Non, elle gagne plus qu'assez, et ils partagent tout. »

« Vous savez s'ils mettaient leur argent en commun ? »

« Comme je l'ai dit, Phil me dit tout. »

L'inspecteur a hoché la tête. « Connaissez-vous quoi que ce soit ou quelque raison que ce soit qui expliquerait sa disparition ? »

« Pas vraiment. Il a eu quelques aventures qui ont duré un certain temps, mais je ne sais pas, j'imagine qu'il aurait pu se tirer avec une de ses nanas. Vous savez, ce n'était pas le meilleur des mariages, et parfois, il disait qu'il voulait tout plaquer. »

« Le preniez-vous au sérieux, ou était-ce le genre de choses auxquelles beaucoup de gens rêvent quand ils traversent une mauvaise passe ? »

J'ai haussé les épaules. « Je suppose que pas plus que le premier venu. »

Luca m'a demandé de nommer toutes les petites amies actuelles ou passées de Phil dont je me souvenais. Après avoir griffonné dans son carnet, Luca s'est levé, signifiant que notre entretien était terminé. Alors que je le raccompagnais à la porte, il a demandé : « Y a-t-il quelqu'un avec qui, à votre connaissance, il avait eu une embrouille ? Quelqu'un qui aurait pu avoir une raison de lui faire du mal ? »

Enfin, une bonne question. « Eh bien, pour être honnête, Phil pouvait parfois se la jouer gros malin. Il adorait chercher les gens. Vous voyez ce que je veux dire ? Rien de méchant, mais parfois les gens pouvaient mal le prendre. Vous comprenez ? »

« Quelqu'un qui, selon vous, aurait pu mal le prendre ? »

Je lui ai donné quelques noms et il est parti.

3

LUCA

Les affaires de disparition, ce n'est pas ma tasse de thé, mais comme il y a peu d'homicides sur la Gold Coast de Floride, ça me changeait des enquêtes sur les cambriolages. La plupart de ces affaires se résument soit à une fugue, soit à un meurtre, ce qui, comme je l'ai dit, est rare, surtout à Naples. Il y avait de fortes chances que ce type se soit simplement fait la malle.

En interrogeant la femme, je n'arrivais pas à imaginer que ce Phil Gabelli l'ait quittée. Sa femme s'appelait Robin, et bon sang, c'était une beauté. Cette femme a commencé à m'hypnotiser pendant que nous parlions, jusqu'à ce que je réalise qu'elle transpirait la personnalité de type A, ce qui a calmé mes ardeurs. Voyez-vous, les personnalités de type A pensent être plus intelligentes que tout le monde. Elles sont aussi connues pour être des planificatrices fanatiques. C'est ce qui fait leur succès, mais en tant qu'inspecteur de la criminelle, je savais que ce sont aussi celles qui pensent que leur planification méticuleuse leur permettra de commettre un crime en toute impunité.

J'ai réévalué la situation. Elle avait l'air assez effondrée, mais quelque chose clochait. La femme me cachait quelque chose, mais s'agissait-il simplement des détails personnels que personne ne nous donne au premier ou au deuxième entretien, ou de quelque chose de plus sinistre ? Elle était difficile à cerner. J'aurais besoin de passer plus de temps avec elle, mais il était encore tôt et, qui sait, son mari pourrait réapparaître d'une minute à l'autre.

La femme a insisté pour que je parle au meilleur ami de son mari, un type nommé Dom Stewart. Était-ce une manœuvre de diversion classique, ou essayait-elle vraiment d'élucider la disparition de son mari ?

J'ai regardé les photos que la femme de Gabelli m'avait données. Je ne suis pas de ce bord-là, mais il n'y avait aucun doute que ce gars était un beau gosse.

Allez, mon pote, parle-moi. Où diable es-tu ? Pourquoi tu n'appelles pas ta femme ?

Mettant les photos de côté, j'ai fini de remplir un avis de recherche. Puis j'ai passé le nom de l'ami, Dom Stewart, au système. Rien n'est ressorti, pas même une amende pour excès de vitesse. Stewart était un enfant de chœur.

Le soleil éclairait mon bureau et j'ai ajusté les stores. Je n'étais au paradis que depuis deux ans, et j'avais eu besoin de chacun de ces jours pour me remettre de la perte de mon coéquipier et meilleur ami, J. J. Cremora.

C'était dur d'aller travailler dans le New Jersey et de fixer le bureau vide de J. J. Sa mort soudaine, d'une crise cardiaque, avait été un choc dont je ne me suis toujours pas remis. Le fait qu'il soit mort le jour où mon divorce a été prononcé a scellé ma décision de déménager à Naples. Il y a eu des ajustements, mais la transition s'est mieux passée que prévu.

Ces gens du Sud sont bien plus vifs que le reste du pays ne

le pense, enfin, au bureau du shérif en tout cas. Après mon arrivée, ils m'ont fait tourner avec plusieurs coéquipiers temporaires, sachant que j'aurais besoin de temps. Finalement, ils m'ont mis en binôme permanent avec Mary Ann Vargas, qui, je dois l'admettre, était une bonne flic. Il se trouvait qu'elle était en vacances en ce moment, non pas que j'aie eu besoin de ma partenaire pour m'occuper de cette affaire.

En piochant dans les restes du repas de Cinco de Mayo de la veille, j'ai mis à jour le dossier avec le rapport et l'interrogatoire, et j'ai téléchargé une photo du disparu. Rien d'autre n'étant urgent, j'ai appelé ce Stewart et je suis retourné au soleil.

———

Stewart vivait à North Naples, dans l'une des centaines de résidences sécurisées qui donnaient aux gens un faux sentiment de sécurité. Je ne pouvais pas m'imaginer avoir des enfants et devoir composer avec les vigiles à deux balles à l'entrée pour les déposer et les récupérer. Le bon côté, c'est que Pelican Perch était un autre exemple de résidence magnifiquement entretenue, lumineuse et gaie.

Dom Stewart habitait une « coach home » de taille moyenne au premier étage. Partout ailleurs, ce type de résidence s'appelle une maison de ville. J'ai estimé que cet endroit valait environ trois cent cinquante mille dollars. C'est un autre truc, ici, tout le monde est obsédé par l'immobilier. Je ne me souviens pas de la dernière conversation où le prix d'une maison ne s'est pas glissé dans la discussion. Moi ? Coupable, c'était amusant d'en parler.

Quoi qu'il en soit, Stewart a ouvert la porte de sa maison rose corail une milliseconde après que j'ai sonné. Je n'ai jamais aimé ça quand ça arrivait ; ça me rendait méfiant. Stewart mesurait environ un mètre soixante-dix-huit, pesait soixante-douze kilos et avait les cheveux bruns. Il avait l'air du genre de type maniaque avec son garage. Vous savez, ceux qui ont le sol peint avec une finition ultrabrillante et où tout est accroché, rien par terre.

Stewart portait une chemise bleu clair à boutons et un jean à trois cents dollars. Essayait-il de faire bonne impression pour notre entretien, ou était-ce juste un de ces maniaques de la propreté ? Je lui ai montré mon insigne et nous nous sommes dirigés vers la cuisine. Mon Dieu, l'endroit était propre mais peu meublé et avait besoin d'être modernisé. J'ai baissé mon estimation de la valeur de l'endroit à trois cent vingt-cinq mille grand maximum.

Des affiches de type inspirant étaient accrochées partout. « Puissiez-vous vivre chaque jour de votre vie. » J'ai dû lire celle-là deux fois avant de la comprendre. « *La vie n'est pas de se trouver. La vie est de se créer.* » « La fortune sourit aux audacieux. »

Un aimant proclamant « *Carpe Diem* » était sur le réfrigé-rateur. Stewart a ouvert le frigo, révélant une étagère de bouteilles d'eau alignées comme des soldats. Il en a attrapé deux avant de s'asseoir.

Il n'avait pas l'air nerveux, mais soit il adorait parler, soit il s'efforçait de créer un lien avec moi. Il allait falloir que je canalise ce type, sinon j'en aurais pour toute la journée. J'ai pris quelques notes en cours de route, mais il semblait bien que ce bon vieux Phil se soit fait la malle avec une autre nana. Un tombeur, à ce qu'il paraît.

Il était intéressant mais pas surprenant d'apprendre que Phil était un peu grande gueule. Quand les choses vous viennent un peu trop facilement, beaucoup de types deviennent trop sûrs d'eux, et ça en irrite certains. Peut-être qu'il avait vraiment énervé quelqu'un. Ce ne serait pas la première fois qu'un Roméo se fait descendre pour avoir joué avec la Juliette d'un autre.

J'ai repensé à ce que Stewart avait dit sur les types qui n'appréciaient pas l'arrogance de Phil. Il avait donné trois noms, mais y avait-il quelque chose dans son langage corporel quand il a mentionné ce certain Turnberry ?

4

STEWART

« *Faire ce que l'on veut, c'est facile. Faire ce que l'on doit, c'est difficile.* »

— LARRY ELDER

ROBIN M'A ENVOYÉ UN TEXTO JUSTE APRÈS AVOIR VU LUCA POUR me dire qu'elle avait monté une équipe de recherche. Je ne peux pas dire que j'étais surpris ; ce n'était pas son genre de se tourner les pouces. J'étais content qu'elle m'envoie un texto, mais contrarié qu'elle ne m'ait pas prévenu à l'avance qu'elle y songeait. Quoi qu'il en soit, j'étais en route, mais il n'y avait aucun doute, cette histoire d'équipe de recherche me paraissait étrange, et je ne voulais pas y participer.

Robin vivait dans un joli coin de Pine Ridge Estates, où les terrains étaient vastes et où les maisons valaient entre un million et demi et neuf millions, voire plus. J'aimais bien cet endroit. Il était bien situé et avait sa propre atmosphère. En plus, le nom sonnait bien, un peu chic. Sa maison valait plus de trois millions ; j'avais vérifié.

Quand je suis arrivé devant la maison, l'allée en pavés gris était remplie de voitures. Une petite foule s'était rassemblée sous le porche. J'ai inspecté la maison en sortant de la voiture. Elle était toujours impeccablement entretenue, et aujourd'hui ne faisait pas exception.

Robin, un presse-papiers à la main, se tenait sur le seuil. J'ai accéléré le pas, atténuant mon sourire tout en saluant de la tête les gens que je croisais, et je me suis glissé à ses côtés pour une brève étreinte. Son portable a vibré. Bon sang, qu'est-ce qu'elle sentait bon.

Robin a terminé son appel avec un volontaire.

« C'est quoi le plan ? » ai-je demandé.

« Je ne peux pas attendre la police. Ils ont dit qu'ils le retrouveraient, mais l'idée qu'il soit quelque part, blessé... je... je ne pouvais pas le supporter. »

Elle a eu les larmes aux yeux. J'ai attrapé sa main et je l'ai serrée.

J'ai dit : « Alors, mettons-nous à chercher. Par où on commence ? »

« Je ne sais pas par où commencer. C'est trop. »

« Je sais, mais une chose à la fois. Et si on se séparait et qu'on commençait par les parcs et les zones boisées ? »

Elle a hoché la tête. « Oui, j'ai dit à Marty et Joe de prendre quelques-uns d'entre nous et d'aller à Wiggins Pass, Veterans et Gordon. Il faut qu'on vérifie autour de son travail. »

« Ce sont de bons endroits où chercher. »

Elle a dit : « Il y a aussi beaucoup de terrains non aménagés près du Tech Park sur Old Forty-One. »

Son portable a vibré, et elle a dit à son interlocuteur de prendre quelques autres personnes et de chercher Phil et sa voiture au parc Big Cypress dans les Everglades. Le parc était un immense marécage avec des accès par des passerelles en bois. Il leur faudrait cent personnes pour tout vérifier. Bon sang, la nuit allait être longue.

Je n'avais aucune envie de me promener dans des zones boisées et encore moins de patauger dans un marécage dégoûtant. Mon plan était de rester avec Robin. Alors que les équipes commençaient à se former, j'ai dit à Robin : « L'inspecteur Luca est passé me voir. »

« Vraiment ? Je suis surprise. Il n'avait pas l'air très intéressé. Qu'est-ce qu'il avait à dire ? »

Pas intéressé ? Il devait forcément être intéressé par elle.

« Pas grand-chose, il a juste posé un tas de questions. Je lui ai donné autant d'informations que je pouvais. »

« Comme quoi ? »

« Tu sais bien. »

« Si je le savais, je ne te poserais pas la question. Allez, Dom. »

« Je veux dire, on sait tous les deux que Phil aimait, tu sais, » j'ai mimé des guillemets avec mes doigts, « vadrouiller. Je lui ai juste dit ce que je savais. C'est tout. »

Un volontaire s'est approché et a parlé avec Robin.

Après avoir congédié la nouvelle recrue, Robin a dit : « Bon, allons-y. »

« Qu'est-ce que tu veux dire ? »

« On va chercher. »

« Tu ne vas pas y aller, si ? »

« Bien sûr que si. Je ne peux pas rester assise ici. »

« Mais tu dois rester ici. C'est le, tu sais, le poste de commandement. »

« Tu crois ? »

Dans le mille, elle m'écoutait déjà. « Évidemment. Tu es la personne idéale pour tout diriger d'ici. »

Elle a eu un bref sourire. « Si tu le penses. »

« Absolument. On devrait rester ici tous les deux. »

« Non, non. Tu ne peux pas rester ici, Dom. Personne ne connaît Phil comme toi. Tu sauras où chercher. Je vais demander à Peg de rester avec moi. »

Zut. Même si j'en avais très envie, je ne pouvais pas contredire ce raisonnement.

Et me voilà parti avec dix autres bons samaritains qui ont commencé à crier le nom de Phil avant même d'avoir quitté l'allée de Robin.

IL FAISAIT une touffeur d'enfer et mes chaussures étaient couvertes de boue. On a dû marcher une quinzaine de fichus kilomètres à travers les terres agricoles au sud d'Immokalee Road et d'Everglades Boulevard. Pourquoi quelqu'un pensait que Phil pouvait être là était un mystère pour moi. J'ai joué mon rôle, en criant son nom toutes les deux minutes, mais je savais que c'était futile. C'était une corvée et je devais sans cesse me rappeler la citation de Kaplan : « *Si ma vision d'ensemble est la bonne, ma patience sera récompensée.* »

Je commençais à avoir faim. J'ai appelé Robin trois fois pendant que nous marchions péniblement, soi-disant pour voir si quelqu'un avait des nouvelles. Même si elle était stressée, sa voix avait toujours la douceur de l'eau sucrée. J'avais hâte que tout ça se termine.

Le soleil déclinait et j'ai suggéré que nous fassions un crochet par la droite pour rentrer. Je n'avais jamais été aussi heureux de voir la lumière du jour se transformer en un gris terne au moment où nous remontions dans nos voitures. Mourant de faim, je suis retourné chez Robin.

Toutes les équipes de recherche étaient rentrées depuis des

heures, mais il y avait encore une douzaine de personnes chez Robin. Rentrez chez vous, les amis. Vous ne voyez donc pas qu'elle a besoin de temps pour décompresser ? Malheureusement, sa sœur, Peggy, qui était venue de Savannah, logeait maintenant chez elle.

Mentalement parlant, elles étaient jumelles, mais Peggy n'avait rien d'exceptionnel, même si elle avait de l'argent. J'ai estimé qu'elle resterait quatre ou cinq jours tout au plus, car elle avait un poste important à la tête d'une chaîne d'hôpitaux. Robin disait qu'elles n'étaient plus très proches, mais les liens du sang sont sacrés, alors je devais garder mes distances.

Nous avions l'habitude d'aller dans ce restaurant chinois ; Robin adorait leur porc moo shu. Je savais qu'elle apprécierait, alors j'ai commandé ça et quelques autres plats. La nourriture a détendu l'atmosphère, mais même si ça me coûtait, je savais que je devais partir avant les autres.

5

LUCA

DE RETOUR SUR L'US 41, LA RADIO S'EST MISE À CRÉPITER, chassant l'image de la silhouette parfaite de Robin de ma tête. Encore un code 38 à Golden Gate. Une voiture était en route, mais le central n'était pas sûr que ce trouble à l'ordre public implique une prise d'otages et demandait à toute unité dans le secteur de se rendre sur place.

Le centre commercial Coastland était en vue. J'ai allumé le gyrophare et j'ai écrasé l'accélérateur. Alors que je m'engageais à toute vitesse sur le pont, j'ai vu une voiture de patrouille, gyrophares allumés, sur Airport Pulling. Elle a rattrapé son retard et n'était plus qu'à environ huit cents mètres derrière moi quand j'ai tourné sur Coronado Parkway. Au moment où j'ai pris à droite sur Tropical Way, elle me collait au pare-chocs.

Je me suis garé sur une place derrière deux autres voitures de patrouille devant le 16715 Tropical, une maison que j'ai rapidement estimée à bien moins de trois cent mille dollars. En sautant de la voiture, j'ai jeté un œil entre les maisons ; la circulation passait à toute allure sur Santa Barbara Boulevard. Deux agents en uniforme se tenaient de part et d'autre de la porte d'entrée, suppliant la personne à l'intérieur d'ouvrir.

« Yo, Luca. »

Je me suis retourné. C'était Bill Bailey.

« Répétition générale pour les 500 miles d'Indianapolis ? »

« Je ne conduis pas comme une grand-mère quand mes collègues ont besoin de moi. »

Bailey était un collègue un peu trop zélé à mon goût.

« Ouais, eh bien, si tu avais heurté une bosse, ou si une vraie grand-mère s'était engagée sur la route, je serais en train de me demander quel costume porter à ton enterrement. »

Un agent au visage rubicond, qui ne pouvait pas avoir plus de trente ans, est arrivé en trottinant de la porte d'entrée. Je me suis présenté pendant que les deux jeunes coqs se tapaient dans le poing.

« Reilly. »

« Quelle est la situation ? »

L'agent Reilly a expliqué que quelqu'un, qu'il supposait être le mari, avait répondu à la porte et dit qu'il allait ouvrir, mais ne l'avait jamais fait. Reilly a demandé à parler à la femme, qui avait appelé le 911, mais l'homme a prétendu qu'elle était occupée avec les enfants.

« Ce type a un nom ? »

« Oh, pardon, inspecteur. Watkins, John. Caucasien, quarante-deux ans. »

« Il travaille ? »

« Euh, je ne sais pas. »

« Eh bien, découvrez-le. S'il s'agit d'une prise d'otages, nous allons avoir besoin d'autant d'informations que possible. » Je me suis dirigé vers la porte.

Il n'y avait pas de fenêtres latérales pour jeter un coup d'œil, alors j'ai sonné. Vingt secondes plus tard, j'ai frappé deux fois à la porte avec le talon de ma main. Une voix de fumeur a répondu : « Qu'est-ce que vous voulez ? »

« Je veux juste m'assurer que tout le monde va bien. »

« Tout va bien. Il n'y a pas de problème. »

« Je vais devoir le constater par moi-même. »

« Pourquoi ? Je veux qu'on respecte ma vie privée. »

« Je comprends, monsieur. Cependant, il semble que votre femme ait appelé le neuf-un-un en disant qu'elle se sentait menacée. »

« C'est n'importe quoi. »

J'ai haussé le ton de quelques crans. « Je vais vous le demander une dernière fois. Ouvrez la porte, ou je la ferai défoncer. »

« Laissez-nous tranquilles. »

J'étais sur le point de le menacer quand une douleur aiguë m'a frappé à l'abdomen. Je me suis plié en deux une seconde.

Reilly est arrivé derrière moi. « Ça va, Luca ? »

« Ouais, des gaz. Faut que j'arrête la bouffe mexicaine. »

Reilly m'a dit que Watkins venait de commencer un nouveau travail de nuit chez FedEx et m'a demandé s'il devait appeler des renforts. Je lui ai dit d'attendre une minute et j'ai de nouveau tambouriné à la porte.

« Je vous ai dit que tout va bien, alors laissez-nous tranquilles. »

« Écoutez, ne transformons pas ça en quelque chose que vous allez regretter. Inutile de faire savoir à FedEx que les flics sont chez vous, n'est-ce pas ? »

« Hé, ne jouez pas avec mon travail, mec. J'en ai besoin. »

« C'est vous qui décidez. Vous ouvrez, et il n'y a aucune

raison de faire savoir à FedEx que vous vous êtes disputé avec votre femme. »

Le verrou a cliqué et la porte s'est ouverte d'une quinzaine de centimètres. J'ai calé mon pied dans l'entrebâillement, manquant d'écraser les orteils nus de Watkins. Watkins était une petite merde maigrichonne. Une barbe d'un jour et ce qui ressemblait à une colombe tatouée sur le cou.

« Vous voyez, il ne se passe rien, alors pourquoi vous ne nous laisseriez pas tranquilles ? »

« J'aimerais voir Madame. »

« Pour quoi faire ? »

« Eh bien, c'est elle qui a porté plainte. »

Il a baissé la voix et a ouvert la porte de quinze centimètres de plus. « Elle s'emporte un peu de temps en temps. Vous voyez ce que je veux dire ? »

En même temps que je disais : « Oh que oui », j'ai ouvert la porte d'un coup sec.

« Sortez, Monsieur Watkins. »

« C'est ma maison. Vous ne pouvez pas me forcer à sortir de ma propre foutue maison. »

« Reilly, voulez-vous, vous et Bailey, arrêter ce monsieur pour refus d'obtempérer à un ordre de la police ? »

« D'accord, d'accord. Je peux mettre des chaussures d'abord ? »

« Dehors, Watkins. Maintenant. »

Je suis entré dans la maison et j'ai appelé : « Madame Watkins ? C'est l'inspecteur Luca. On peut vous parler un instant ? »

La porte de la chambre s'est ouverte lentement et une femme rousse d'une quarantaine d'années est entrée dans le salon. Elle avait pleuré. Je l'ai suivie du regard, en me disant qu'elle devait faire de superbes tartes aux pommes. Des débris de verre avaient été balayés en un tas et un balai était posé contre le canapé.

« Est-ce que vous allez bien ? »

Elle a hoché la tête.

« Et les enfants ? »

« Ils sont tous les deux à l'école. »

« Qu'est-ce qui s'est passé pour que vous appeliez le 911 ? »

« Je n'aurais pas dû appeler. C'était une erreur. Je ne veux pas que John ait des ennuis. Il n'a rien fait de mal, en réalité. »

Je me suis massé le ventre ; bon sang, ce que j'avais mal. « Calmez-vous. Voyons si on peut régler ça entre nous. D'accord ? »

Son visage s'est éclairé.

« Ce n'était vraiment rien. John est rentré du travail vers cinq heures du matin. Il a besoin de décompresser. Il n'arrive pas à s'endormir tout de suite, c'est comme si son rythme était décalé à cause du travail de nuit. »

J'ai hoché la tête.

« Il regardait la télé, comme d'habitude, mais le son était un peu fort, alors je me suis levée et je lui ai demandé de le baisser. »

« Et il l'a fait ? »

Elle a froncé les sourcils. « Pour m'embêter, il l'a augmenté. Alors, je me suis un peu énervée. Je ne voulais pas que les enfants se réveillent. »

« Qu'avez-vous fait ? »

« J'ai débranché le décodeur. »

« Et ? »

« Eh bien, il, vous savez, ça l'a contrarié. Je n'aurais pas dû faire ça. Ça prend trop de temps au décodeur pour redémarrer. »

« A-t-il été violent avec vous ? »

Elle a baissé les yeux vers ses pieds. « Non, pas vraiment. »

« Ça va, vous pouvez me dire ce qu'il s'est passé. Il n'arrivera rien à John. »

« Ce n'était rien, vraiment. Il s'est levé et l'a rebranché, j'ai essayé de le débrancher à nouveau, et on a attrapé la prise en même temps, vous savez, on s'est bousculés, j'ai perdu l'équilibre, percuté la table et le vase est tombé. » Elle a regardé le tas de verre et ses yeux se sont embués de larmes.

« Ce n'est pas grave. Qu'est-ce qui s'est passé ensuite ? »

Elle a reniflé. « Ce vase venait de ma mère. C'est elle qui me l'avait donné. C'est la seule chose que j'ai d'elle. Quand il est tombé, je me suis vraiment mise en colère, mais tout est de ma faute. »

« Mais quand vous avez appelé le 911, vous avez dit que vous vous sentiez menacée, que vous aviez peur, pour vous et les enfants. »

« Les enfants se sont levés et ils, ils pleuraient parce qu'on se disputait. Alors je les ai recouchés et je suis restée dans la chambre de ma fille jusqu'à ce qu'il soit l'heure pour eux d'aller à l'école. »

« Les enfants sont partis à l'école, et ensuite ? »

« Eh bien, j'étais vraiment en colère pour le vase, et il dormait, et je sais que c'était stupide, mais j'ai mis la télé très fort. C'était stupide. Je ne sais pas pourquoi j'ai fait ça. C'était puéril, mais je voulais me venger. »

« Continuez. »

« Alors, il s'est réveillé et a commencé à crier. Il avait raison, il avait besoin de se reposer et tout. Je ne sais pas ce qui m'a pris, mais j'ai mis le volume à fond. Il est sorti de la chambre en trombe, il m'insultait et m'a poursuivie. J'ai couru dans la salle de bain et il tapait à la porte. Je lui ai dit que j'allais appeler la police et il m'a répondu d'y aller. » Elle a haussé les épaules. « Alors, je l'ai fait. »

« A-t-il posé la main sur vous ? »

« Non, non. »

« Et sur les enfants ? »

« John ne ferait jamais ça. »

« Vous a-t-il poussée contre la table ? »

« Non, comme je vous l'ai dit, on s'est en quelque sorte bousculés. »

« Voulez-vous que je l'emmène au poste, vous savez, pour qu'il se calme un peu ? »

« Non, il s'est calmé. Je veux dire, il était en colère que j'aie appelé, et il a raison, c'était stupide, mais je ne savais pas quoi faire d'autre. »

« Le 911 n'est pas un jeu, madame, mais je vous en prie, si vous sentez un danger pour vous ou les enfants, n'hésitez pas à appeler. »

Elle a hoché la tête.

« Restez ici une minute. Je vais parler à votre mari. »

John Watkins avait taxé une cigarette à Bailey et s'appuyait sur le pilier de l'entrée.

« Et si vous ouvriez le garage ? »

« Ouvrir le garage ? Qu'est-ce que vous croyez y trouver ? Des cadavres ? »

« À moins que vous ne vouliez que les voisins vous voient monter à l'arrière d'une voiture de police, je dirais qu'on devrait avoir une petite discussion à l'abri de leurs regards. »

Watkins a tapé un code et la porte du garage s'est levée, révélant une tondeuse à gazon, un assortiment de vélos et des meubles d'enfant en plastique.

« Alors, si vous me disiez pourquoi le comté a trois agents de police ici ? »

Son histoire ne différait pas beaucoup de celle de sa femme, sauf en ce qui concernait le vase. Il a dit qu'il l'avait cogné par accident, mais je savais qu'il l'avait cassé exprès. C'était stupide et vengeur, mais bien mieux que de frapper sa femme.

« Vous savez, John, je ne suis pas du genre à donner des conseils sur le mariage, mais s'il y a bien une chose que je peux vous dire, c'est que ça ne va pas s'arranger si vous ne respectez pas les choses auxquelles votre femme tient. Réveillez-vous, vous avez cassé la seule chose que sa mère lui avait laissée. »

« Non, je ne l'ai pas fait exprès. C'était un accident. »

Alors que je levais la main en signe d'apaisement, ma douleur au ventre s'est aiguisée.

« Écoutez, allez-y, réconciliez-vous avec votre femme. Achetez-lui quelque chose qu'elle aime pour remplacer le vase. Faites-lui une surprise. »

Il a hoché la tête comme une de ces figurines à tête branlante.

« Allez-y, faites la paix avant que vos enfants ne sortent de l'école. »

« Merci. »

Ma douleur s'est calmée, et alors qu'il se dirigeait vers la porte, j'ai dit : « Dites, John, vous aimez les tartes ? »

« Euh, oui, bien sûr. »

« Quelle est votre préférée ? »

« Je dirais aux pommes ou aux myrtilles. »

« Est-ce que votre femme fait de la pâtisserie ? »

« Oh oui, c'est une excellente pâtissière. »

J'ai souri et je suis parti.

———

En arrivant sur Goodlette-Frank Road, je me suis souvenu que Ron Vespo, l'un des contacts que Dom, le pote de Phil, m'avait donnés, vivait à Calusa Bay. J'ai contacté la centrale par radio pour avoir son numéro et j'ai prévenu Vespo que j'allais passer.

Calusa Bay était une résidence d'anciennes maisons jumelées bleu ciel dans un emplacement de premier choix. Vu l'endroit, je trouvais que les logements devraient se vendre plus cher que les trois cent cinquante à quatre cent mille dollars auxquels ils partaient. Je caressais l'idée que ça pourrait valoir le coup d'en acheter un comme investissement.

Vespo habitait dans un appartement au premier étage qui donnait sur le clubhouse. Je pouvais entendre des enfants jouer à Marco Polo dans la piscine quand j'ai sonné.

En jetant un œil à travers la vitre sur le côté de la porte, j'ai vu Vespo rentrer sa chemise dans son pantalon en bon petit soldat alors qu'il approchait.

J'ai brandi ma plaque et j'ai dit : « Merci de me recevoir avec si peu de préavis. »

« Pas de problème, inspecteur. Tout ce que je peux faire pour aider Phil. C'est flippant, cette disparition soudaine. »

Le mobilier de l'appartement était démodé, et deux buffets bas étaient surchargés de trophées sportifs, principalement de baseball.

« Je crois comprendre que ce n'est pas la première fois que Phil fait ça. »

Vespo a penché la tête tandis que je clarifiais : « Deux autres contacts m'ont dit que Phil a déjà pris la poudre d'escampette, pour s'encanailler avec une femme ou deux. »

« Ah oui, tout le monde savait qu'il aimait sauter la clôture, mais jamais plus de deux ou trois jours, et en général il racontait une connerie à sa femme. »

« Robin ? »

Il a souri. « C'est une œuvre d'art, pas vrai ? »

J'ai senti que j'acquiesçais et j'ai dit : « Alors, depuis combien de temps connaissez-vous M. Gabelli et quelle est la nature de votre relation ? »

Vespo m'a dit qu'il avait rencontré Phil à l'hippodrome de Bonita il y a sept ou huit ans, par l'intermédiaire d'un ami commun, un certain Antonio Depas. Vespo a ajouté que Phil venait régulièrement à l'hippodrome, souvent avec une fille différente à son bras.

C'était une facette de Gabelli dont je n'avais pas entendu parler. J'ai creusé un peu. « De quel montant étaient les paris que plaçait Gabelli ? »

Il a haussé les épaules. « Pas plus que tous les autres avec qui on traînait. »

« C'est quoi un pari normal pour votre bande ? »

« J'sais pas, une centaine de dollars par course. »

« D'où je viens, c'est beaucoup. Un gars pourrait perdre mille dollars en une journée. »

« Nan, sur douze courses, t'es obligé de gagner un truc. En plus, on se débrouille plutôt bien à ce jeu. »

Ouais, tellement bon aux jeux d'argent que ton canapé est plus vieux que ma grand-mère.

« Phil allait souvent à l'hippodrome ? »

« Deux ou trois fois par semaine. »

« Ça a l'air beaucoup pour un type qui a un boulot normal. »

Vespo a haussé les épaules. « Il ne restait pas toute la journée. Il passait, plaçait quelques paris et se barrait. »

« Il ne regardait pas les courses ? »

« Juste une ou peut-être deux. »

« On dirait qu'il aurait pu simplement appeler son bookmaker. »

Les yeux de Vespo se sont plissés, mais il est resté silencieux. Il y avait quelque chose. J'ai dit : « Écoutez, la dernière chose dont j'ai envie, c'est de me lancer à la poursuite d'un bookmaker. Alors, est-ce que Phil en avait un ? »

« Il en avait un, et il y a un an, peut-être deux, il a eu un problème avec lui. »

« Un problème ? »

« Il a eu une mauvaise passe, c'est tout. »

« Phil faisait des paris en douce et s'est retrouvé avec une dette sur les bras ? »

Vespo a hoché la tête.

« Comment s'est-il sorti de ce pétrin ? »

« À votre avis ? Sa femme est friquée. »

« Y a-t-il quoi que ce soit que Phil ait fait d'inhabituel, vous savez, n'importe quoi, comme un comportement étrange ou quelque chose de secret ? »

« Nan, pas vraiment, il est plutôt réglo. »

« Vous êtes sûr ? »

« Ouais, le seul truc bizarre, c'était il y a un peu plus d'un an. Vous voyez, quand on est à l'hippodrome, on consulte toujours le programme des courses et on décide combien on parie et sur quel cheval. Ensuite, il y en a un de nous qui va au guichet et qui achète les tickets pour tout le monde. »

J'ai hoché la tête.

« Eh bien, un jour, c'était un samedi, je m'en souviens parce qu'il est resté tout le temps. Bref, il n'arrêtait pas de dire qu'il devait aller aux toilettes, genre, quasiment avant chaque course. Alors, on le charriait pour sa prostate. Toujours est-il qu'avant une course, il a dit qu'il allait pisser un coup et il est parti. Mais quand je suis allé chercher une bière, je l'ai vu à un des guichets en train de faire d'autres paris. »

« Vous l'avez confronté ? »

« Ce n'est pas mon rôle. Je ne suis pas son père. »

Nous avons encore discuté un peu, mais rien d'autre n'est ressorti, à part le fait que Phil semblait avoir attrapé le virus du jeu. J'ai obtenu le nom du bookmaker que ces gars utilisaient — c'en était un que je connaissais — ainsi que les coordonnées d'Antonio Depas avant de remonter dans la voiture.

6

STEWART

« La réussite est le fruit du travail qui concrétise l'ambition. »

— *ADAM ANT*

TROIS LONGUES ET ÉPUISANTES JOURNÉES À RATISSER LE COMTÉ de Collier et une partie de celui de Lee ont contribué à vider Robin de toute émotion. C'était triste, et ça me faisait un peu de peine qu'elle soit si désespérée, mais elle avait besoin d'un retour à la réalité. Autre point positif, sa sœur mettait enfin les voiles. Je savais que la solution était de revenir à la normale aussi vite que possible.

Deux jours plus tard, le bureau du shérif a dit à Robin qu'ils suivaient des pistes, mais n'a offert aucune preuve tangible de quoi que ce soit de solide. Bien que ça ait été initialement déprimant pour elle, j'ai pensé que ça aidait. Les choses ont continué à se calmer jusqu'à ce que Robin et son ami pasteur, qui avait des vues sur elle à mon avis, organisent une veillée nocturne.

Ça ne m'enchantait pas trop, car d'un état de détresse, elle avait commencé à reprendre un peu pied. Ma préoccupation, outre ce pasteur, était qu'elle redevienne émotive et fasse un pas en arrière. Comment les choses pourraient-elles jamais revenir à la normale si elle était constamment sur les nerfs ?

Il m'a fallu une bonne demi-heure avant de me décider pour un pantalon gris foncé et une chemise blanc cassé. Aucune pluie n'était prévue, il semblait donc prudent de porter mes nouveaux mocassins Gucci. C'était une folie que je ne pouvais pas me permettre, mais ils avaient vraiment de la gueule.

La veillée se tenait au parc Cambier, et il y avait bien plus de monde que ce à quoi je m'attendais. Entre la centaine de personnes tenant des bougies et les dizaines de touristes curieux, le parc était plus qu'à moitié plein. Deux semaines s'étaient écoulées depuis la disparition de Phil, alors peut-être que les gens pensaient que c'était une sorte d'enterrement.

L'endroit avait l'air sinistre. Le kiosque à musique où se tenaient Robin et son pasteur n'était pas entièrement éclairé. J'ai monté les marches quatre à quatre jusqu'à la scène alors que le pasteur menait l'appel à l'intervention de Dieu et au retour de Phil sain et sauf. On pouvait toujours rêver. Je me suis tenu sur le côté et j'ai balayé la foule du regard. Il y avait vraiment toutes sortes de gens.

En passant les visages en revue, j'en ai reconnu une poignée de familiers. J'ai jeté un œil à des abrutis qui avaient apporté des chaises pliantes, comme si c'était un concert ou un truc du genre, et j'ai repéré l'inspecteur Luca adossé à un banian géant.

Qu'est-ce qu'il faisait là ? Il tenait un gobelet dans sa main et fixait la scène pendant que la prière s'éternisait. Ce serpent essayait probablement de se rapprocher de Robin.

Quand la prière s'est terminée, un chanteur que je ne

connaissais pas s'est approché du micro et a commencé à entraîner la foule sur « He's Got the Whole World in His Hands ».

J'ai chanté avec eux tout en étudiant Luca, qui, lui, ne chantait pas. Quand son regard a commencé à se tourner vers moi, je me suis mis à pleurer. Je n'ai pas piqué une crise de larmes non plus, mais soudain, tout est remonté. Je me suis avancé vers Robin – j'avais besoin d'elle, nous avions besoin l'un de l'autre pour traverser ça.

Un cercle de personnes entourait Robin, toutes ayant grandement besoin de mouchoirs. Je ne pouvais pas m'approcher d'elle. Soudain, le pasteur a pris le micro et a entraîné tout le monde dans la récitation du Notre Père. Je ne suis pas une grenouille de bénitier, mais je peux vous dire que les poils de ma nuque se sont dressés. J'ai cherché Luca des yeux près du banian, mais il n'était plus là.

Il a bien dû y avoir encore au moins un quart d'heure de chants et de prières avant que Robin ne prenne le micro et remercie tout le monde d'être venu. Enfin, c'était fini ; ça, c'était une chose pour laquelle on pouvait remercier Dieu. Je crevais de faim et j'espérais pouvoir manger un morceau en tête-à-tête avec Robin. Une horde de gens l'entourait constamment. Elle avait besoin de décompresser un peu. On en avait tous les deux besoin.

J'ai fendu le petit groupe et lui ai fait une bise sur la joue. J'ai essayé d'attraper sa main, mais elle l'a retirée et a dit au pasteur : « Paul, je te présente Dom Stewart. Lui et Phil étaient, euh, sont de bons amis. »

« Enchanté de vous rencontrer, Révérend. De quelle église dépendez-vous ? »

Il avait de toutes petites mains, et j'ai réprimé un rire

tandis qu'il baratinait à propos de son église sur Bonita Beach Road.

J'ai tapoté l'épaule de Robin. « Qu'est-ce que tu dirais d'aller manger des sushis ? Juste nous deux. »

« Des sushis, ça me dit bien, mais les autres alors ? »

« Comment ça ? »

« Je ne peux pas les laisser comme ça. Ils sont venus pour moi, pour Phil. »

« Pourquoi pas ? »

Elle m'a lancé un regard noir, et j'ai dit : « Je plaisante, détends-toi. »

À mon grand dam, le pasteur a suggéré d'aller au Mel's Diner. Je n'avais aucune envie d'y aller, sauf pour garder un œil sur ce pasteur, mais j'ai suivi, avec une dizaine d'autres personnes.

Alors que je marchais vers le parking derrière la Cinquième Avenue, j'ai vu Luca qui traînait près de l'entrée de service du Hob Nob. Je ne savais pas quoi faire. M'avait-il vu ? Ça paraîtrait suspect si je faisais demi-tour, alors j'ai décidé de continuer à marcher. Juste au moment où je traversais la rue, une blonde en jupe courte a passé la tête par une porte, et l'inspecteur l'a suivie à l'intérieur.

7

STEWART

« La meilleure façon de prédire l'avenir est de l'inventer. »

— ALAN KAY

SUR LE CHEMIN DU RETOUR, J'AVAIS BEAU CHANGER DE STATION de radio, je n'arrêtais pas de penser à Phil. Après avoir passé du temps avec Robin, d'habitude, j'étais sur un petit nuage, mais maintenant, j'avais de nouveau envie de pleurer. Aucun clignement d'yeux ne pouvait effacer l'image de son visage gravée dans mon esprit. J'étais en train de devenir un putain de cas désespéré, à sucer mon inhalateur comme une foutue sucette. Je me lamentais sur le fait que si Phil avait suivi mon conseil, nous n'en serions pas là.

Le souvenir était encore vif, après tout ce temps. Ce n'était pas un sujet facile à aborder, mais j'avais bien préparé le terrain, en dépensant beaucoup d'énergie à débattre des détails du comment, du où et du quand.

Phil, malgré tous ses défauts, faisait beaucoup de bénévolat avec les enfants. Qui sait pourquoi ? Probablement la culpabilité de tromper Robin. Phil donnait un coup de main aux Boy Scouts, à l'association Big Brother, et il allait tous les mardis après-midi au centre de garde d'enfants d'Immokalee.

Le plan, c'était de se retrouver au centre, de manger un morceau, et ensuite on allait au casino pour une petite partie de blackjack et pour draguer un peu.

Une odeur de cumin et d'ail flottait dans l'air alors qu'on s'installait dans une banquette en cuir vert chez Mi Ranchito. Comme on connaissait bien le menu, on a commandé rapidement. La serveuse a posé un bol de chips et de salsa et Phil s'est mis à me parler d'une nouvelle fille qu'il avait rencontrée au travail. Et c'est exactement là que j'ai eu l'occasion parfaite.

« Écoute, Philly, je ne veux pas être indiscret ou quoi que ce soit, mais qu'est-ce que tu fabriques, mec ? »

Phil a attrapé un tortilla chip. « De quoi tu parles ? »

« Allons, mec, tu déconnes tout le temps. »

Il a souri. « Ouais, et alors ? »

« Il faut que tu arrêtes. Ce n'est pas bien, mec. Tu vas avoir des ennuis, je te le dis. »

Il m'a fait un signe de la main pour que je laisse tomber et a plongé un chip dans la salsa. « Je m'amuse un peu, c'est tout. Il n'y a pas de mal à ça. Tu dis toujours qu'il faut saisir sa chance. »

« Mais ce n'est pas juste pour Robin. »

« Ne t'en fais pas pour ça, je gère la situation avec elle. »

« Ah ouais ? Tu la traites comme une serpillière. » Je me suis penché vers lui et j'ai baissé la voix. « Elle mérite mieux, mec. Au lieu de lui en faire voir de toutes les couleurs, pourquoi tu ne la quittes pas, tout simplement ? »

Les yeux de Phil se sont plissés. « Mais putain, pour qui tu te prends ? Mêle-toi de tes oignons. »

Je me suis figé. Il ne s'était jamais énervé contre moi comme ça de toutes les années où on se connaissait.

« Je, euh, je dis juste que ce serait mieux pour nous tous si, tu sais, si tu mettais simplement fin à ton mariage. »

Il a mis les mains sur ses hanches. « Nous tous ? Qu'est-ce que ça veut dire, ça, putain ? »

« Rien, Philly, ça ne veut rien dire. Écoute, oublie ça, mec. Désolé, je me suis mêlé de tes affaires. »

Phil a secoué la tête et a glissé hors de la banquette.

« Où est-ce que tu vas, Philly ? »

C'était une catastrophe, et notre amitié ne s'en est jamais vraiment remise. Je ne voyais pas où je m'étais trompé. Ça me semblait logique. C'était un mari épouvantable et il flirtait toujours avec d'autres femmes, même si elles n'arrivaient pas à la cheville de Robin.

C'était insensé, et les choses ont empiré.

Non seulement il était furieux, mais il en a rajouté une couche en le disant à Robin, la mettant sur le sentier de la guerre contre moi. Je ne comprenais pas pourquoi Robin ne voyait pas que je veillais sur elle. Elle était folle de rage et m'a accusé d'essayer de briser son mariage. Moi qui pensais avoir un plan génial pour rendre tout le monde heureux, et ça m'a pété à la figure.

Après cet épisode, même si elle l'a surpris à déconner plusieurs fois, ça n'a jamais semblé être aussi bien qu'avant entre nous. J'étais déconcerté.

Dernièrement, on ne s'était pas beaucoup vus, et je pensais que ça s'arrangerait bien avec le départ de Phil, mais ça n'a pas été le cas. Un vide nous séparait, sur lequel il faudrait que je travaille. C'était le bazar maintenant, mais je savais que ça finirait par s'arranger. Je me suis garé devant chez moi, me rappelant d'appeler l'inspecteur Luca le lendemain matin. Il y avait quelque chose que je devais lui dire.

8

LUCA

Soit Stewart était plus malin qu'il n'en avait l'air, soit il se croyait plus malin qu'il ne l'était. Quelque chose clochait. La question était de savoir si c'était juste un peu, ou si on était à des années-lumière de la vérité.

Quand je lui avais demandé pourquoi il n'avait jamais mentionné que Phil aimait jouer, il avait répondu qu'il ne pensait pas que ce fût important. Puis, quand j'avais suggéré que son ami aurait pu se retrouver avec des dettes jusqu'au cou et avoir de gros ennuis, Stewart avait dit que c'était impossible. Ils avaient largement assez d'argent, et s'il perdait gros, ce n'était pas un problème.

Il semblait couvrir les frasques de son ami au jeu. D'après Vespo, son copain Phil était à l'hippodrome plusieurs fois par semaine, et Stewart n'en avait jamais parlé ? Stewart s'était contenté de dire que de temps en temps, ils allaient au casino d'Immokalee, mais que Phil ne misait jamais de grosses sommes et s'intéressait plus aux serveuses de cocktails qu'aux tables de jeu.

Ça ne collait pas, et la question était maintenant de savoir si cela avait une signification ou non. Si Phil avait eu des ennuis à cause du jeu, je ne voyais pas pourquoi Stewart le couvrait. Est-ce que j'avais raté un truc ?

Ou est-ce que Stewart jouait au plus fin ? Dissimulant un fait important qui, il le savait, nous intéresserait. Mais en quoi cela l'arrangerait-il ? Ça n'avait tout simplement aucun sens.

J'espérais que le bookmaker de Phil apporterait un peu de clarté dans le bourbier qui trônait sur mon bureau.

———

J'AI RÉCUPÉRÉ son casier judiciaire. En parcourant le dossier de Butch Turnberry, il semblait qu'il n'était rien de plus qu'une brute dont l'âge d'or remontait au lycée. Sportif qui excellait au football américain, Turnberry avait enchaîné les petits boulots après son diplôme et accumulé une poignée d'agressions au passage.

Stewart m'avait donné son nom, mais je n'arrivais pas à imaginer un petit voyou passer à quelque chose de plus sinistre. Vargas étant en vacances, je devais établir des priorités. Pouvais-je mettre Turnberry en attente ? J'hésitais, car l'une des agressions impliquait une batte. Elle n'était pas considérée comme une arme mortelle, mais j'avais vu mon lot de crânes défoncés dans le New Jersey.

En fixant la photo d'identité judiciaire de Turnberry, je la suppliais de me parler. Rien.

Saisissant un flacon de Tums dans mon tiroir, j'en ai fait tomber trois et j'ai mâché les comprimés crayeux en réfléchissant. Une visite sur le lieu de travail de Phil Gabelli s'imposait toujours, mais en regardant de nouveau la photo du voyou, j'ai décidé que cela devrait attendre que j'aie vu ce malfrat.

TURNBERRY VIVAIT dans un quartier connu sous le nom de Naples Park. Pour moi, le quartier était l'énigme immobilière par excellence. Niché près de Vanderbilt Beach Road, à l'ouest de la 41, Naples Park était un melting-pot de maisons. L'emplacement était un dix sur dix, mais il y avait une épidémie de bungalows avec tant de voitures garées devant qu'ils ressemblaient à des parcs de voitures d'occasion.

Il y avait des tronçons de rues où les maisons avaient été entièrement refaites, mais elles pouvaient se trouver à côté d'une bicoque mal entretenue. J'avais toujours pensé que le quartier était prometteur et j'avais voulu y investir. Quand je venais de m'installer à Naples, je pensais qu'il pourrait être le prochain Park Shore, mais un ami agent immobilier m'avait conseillé de ne pas y toucher.

Comme je m'en doutais, Turnberry vivait dans un abri bleuâtre avec huit voitures éparpillées sur la pelouse. Deux d'entre elles étaient sur des parpaings et une autre était recouverte d'une bâche. Plaignant les gens qui vivaient dans la maison manucurée à gauche, je me suis dirigé vers la porte.

Un adolescent torse nu est venu à la porte et a eu un rictus méprisant quand j'ai montré ma plaque et demandé à voir Turnberry. Il m'a tourné le dos et a hélé ma cible en disparaissant.

Un mètre quatre-vingts et large d'épaules, Turnberry était un bloc de granit en forme de V avec juste une pointe de ventre à bière. J'ai brandi mon insigne à son approche. Il m'a regardé d'un air soupçonneux et n'a pas ouvert la moustiquaire.

« Qu'est-ce que vous voulez ? »

« Vous connaissez un type qui s'appelle Phil Gabelli ? »

« Qui ça ? »

Je faisais ce métier depuis si longtemps que je savais que les premières questions se soldaient toujours par des dénégations. J'ai approché une photo de la moustiquaire. « Ce serait plus facile à voir sans la moustiquaire. »

La porte a grincé en s'ouvrant, révélant une paire de baskets qui avaient leur propre code postal et une cicatrice en zigzag sur un genou. Il s'est penché vers la photo et a secoué la tête.

« Aucune idée de qui vous parlez. »

C'était la deuxième dénégation. Il y en avait généralement trois ou quatre avant le « ah ouais, je me souviens ».

« Et Dom Stewart ? Vous le connaissez ? »

Je voyais le calcul qu'il était en train de faire. Il avait de la bouteille. C'était parfois une sorte de danse.

« Son nom me dit vaguement quelque chose, mais de quoi s'agit-il ? »

« Dom et Phil sont les meilleurs amis du monde. »

« Grand bien leur fasse. »

« Stewart a dit que vous connaissiez Gabelli. »

« Qui diable peut se souvenir de tous les gens qu'il a rencontrés ? »

Pile à l'heure, cette huître de criminel commençait à s'ouvrir.

« Stewart a dit qu'il avait joué au football américain avec vous. Qu'il était dans votre équipe. »

« Des conneries. Il n'a jamais joué. Voyez-vous, sur un terrain, vous ne savez jamais ce qui va se passer après l'engagement. Stewart ne pouvait pas gérer ce genre de choses, il lui fallait toujours un plan B. »

Je savais qu'il n'avait pas joué avec Turnberry, mais cette histoire de plan B était nouvelle.

« Qu'est-ce que vous voulez dire par "chercher un plan B" ? »

« Allez, mec, vous savez ce que je veux dire. Ces types qui n'aiment pas jouer franc-jeu. »

Une leçon d'éthique de la part d'un voyou ? C'était une première pour moi. J'ai mis cette information de côté et je suis revenu à l'affaire en cours.

« Je vois ce que vous voulez dire à propos de Stewart. Quoi qu'il en soit, il m'a dit que vous connaissiez Gabelli. » J'ai de nouveau tendu la photo et son amnésie s'est dissipée.

« Ouais, je l'ai déjà vu traîner avec Stewart. »

« Où ça ? »

« Au casino. »

« Vous jouez beaucoup ? »

Il a secoué la tête. « Il n'y a que les pigeons qui jouent. »

Il fallait admirer ce type. Il avait fait de la prison, vivait dans un trou à rats, mais c'était un puits de sagesse. Peut-être que le département de philosophie de l'université de Gulf Coast pourrait l'embaucher.

« Ils jouaient, alors ? »

« Ils jouaient un peu, buvaient des coups et mataient les nanas. Juste une soirée entre mecs. »

« Est-ce que l'un d'eux vous a déjà demandé de lui prêter de l'argent ? »

Il a ri. « Vous frappez à la mauvaise porte si vous cherchez de l'argent. Je ne prête jamais d'argent. Ça vous attire toujours des ennuis, croyez-moi. »

Encore un conseil du grand sage.

« J'ai entendu dire que vous ne vous entendiez pas avec Gabelli. Quel était le problème ? »

« Un problème ? Qui a dit ça ? »

« Votre pote Stewart. »

« C'est pas mon pote, juste un type que je connais. »

« Eh bien, ce type que vous connaissez m'a dit de voir avec vous ce qui était arrivé à Phil Gabelli. »

« Qu'est-ce que vous voulez dire, "ce qui est arrivé" ? Qu'est-ce que ça peut bien vouloir dire ? »

« Il a dit que vous n'aimiez pas Gabelli et que, qui sait, vous êtes connu pour agresser les gens. Qui sait, peut-être que vous lui avez flanqué une raclée. »

Il a fait un tout petit pas en avant, et je me suis penché vers lui en guise d'avertissement.

« Je sais pas après quelles conneries vous courez, monsieur. Mais je vois pas de quoi vous parlez. Ce Gabelli, il avait une grande gueule, il se prenait pour je-ne-sais-qui. »

« Il a fallu que vous le remettiez à sa place ? »

« Je n'ai pas levé le petit doigt sur lui. J'aurais adoré le faire descendre de son piédestal, mais je pratique la retenue, ces derniers temps. Je me suis même mis à la méditation. »

La méditation. J'aurais payé pour voir ce voyou fredonner en tailleur sur le sol.

« J'imagine qu'il va vous falloir trouver un nouveau mantra. Vous ne vous êtes pas fait embarquer dans une bagarre au Rusty's il y a une dizaine de jours ? »

« Écoutez, c'était pas de ma faute. Ce crétin me cherchait. Il n'arrêtait pas de déplacer la bille blanche. Je lui ai dit d'arrêter, mais il n'a pas écouté. Il fallait bien que je fasse quelque chose ; tout le monde regardait. J'ai une réputation, vous savez, je dois la maintenir intacte. »

Ouah, finalement il ne cherchait pas à devenir le dalaï-lama.

« Est-ce que Gabelli vous a cherché ? »

« Vous avez tout faux, mec. »

« Ah oui ? »

« Laissez-moi vous dire, c'était un petit malin, sans aucun doute, mais il ne m'a ni menacé ni emmerdé comme cet enfoiré au Rusty's. Le plus loin qu'il soit allé, c'est quand il n'arrêtait pas de me harceler, voulant parier qu'il pouvait draguer cette femme à une table de blackjack. »

Les femmes et Phil Gabelli, le duo parfait. « Vous avez parié avec lui ? »

« Je vous ai dit que je ne joue pas. En plus, ça m'emmerde de le dire, mais il avait un certain talent avec les femmes. »

« C'est ce que j'ai entendu. »

Turnberry était une impasse, je commençais à m'en rendre compte. J'allais encore fouiner un peu, mais la question qui tournait dans ma tête était de savoir pourquoi Stewart me l'avait désigné comme quelqu'un à qui parler.

« Vous vous entendez bien avec Stewart ? »

« Écoutez, je n'ai touché à aucun de ces deux types. »

« Je n'ai pas dit que vous l'aviez fait. J'essaie juste de comprendre ce que je suis en train de faire ici, à vous parler. »

« Ça, il faudra le demander à Stewart. »

Enfin, un conseil que je pouvais utiliser.

9

STEWART

« *Le succès de chaque jour devrait être jugé par les graines semées, non par la récolte moissonnée.* »

— JOHN C. MAXWELL

J'AI DIT : « ALLÔ, INSPECTEUR LUCA ? »

« Oui. C'est moi, monsieur. Qui est à l'appareil ? »

« Dom Stewart, vous savez, l'ami de Robin et, euh, de Phil. »

« Que puis-je faire pour vous ? »

Même pas un fichu bonjour ?

« Eh bien, je me suis mis à penser à Phil et à son côté volage, et je me suis souvenu qu'il y avait cette fille des îles avec qui il avait eu une liaison. »

« Des îles ? »

« Oui, je crois que c'était la Martinique, ou peut-être Saint-Martin, une de ces îles françaises dans les Caraïbes. »

« Continuez. »

« Vous savez, je suis sûr à quatre-vingt-dix-neuf pour cent

que c'était la Martinique. Eh bien, Phil a été avec elle pendant un moment, je veux dire, il en était vraiment dingue, à fond. Il la voyait souvent et ils disparaissaient pendant des jours entiers. »

« C'était quand ? »

« Il y a environ trois ans. »

« Il allait jusqu'en Martinique pour la voir ? »

« Parfois, mais elle montait souvent. Elle travaillait pour une compagnie aérienne. Je crois que c'était American. »

« Comment s'appelle-t-elle ? »

« Je ne suis pas sûr, mais son prénom était Nicole. Son nom de famille, c'était quelque chose comme Paster, Passor… »

« C'était il y a trois ans, vous dites ? »

« Peut-être un peu plus. »

« Et ça s'est terminé au bout de combien de temps ? »

« Je ne sais pas exactement, mais je dirais une bonne partie de l'année. »

« Et savez-vous s'ils ont repris leur liaison ? »

Je devais admettre que c'était une bonne question à laquelle je n'avais pas pensé.

« Pas que je sache. »

« D'accord, nous allons vérifier, mais ça semble peu probable. »

« Non, vous devez vérifier, inspecteur. »

« Et pourquoi donc ? »

« Il a eu un enfant avec elle. »

« Un enfant ? »

« Oui, un petit garçon. »

« Est-ce que Robin est au courant ? »

Encore une fois, il l'appelait Robin. « Non, Robin l'aurait tué.

Robin voulait des enfants comme une folle, mais Phil n'en voulait pas, il disait que ça gâcherait son style de vie. Je crois même, mais je n'en suis pas sûr à cent pour cent, qu'il l'a forcée à avorter. »

« Robin ? »

« Oui, c'est vraiment triste. Elle a juste envie d'être mère. Toute femme devrait pouvoir l'être. »

« Pensez-vous que Robin l'ait appris d'une manière ou d'une autre et qu'elle ait tué Phil dans un accès de rage ? »

« Je ne sais pas. Je ne pense pas, mais j'imagine qu'on ne sait jamais, n'est-ce pas ? »

« Il y a quelque chose que je ne comprends pas, monsieur Stewart. »

Monsieur Stewart ? « Qu'est-ce donc, inspecteur ? »

« Vous venez seulement de vous souvenir de cette relation ? »

« Oui, Philly avait beaucoup de conquêtes. »

« Est-ce que l'une d'elles a eu des enfants avec lui ? »

« Euh, non. »

« Est-ce que l'une d'elles venait d'une île ? »

« Non. »

« Il me semble que la plupart des gens se souviendraient de ces choses-là, monsieur Stewart. »

Merde, je n'aurais pas dû en faire des tonnes. J'avais envie de raccrocher.

« J'imagine que je ne pensais tout simplement pas qu'il retournerait avec elle. »

« Je vois. Au fait, je suis allé voir Turnberry, et il a dit qu'il n'avait aucune idée de la raison pour laquelle vous m'aviez donné son nom. Il a dit qu'il vous connaissait à peine, vous et vos amis. »

« C'est des conneries. On le connaissait de l'école. »

« Mais vous et Phil ne le voyiez pas beaucoup ces derniers temps, n'est-ce pas ? »

« De temps en temps. Il s'est fait arrêter un paquet de fois, il a fait de la prison. Je pensais que c'était quelqu'un que vous devriez vérifier, c'est tout. J'essaie juste de vous aider. »

« D'accord, monsieur Stewart. Nous allons enquêter sur ce que vous nous avez dit. »

10

LUCA

Plus je parlais avec Stewart, plus je devenais mal à l'aise. Quelque chose clochait chez lui. Je n'arrivais pas à mettre le doigt dessus et j'avais mis ça sur le compte de sa personnalité un peu excentrique, mais voilà qu'il venait me parler d'une relation de longue date avec une insulaire avec qui Phil avait eu un enfant. Et ce, après la fausse piste de Turnberry ?

Il aurait dû tout me dire dès le premier jour. C'était important. Une autre douleur aiguë m'a frappée à l'abdomen, me coupant presque le souffle. Ça durait depuis trop longtemps. Il fallait que je consulte un médecin. Alors que la douleur s'estompait, j'ai commencé à penser que Stewart protégeait peut-être simplement son ami et ne voulait pas que Robin le sache. Stewart était certainement protecteur envers elle, un peu trop, à mon avis.

Bon sang, quelle honte ce serait si, pendant tout ce temps, Phil se la coulait douce sur une plage avec sa famille des îles pendant que Robin organisait des battues. Ça ferait la une des journaux pendant des semaines.

Ça me manquait de ne pas pouvoir discuter de cette affaire

avec mon ancien coéquipier, J. J. Cremora. On se renvoyait plus d'idées que des balles sur un court de squash. C'était un bon flic et il m'empêchait d'être un maniaque du détail, la plupart du temps. Je n'arrivais toujours pas à croire qu'il était parti. Le perdre a été la chose la plus difficile que j'aie vécue. Mon divorce, en grande partie de ma faute, n'était rien comparé à sa mort. La seule consolation, c'était que son décès m'avait fait atterrir à Naples.

On avait traversé tellement de choses ensemble ; je jure que sans lui, je ne me serais jamais remis de l'affaire Barrow. L'image du gamin pendu aux tuyaux dans sa cellule m'est revenue en pleine tête.

Je me suis levé. Le soleil brillait à travers les fenêtres, mais les murs de la pièce semblaient se refermer sur moi. Je me suis dirigé vers la salle de bain pour m'asperger le visage d'eau froide. J'avais beau dire à mon reflet de chasser ses idées noires, ça ne marchait pas. J'avais besoin d'une dose de l'élixir du sud-ouest de la Floride, et comme c'était presque l'heure du déjeuner, je me suis rendu directement au Turtle Club pour me l'administrer.

Il n'était pas tout à fait midi, mais la terrasse du restaurant sur la plage était presque pleine. J'ai dégoté une table et je suis resté hypnotisé par le golfe paisible jusqu'à ce qu'une femme en paréo soit conduite à la table à côté de la mienne. C'était une bombe, et j'ai dit : « Belle journée. »

Elle a souri. « Il a fait beau toute la semaine. »

« Je sais ce que tu veux dire. On n'a même pas besoin de la météo, par ici. »

« Tu habites ici ? »

« Ouais, je suis coincé au paradis. »

« Ça doit être sympa. »

J'ai hoché la tête. « Et toi, d'où viens-tu ? »

Elle s'appelait Kayla et venait de Chicago pour assister à un séminaire de marketing. Pour ma part, elle n'avait besoin d'aucune aide pour vendre ; j'achèterais tout ce qu'elle proposait. Le séminaire était terminé, et ce petit bijou profitait de quelques jours de vacances qu'elle avait ajoutés à son voyage.

Elle a dit : « C'est la première fois que je viens au Turtle Club. J'ai essayé de venir hier, mais c'était plein à craquer. »

« Il y a toujours du monde ici. Qu'est-ce que tu dirais qu'on leur donne un coup de main ? Je peux m'installer à ta table et libérer la mienne pour quelques chanceux. »

Elle a accepté et j'ai souri à l'idée que là-haut, au paradis, mon ami J. J. tirait les ficelles et m'avait encore rendu service.

———

DE RETOUR DE MON DÉJEUNER, je me suis connecté au portail international et j'ai rempli deux demandes auprès d'Interpol, une pour chaque nom de famille possible de cette insulaire. Il fallait généralement de trois à quatre jours pour recevoir une réponse des Européens, mais qui savait combien de temps cela prendrait, ou même s'ils assuraient un suivi dans les Caraïbes ?

En appelant le siège d'American Airlines à Fort Worth, je suis tombé sur un labyrinthe vocal. Au troisième menu, j'étais perdu et j'ai dû rappeler.

La femme des ressources humaines a été assez aimable, mais elle a dit que la compagnie aérienne considérait les dossiers des employés comme confidentiels. J'ai expliqué qu'il s'agissait d'une affaire de police et que je voulais seulement savoir si une certaine personne travaillait pour eux et comment la contacter.

Elle m'a mis en attente une minute avant de me dire que je

devais faire la demande par écrit. Quand j'ai demandé combien de temps cela prendrait après réception de ma demande, j'ai eu droit à un charabia administratif sur la nécessité d'obtenir l'approbation de leurs services juridiques et des ressources humaines.

J'ai envoyé la demande et j'ai commencé à penser au rendez-vous que j'avais pris avec Kayla quand mon téléphone a sonné. L'appel a révélé une pépite inattendue qui a compliqué l'affaire Phil Gabelli.

11

STEWART

« La gemme ne peut être polie sans friction, ni l'homme perfec-
tionné sans épreuves. »

— *CONFUCIUS*

Trois jours après que j'ai parlé à Luca de la vieille beauté
caribéenne de Phil, le détective m'a appelé pour me demander
de venir à son bureau. J'étais sûr qu'il avait trouvé quelqu'un
qui correspondait à ma fille des îles et j'ai choisi un beau
pantalon blanc pour l'occasion. Excité mais redoutant de
devoir affronter les embouteillages pour me rendre au
complexe municipal, je me suis passé le rasoir électrique sur le
visage et j'ai changé de chemise avant de sauter dans la
voiture.

J'ai quitté Tamiami Trail pour me garer dans le parking
souterrain. Il ne faisait pas chaud et le taux d'humidité était
bas, mais des auréoles commençaient à se former sur ma
chemise alors que je vidais mes poches pour le contrôle de
sécurité. Me répétant silencieusement la citation « Donne des

ailes à ton stress et laisse-le s'envoler », je me suis assis dans la salle d'attente.

Luca est sorti avant que j'aie pu lire une seule page de *Men's Health*. Il n'était pas amical, et je suis devenu encore plus méfiant lorsqu'il m'a fait entrer dans son bureau exigu. Le bureau et la crédence de Luca étaient encombrés de dossiers, mais il n'y avait aucune photo de sa famille ou de ses amis.

« Asseyez-vous. Vous voulez boire quelque chose ? »

C'était déjà mieux.

« Nan, ça va, merci. Pourquoi vouliez-vous me voir ? Vous avez une piste sur Phil ? »

« Non, mais quand nous en aurons une, c'est Robin qui en sera informée. »

Robin. Comme s'ils étaient de vieux amis. J'avais eu le pressentiment dès le départ que ce frimeur essaierait de la draguer. Je me demandais ce qu'elle pensait de lui. De tous les détectives du monde, il avait fallu que je tombe sur celui qui ressemblait à George Clooney. Pas de doute, il était sacrément beau gosse. Il faudrait que je demande directement à Robin ce qu'elle pensait de lui.

Luca s'est penché en avant et a dit : « Comment se fait-il que vous ne m'ayez jamais dit que vous et Mme Gabelli aviez eu une liaison ? »

Ouah. Qui diable lui a dit ça ? Ça ne pouvait pas être Robin. Impossible. Ma poitrine s'est serrée quand j'ai répondu : « Ça n'a rien à voir avec quoi que ce soit. »

« Pour moi, si. »

« Comment l'avez-vous découvert ? »

« Peu importe comment. Je veux savoir de quoi il retournait. »

J'ai sorti mon inhalateur.

« Ça ne vous regarde pas. Merde, vous passez votre temps

à fourrer votre nez dans la vie privée des gens. C'est n'importe quoi, si vous voulez mon avis. »

« C'est noté. Maintenant, votre ami a disparu, et vous couchiez avec sa femme. Ça ressemble à une coïncidence, n'est-ce pas ? »

« Et alors, maintenant, je suis un suspect ? »

« Nous examinons tout le monde, surtout les proches de M. Gabelli. Votre, disons, relation avec sa femme est un élément intéressant. »

« Eh bien, je n'ai rien à voir avec ce qui est arrivé à Phil. »

Luca s'est penché en arrière. « Justement, que lui est-il arrivé ? »

« Je ne sais pas. Il a disparu, c'est tout. »

Luca a grimaçé et s'est frotté le flanc. « Vous en êtes sûr ? »

Bon sang, qu'est-ce qu'il voulait dire par là ?

« Écoutez, je vous l'ai déjà dit, Phil aimait se taper toutes les paires de fesses qui lui passaient sous la main. Il est probablement en train de tirer son coup en ce moment même. »

Luca s'est adossé à son fauteuil et a posé son pied sur un coin de son bureau. « Vous voulez savoir autre chose d'intéressant ? »

Le ton ne me disait rien qui vaille, alors je me suis contenté de hausser les épaules.

« Il semblerait que vous ayez dit à Robin de quitter Phil. C'est vrai ? »

Comment diable savait-il ça ? Je veux dire, Robin, bon sang, qu'est-ce que tu fabriques ?

« Écoutez, comme je vous l'ai dit, Phil a toujours trompé Robin. C'était une relation abusive. Il la faisait passer pour une idiote, pour l'amour de Dieu ! »

« Vous êtes conseiller conjugal maintenant ? »

« Hé, Robin et moi, on est de bons amis. »

« Amis ? Je dirais que c'était bien plus que ça. »

« Où voulez-vous en venir ? Vous avez quelque chose contre moi, à part une vieille liaison ? »

Luca a penché la tête et a souri. C'était un sacré petit con arrogant.

J'ai dit : « N'oubliez pas, monsieur le détective, que ça remonte à quelques années. »

Luca s'est soudainement empoigné l'estomac et a serré les dents. Puis il s'est plié en deux une seconde. Il n'avait pas l'air dans son assiette, alors je me suis levé.

« Si vous n'avez rien d'autre, je m'en vais. »

12

LUCA

LA DOULEUR A DURÉ PLUS LONGTEMPS QUE D'HABITUDE. JE n'aurais pas dû laisser Stewart partir, mais j'avais l'impression qu'elle n'allait jamais disparaître. Stewart était un serpent. Il se tapait la femme de son meilleur ami. Mais jusqu'où peut-on tomber ?

Au moins, il n'a pas aggravé son cas en mentant. Bordel, j'aurais adoré le coincer là-dessus. Stewart aurait dû dire quelque chose à propos de cette liaison. D'ailleurs, Robin aussi aurait dû le faire. Les gens pensent qu'ils peuvent garder de sombres secrets pour eux, mais à mon avis, la seule façon pour deux personnes de garder un secret, c'est que l'une d'elles soit morte.

Cette liaison était une bombe en puissance. Ça ouvrait toutes sortes de possibilités. Stewart aurait pu se débarrasser de son pote pour avoir une autre chance avec Robin, ou alors ils jouaient tous les deux les premiers rôles dans un complot visant à liquider Phil. Il y avait une chance que Robin, bien que j'aie du mal à l'imaginer, ait pu le faire seule. Tout était possible maintenant que je savais qu'elle n'était pas l'épouse fidèle qu'elle prétendait être.

Je me suis noté mentalement de vérifier s'il y avait des polices d'assurance dont Robin pourrait bénéficier, tout en me dirigeant vers la salle de bain.

Une trace de rouge dans mon urine m'a alarmé. Fini d'attendre ; si je ne pouvais pas obtenir de rendez-vous avec mon médecin pour demain, j'irais au centre de consultations sans rendez-vous sur Vanderbilt. J'ai envisagé un instant de me rendre directement à la clinique d'urgence, mais je ne voulais rien laisser se mettre en travers de mon rendez-vous galant avec Kayla.

Bien que mon ancien coéquipier, JJ, me manque terriblement, travailler seul semblait me convenir la plupart du temps. Mais avec une affaire qui se compliquait de jour en jour, j'attendais avec impatience le retour de vacances de Mary Ann Vargas. C'était ma première coéquipière, et même si elle me menait la vie dure de temps en temps et qu'elle était à fond dans l'astrologie, c'était l'une des meilleures. De plus, il y avait quelque chose chez elle que je n'arrivais pas à définir. Parfois, elle avait l'air d'un véritable sucre d'orge et, d'autres fois, elle était aussi banale qu'une tranche de pain de mie. Quoi qu'il en soit, je comptais garder mes distances, ou du moins, je l'espérais.

Demain, on se partagerait les tâches. Je ferais le suivi de la liaison avec Robin et je creuserais davantage sur Stewart, peut-être même que je rendrais visite à son lieu de travail. Pendant ce temps, Mary Ann traquerait le bookmaker envers qui Phil était endetté et découvrirait ce qu'elle pouvait sur les finances de Robin et Phil.

Mon portable a sonné pour me rappeler que j'étais attendu au tribunal à quatorze heures. Dieu merci pour ce rappel.

J'avais oublié que je devais témoigner dans une affaire de réseau de vol de voitures. Une branche de la mafia russe s'était installée à Miami et avait profité d'un plan plutôt astucieux. Les Russes s'étaient associés à un groupe de criminels haïtiens du comté de Collier qui volaient des voitures haut de gamme spécifiques, à la demande des Russes.

Naples regorgeait de nantis avec des voitures de luxe qu'ils conduisaient à peine. Beaucoup de propriétaires s'absentaient des semaines d'affilée, et les Russes disposaient d'une mine d'informations sur le qui, le quand et le où. Les Haïtiens embarquaient les voitures et les transportaient jusqu'à Miami dans des remorques portant la marque FedEx.

Une fois arrivées, les Russes les chargeaient dans des conteneurs et les expédiaient en Europe de l'Est. La plupart des voitures étaient hors du pays avant même que leur vol ne soit signalé. C'était un plan parfait jusqu'à ce qu'ils deviennent trop gourmands et commencent à prendre des voitures dont les propriétaires savaient qu'elles avaient disparu et en signalaient le vol.

Les Russes utilisaient des numéros d'identification de véhicule en double pour faire passer les voitures volées au contrôle des exportations, reproduisant le même stratagème qu'ils utilisaient en vendant de vrais numéros de sécurité sociale à des sans-papiers. C'était une idée si simple dans un monde si compliqué qu'elle était passée sous les radars pendant bien trop longtemps.

J'ai souri en me dirigeant vers le tribunal, pensant que toutes les bonnes choses ont une fin.

———

Le soulagement m'a envahi quand j'ai vu Kayla qui attendait au Baleen. Elle était aussi belle, non, encore plus belle que la première fois que je l'avais vue. J'avais enjolivé pas mal de femmes au fil des ans, toujours sous l'effet de l'alcool, mais cette fille était une perle rare. Kayla était habillée pour tuer. Bordel, j'étais bien content d'avoir pris une douche et de m'être changé.

J'ai apprécié le fait qu'elle ne soit pas au bar, mais qu'elle se tienne dans le hall de La Playa. Malgré la manière directe dont nous nous étions rencontrés, elle n'était clairement pas à l'aise seule dans un bar qu'elle ne connaissait pas.

Elle m'a fait la bise sur la joue pour me dire bonjour, et nous avons traversé une foule de gens venus voir le coucher du soleil. Je craignais qu'il n'y ait pas de bonne table pour regarder le soleil sombrer dans le golfe, mais mon pote du bar avait fait le nécessaire pour moi.

Nous nous sommes installés à une table sur la terrasse et j'ai commandé une bouteille de Viognier. Je n'ai pas pu résister à la tentation de commander un cépage peu connu pour l'impressionner.

« Ouah, tu dois avoir des relations. Regarde-moi ça. C'est magnifique, ici. »

« C'est un des avantages de vivre ici. »

« Eh bien, c'était vraiment gentil de ta part de m'amener ici. C'est un endroit très agréable. »

« Tout le plaisir est pour moi. Tu le mérites. »

Je crois qu'elle a rougi. Cette femme était peut-être trop belle pour être vraie.

« Alors, comment s'est passée ta journée ? Tu as attrapé des malfrats ? »

« Heureusement, il n'y a pas autant de criminalité ici qu'au

New Jersey. Mais aujourd'hui, j'ai passé, ou plutôt j'ai perdu, la plus grande partie de ma journée au tribunal. »

« Qu'est-ce qui s'est passé ? »

« J'étais censé témoigner dans une affaire de réseau de vol de voitures de luxe que nous avons démantelé, mais le juge a ajourné le procès. »

« Alors, ils s'en sont tirés ? »

« Non, non. Un ajournement, c'est comme une pause. Les avocats de la défense ont déposé une série de requêtes, toutes sans fondement à mon avis, m'empêchant de passer à la barre. C'était juste une autre perte de temps dans un système englué dans trop de manœuvres juridiques. »

« Je suis désolée. Ça doit être frustrant. »

Elle comprenait ? Qu'est-ce que j'avais fait pour mériter ça ?

J'ai hoché la tête. « Parfois, mais bref, et toi, qu'as-tu fait de beau aujourd'hui ? »

Elle a commencé à me raconter qu'elle était allée sur une plage du centre-ville pour s'imprégner de l'ambiance du Vieux Naples, quand la douleur lancinante dans mes tripes a recommencé. Je me suis excusé et suis allé aux toilettes, avec l'impression que j'allais me pisser dessus.

En poussant la porte, j'ai eu la tête qui tournait et j'ai bousculé un type qui aidait un gamin à se laver les mains au lavabo. Je me suis précipité vers l'urinoir, la peur au ventre de baisser les yeux, et quand enfin je l'ai fait, ce n'était qu'une mer rouge.

« Merde ! »

« Hé, attention à votre langage, s'il vous plaît. »

« Je, je… »

La pièce s'est mise à tourner et mes genoux ont flanché.

13

LUCA

J'AI REPRIS CONNAISSANCE AUX URGENCES DU NCH ET JE NE savais pas ce qui était le pire, la douleur fulgurante dans mon ventre ou le mal de tête lancinant qui me brouillait la vue. Une forêt de potences soutenait des poches reliées à chacun de mes bras. Alors que je luttais pour me souvenir de ce qui s'était passé, deux blouses blanches sont entrées dans le box qui me servait de chambre.

« Monsieur Luca, je suis le docteur Mancino, et voici l'infirmière Mary. »

J'ai hoché la tête. « Qu'est-ce qui m'est arrivé ? »

« Vous avez une hémorragie interne. La perte de sang a fait chuter votre taux d'hémoglobine, ce qui vous a fait perdre connaissance. »

« Une hémorragie ? »

« Nous avons découvert quelques tumeurs qui saignent dans votre vessie. »

Oh non, des tumeurs ? Pitié, ne me dites pas que c'est un cancer.

« Nous vous administrons un médicament pour endiguer l'hémorragie, mais nous devrons faire des examens plus approfondis et réaliser une biopsie. »

Je me suis entendu demander : « Est-ce que j'ai un cancer ? »

« Nous allons faire une évaluation complète avant de nous prononcer sur un quelconque pronostic. »

« Je sais qu'il est tôt, mais d'après votre expérience, docteur, qu'en pensez-vous ? »

« C'est probablement un cancer, mais même si c'est le cas, il ne semble pas avoir perforé la paroi de la vessie. Alors, ne vous inquiétez pas outre mesure pour le moment. »

« Ne pas m'inquiéter ? Vous m'annoncez que j'ai un cancer et que je pisse le sang, bordel ! »

« Je comprends, monsieur Luca. Il est tout à fait naturel d'être alarmé, mais le médicament que vous recevez va maîtriser l'hémorragie. Maintenant, avant de partir, avez-vous d'autres questions ? »

Au lieu de demander combien de temps il me restait, j'ai dit : « J'ai un mal de crâne de tous les diables. »

« J'en suis sûr. Vous vous êtes apparemment cogné la tête en perdant connaissance. Ce n'est rien de grave. Cela disparaîtra d'ici un jour ou deux. Je vais vous prescrire une dose de Tylenol en intraveineuse, ça vous aidera. »

Le lendemain matin, un oncologue du nom de Murray est venu me voir juste avant qu'on me conduise au bloc opératoire. Ils allaient faire une biopsie pour en savoir plus sur mes tumeurs. C'était effrayant à mourir, mais le docteur Murray m'a assuré que les scanners montraient que les tumeurs pouvaient être retirées par chirurgie. Il m'a dit que je serais sur pied en quelques mois.

Avant qu'ils ne m'endorment, je me suis dit qu'à part mon mal de tête, qui s'était un peu calmé, la douleur dans mon abdomen avait disparu, mais le simple fait d'être allongé là me mettait en colère. Comment putain ça avait pu arriver ? Je venais d'avoir quarante ans et j'étais trop jeune pour ça.

Dans peu de temps, ils allaient commencer la première procédure, puis j'allais me faire opérer, et qui sait ce qui viendrait après. Tout s'était trop bien passé. Maintenant, on aurait dit que j'avais déménagé au paradis trop tard. Savoir que j'allais devoir traverser un enfer n'avait rien de réjouissant. J'avais peur et j'espérais de toutes mes forces que Murray avait raison quand il disait que ça irait.

———

Mon coéquipier Vargas avait appris ce qui s'était passé et m'a appelé pour la deuxième fois depuis une île des Caraïbes. Après avoir raccroché, deux types du commissariat sont passés me voir. Encore sous l'effet de l'anesthésie, je somnolais pendant qu'ils se tenaient dans la chambre. D'humeur à ne voir personne, je n'ai pas cherché à le cacher. Je me suis assoupi, et quand je me suis réveillé, ils étaient partis. J'ai reporté mon attention sur la télé, comme si c'était une œuvre de Michel-Ange.

Même si j'étais groggy, avant qu'ils n'entrent dans ma chambre, j'ai senti l'arrivée du docteur Murray avec une autre blouse blanche, ce qui n'était pas bon signe.

« Comment vous sentez-vous, monsieur Luca ? »

« Aussi bien qu'on peut l'être, je suppose, vu ma situation. Comment tout s'est-il passé ? »

Les médecins ont échangé un regard et Murray a dit : « Voici le docteur Lino. C'est un chirurgien reconstructeur. »

Hochant lentement la tête, j'ai retourné le mot « reconstructeur » dans mon esprit.

Le docteur Lino a dit : « Monsieur Luca, les choses sont plus compliquées qu'on ne le pensait au départ. Bien que la biopsie ait révélé une forme de cancer peu agressive, les scanners supplémentaires que nous avons effectués montrent que les tumeurs ont perforé la paroi de la vessie. »

J'ai regardé le docteur Murray, qui avait pincé les lèvres.

« Qu'est-ce que tout ça veut dire, docteur ? »

Le docteur Murray a dit : « Étant donné la perforation, nous devons être extrêmement prudents pour nous assurer que le cancer ne se propage pas. J'ai bien peur que nous devions vous retirer la vessie. »

Pouvais-je survivre sans vessie ? Je supposais que oui, s'ils parlaient de me l'enlever. Comment j'allais pisser ? Mon esprit s'est emballé.

« Monsieur Luca ? »

« Je suis désolé, je n'arrive pas à assimiler tout ça. »

« Nous savons que c'est beaucoup à encaisser. C'est tout à fait normal. »

« Qu'est-ce qui va m'arriver ? Est-ce que je vais m'en sortir ? »

« Oui, oui. Tant que le cancer ne s'est pas propagé, et il n'y a absolument aucune preuve qui nous laisse le penser, vous vous en sortirez très bien. »

Ça venait du même type qui m'avait dit au départ que la paroi n'avait pas été perforée, alors je n'ai trouvé aucun réconfort dans ce qu'il venait de cracher.

« Vous avez dit qu'il faudrait m'enlever la vessie. N'en ai-je pas besoin ? Comment vais-je vivre sans vessie ? »

« Eh bien, il y a plusieurs options. » Murray s'est tourné vers Lino.

« Dans le meilleur des cas, nous pourrions vous fabriquer une néovessie à partir de votre gros intestin. Nous en prélèverions une partie et dériverions les voies urinaires. »

Ça donnait l'impression que je serais à peu près normal.

« Quel est le revers de la médaille, docteur ? »

« Pas grand-chose, si nous y parvenons. La seule chose, c'est que vous perdrez les terminaisons nerveuses qui vous signalent le besoin d'uriner. En d'autres termes, vous ne ressentirez plus l'envie. »

« Vous voulez dire que je vais devoir porter une foutue couche ? »

« Non, non. Nous recommandons de vous en tenir à un horaire et d'aller uriner toutes les deux heures environ. »

J'ai expiré. « D'accord, d'accord. Ça, je peux le faire. »

« Une autre chose, c'est que vous devrez vous asseoir sur la cuvette et forcer un peu pour faire sortir l'urine. »

Donc, il fallait que je m'assoie comme une fille. D'accord, je pouvais gérer ça, c'était toujours mille fois mieux que de porter des protections pour adultes.

« Bien sûr, rien ne garantit que nous pourrons confectionner cette vessie. Si nous n'y parvenons pas, les autres options sont de construire un réservoir interne que vous devriez vider vous-même. »

« Quoi ? Comment on évacue la pisse ? »

« Vous auriez une ouverture. Elle serait fermée par un clapet, et vous inséreriez un tube pour retirer les fluides. »

J'ai secoué la tête. « C'est dingue. »

« Sinon, nous pourrions mettre en place une poche externe pour collecter l'urine, et vous videriez son contenu. »

Une poche de pisse qui me pendait au corps ? Ça allait vraiment plaire aux femmes. J'étais fini. L'idée de me remarier et d'avoir un enfant devait être oubliée. Les médecins ont continué à parler et je continuais à m'enfoncer. Je les ai entendus dire au revoir et je suis resté seul à ruminer, me demandant si je ne venais pas de m'engager dans un cycle sans fin de visites médicales.

14

STEWART

« Tous nos rêves peuvent devenir réalité, si nous avons le courage de les poursuivre. »

— WALT DISNEY

EN MONTANT LE VOLUME DE LA RADIO, JE ME SUIS MIS À chanter à tue-tête : « Oh, on peut les battre. On sera des héros, ne serait-ce qu'un jour. On peut être des héros. » J'adorais chanter cet air de Bowie. C'est ma chanson préférée de tous les temps. Elle dit tout. Bon sang, ça me faisait un bien fou de l'entendre en conduisant sur la 75.

Ça faisait quelques jours que Luca ne m'avait pas cherché des noises. Il avait dû fouiller dans l'histoire de ma liaison avec Robin et n'avait rien trouvé à se mettre sous la dent. Même s'il me fichait la paix, je n'arrivais pas à me défaire du sentiment qu'il allait débarquer avec une de ses combines à la Colombo.

Le trafic sur la 75 était dense et ça n'avançait pas. Bon sang, ce que j'en avais marre de conduire jusqu'à North Ft.

Myers tous les jours. Ce qui rendait les choses encore pires, c'est que c'était pour un boulot que je détestais. Pas question que je continue à faire ça encore longtemps. La vie est bien trop courte, et bientôt j'aurais quarante ans, puis cinquante, et puis, qui sait ce qui arrivera ? La vie file à la vitesse de la lumière, et elle sera finie avant même qu'on s'en rende compte. Pourquoi la plupart des gens se traînaient-ils comme des zombies ? Pas moi, j'échangerais une heure au soleil contre dix ans dans un endroit lugubre.

Peut-être que Robin serait partante pour de belles vacances quand les choses se seraient calmées et qu'on se retrouverait. On se ressemblait ; elle se secouerait de ce cauchemar et réaliserait qu'elle devait aller de l'avant. On avait l'habitude de dire que la seule façon de vivre, c'était de profiter quand et où on le pouvait. Les choses changent en un clin d'œil ; maintenant, elle le savait mieux que quiconque. Je pariais qu'elle retrouverait bientôt la raison.

Robin aimait dépenser de l'argent, pas le gaspiller, mais en profiter. Elle aimait dire : « Mets un peu de côté, mais ne te prive pas de ce que tu veux maintenant, car tu ne sais même pas si tu seras encore là plus tard. » C'était une super citation, et elle avait raison. Putain de raison. Sans l'ombre d'un doute, il vaut mille fois mieux vivre deux superbes années que trente années de merde à tirer le diable par la queue. Je me soucierai de l'avenir quand, et si, il arrivera.

Un policier d'État a déboulé à toute vitesse sur le terre-plein central. Il était déjà plus de neuf heures et j'étais encore en retard. J'allais encore me faire pourrir par Greely.

Saisissant mon téléphone, j'ai appuyé sur le numéro de Robin.

« Salut, Robin. Comment tu vas ? »

« Ça va. Qu'est-ce qui ne va pas ? »

« Rien, tout va bien. Je prends juste de tes nouvelles en allant au travail. »

« Oh, merci. »

J'ai demandé : « Qu'est-ce que tu fais aujourd'hui ? »

« Je ne sais pas. Je pensais faire un tour au bureau. »

C'est ma Robin, ai-je pensé, mais j'ai dit : « Tu es sûre ? C'est une bonne idée et tout, mais… »

« Je ne peux plus traîner ici. C'est juste trop déprimant. »

« Ça ira mieux avec le temps. Tu verras. »

« Je ne sais pas, Dom. Je ne sais plus rien. »

« Tu dois prendre ton temps. Tout va s'arranger. La vie continue, comme un escalator, que tu sois dessus ou non. » J'ai grincé des dents, escalator, est-ce que j'avais vraiment dit ça ?

« Je ne sais pas ce que je vais faire sans lui. »

« C'est dur, je sais, mais ne perds pas espoir. »

« Merci, mais je n'arrête pas de penser que ça ne sert à rien d'espérer qu'il réapparaisse. »

« On ne sait jamais. Il y a eu beaucoup d'affaires étranges, et celle-ci pourrait en être une. »

« J'espère que tu as raison. »

« Écoute, pourquoi tu n'irais pas au bureau ? Ça t'occupera l'esprit. »

« Tu as raison. Je crois que c'est ce que je vais faire. Passe une bonne journée. »

« Oh, Robin, est-ce que tu as eu des nouvelles de cet inspecteur, Luca ? »

« Pas depuis quelques jours. Je crois que c'est ça qui me déprime. »

Et qui me remonte le moral, moi, ai-je pensé.

« Je suis sûr qu'ils sont sur le coup. »

« Je ne sais pas, je perds confiance en eux. »

« Tu es juste déprimée. Tu as besoin de t'évader un peu. De faire une pause. »

« Je ne sais pas trop, pour ça. »

« Ça te ferait du bien. On pourrait peut-être y aller ensemble. »

« Ça ne me semble pas correct. »

J'étais toujours sur la 75, mais j'ai dit : « Penses-y, c'est tout. Hé, écoute, je suis désolé, mais je viens d'arriver au bureau. Je te rappelle plus tard. »

15

LUCA

Aujourd'hui, c'était le jour J. Bien qu'ils m'aient donné du temps pour y réfléchir, je voulais qu'on m'enlève ce cancer avant qu'il ne se propage. Seulement cinq jours s'étaient écoulés depuis que je m'étais effondré, et l'opération était prévue pour aujourd'hui.

Vers midi, ils allaient me descendre au bloc opératoire. Ma poitrine a commencé à se serrer alors que je me demandais si je devais demander un deuxième avis. Les médecins semblaient savoir ce qu'ils faisaient, et ils ont dit qu'ils avaient réalisé cette intervention près de cent fois. Pour moi, ça représentait une expérience colossale. Puis une pensée m'a frappé : je ne savais pas si elles avaient toutes été faites ici, au NCH. J'aurais dû poser la question. Non ? Si quelqu'un de l'hôpital se plantait, ça pourrait être la fin pour moi.

C'était difficile de ne pas se sentir stupide. J'avais toujours pontifié sur le fait que nous devions accepter notre propre mortalité et que notre culture vivait dans le déni, mais depuis mon diagnostic, je n'avais pas dormi sans narcotiques. Je n'y pouvais rien. C'était irrationnel et à l'opposé de ma façon de vivre. Les gens ont toujours adoré parler de ce qui arrivait aux autres, mais je savais que la question n'était pas de savoir *si* quelque chose allait vous arriver, mais bien de savoir *quand*.

C'était la déclaration la plus vraie jamais exprimée, mais maintenant, face au « quand », je ne pouvais m'empêcher de me sentir complètement floué. J'ai continué à me morfondre dans mon chagrin pendant encore dix minutes, jusqu'à ce qu'une infirmière mignonne vienne briser ma déprime. Après son départ, j'ai réussi plus ou moins à me convaincre que tout irait bien.

La porte s'est ouverte à la volée, et ma coéquipière est apparue, tenant un ballon en forme d'ourson. Un frisson m'a parcouru la nuque. Qu'est-ce qu'elle faisait là ? Vargas ne devait pas rentrer avant deux jours. Oh non, si elle était revenue plus tôt, elle devait savoir quelque chose.

« Vargas, ça y est, tu as fini tes vacances ? »

« Salut, Frankie. Comment tu te sens ? »

« Ça va. »

« Tu es sûr ? »

« Ouais. Pourquoi ? Je n'ai pas l'air en forme ? »

« Je vois que ta vanité est intacte. » Elle a posé le ballon sur la table de nuit.

« Très drôle. »

« Sérieusement, Frank, qu'est-ce qui se passe ? Je suis vraiment inquiète pour toi. »

J'ai expiré. « Cancer de la vessie. »

Vargas a blêmi et a posé la main sur la table de nuit. « Oh, mon Dieu. »

« Ne t'emballe pas. Je vais m'en sortir. »

« Mais comment ? Je veux dire, comme ça, d'un coup ? »

« Qui sait ? J'avais un peu de sang dans mon pipi ces derniers jours et des douleurs à l'estomac, mais c'était tout. »

« Je me souviens que tu as dit que tu avais mal à l'estomac il y a des semaines. Je t'ai dit au moins cinq fois d'aller chez le médecin. »

« Ça n'aurait rien changé, maman. »

« Qu'est-ce qu'ils vont faire ? De la chimio ? »

J'ai secoué la tête. « Une opération. Dans quelques heures. »

Vargas s'est appuyée contre le lit. « Aujourd'hui ? »

Elle s'en souciait vraiment. Ma gorge s'est serrée, et tout ce que je pouvais faire, c'était hocher la tête.

« Que disent les médecins ? »

« Ils vont enlever les tumeurs et une partie de la vessie, mais ils devront voir une fois à l'intérieur. »

« Je suis tellement désolée, Frank. » Vargas m'a tapoté la main.

J'ai dégluti. « Ne t'inquiète pas, ça va aller. »

« Je prie pour toi, Frank. J'ai récité au moins cent "Je vous salue Marie" dans l'avion en revenant. »

Elle était si sincère que j'ai failli me mettre à pleurer. J'ai réussi à articuler un merci.

« Après l'opération, quel est le temps de convalescence ? »

« Ils ne l'ont pas vraiment dit. » Et je n'ai jamais vraiment demandé. « Mais quelques mois, j'imagine, avant que je ne revienne torturer ton petit cul de Latina. »

Elle a souri. « J'ai hâte. »

« Qu'est-ce qui se passe au boulot ? »

« Pas grand-chose, la routine. »

« Du nouveau sur l'affaire Gabelli ? »

« Allez, Frank, tu dois te concentrer sur ta santé. »

« Tu sais, il y a quelque chose chez ce Stewart qui ne me revient pas. »

« Mais ce sont les meilleurs amis du monde. »

« Un sacré ami ! Stewart couchait avec la femme de son pote. »

« C'était il y a quelques années. Gabelli a l'habitude de disparaître. Peut-être que cette fois, il ne reviendra tout simplement pas. »

« Qu'as-tu découvert sur son bookmaker ? »

« Impossible d'approcher Tommy Serra. J'attends qu'un contact me fasse entrer. »

« Fais attention avec ces gars-là. Tu sais pourquoi on l'appelle Tommy les Pouces ? »

Vargas a secoué la tête. « Non. »

« Quand Tommy a commencé, c'était un homme de main pour les Bigiotti, et quand quelqu'un ne payait pas, il lui écrasait les pouces avec un marteau. »

« Sympa, vraiment sympa. Tu penses que c'est le genre de type à buter un débiteur ? »

« Je ne pense pas. Ça n'a aucun sens de tuer quelqu'un qui te doit de l'argent. Tu ne serais jamais remboursé comme ça. Mais on ne sait jamais, quelque chose a pu déraper. »

« Ou ils avaient besoin d'en faire un exemple. »

« Là, tu commences à réfléchir, Vargas. Ces vacances t'ont fait du bien. Hé, si tu en as l'occasion, va voir où travaille Stewart. On ne sait jamais ce qu'on peut découvrir. »

Deux infirmières sont entrées pour me préparer pour l'opération et Vargas m'a mis un chapelet dans la main. J'ai vaillamment essayé de ravaler mes larmes pendant qu'elle me disait au revoir.

16

STEWART

« Il y a ceux qui font bouger les choses, ceux qui les regardent bouger, et ceux qui se demandent ce qui s'est passé. »

— *ANONYME*

Mon portable a sonné. C'était elle. Parfait.

« Alors, quoi de neuf, mon rayon de soleil ? »

« J'ai appelé pour parler à l'inspecteur Luca, mais il est en arrêt maladie », a dit Robin.

J'ai levé le poing en signe de victoire. « Oh. Je me demande bien ce qui a pu lui arriver. »

« Maintenant, plus personne ne va chercher Phil. »

Ça recommence. Parfois, elle fait vraiment tout un drame. « Je suis sûr qu'ils travaillent en équipe. Ne panique pas, Robin. »

« Je ne panique pas, Dom ! Chaque jour qui passe sans Phil, la probabilité qu'il ne revienne jamais augmente. Je le sens, je sens que quelque chose lui est arrivé, et tu n'as pas l'air de t'en soucier. »

« Bien sûr que je m'en soucie. C'était mon meilleur ami. »

« Eh bien, tu ne fais pas grand-chose pour l'aider. »

« Ce n'est pas juste, Robin. Écoute, je sais que ça ne sent pas bon, mais on ne sait jamais. Il pourrait avoir été enlevé par des tarés, ou quelque chose du genre. »

« Il lui est arrivé quelque chose de grave. J'ai fait un très mauvais rêve cette nuit. »

C'était donc ça, un rêve l'avait perturbée. Je l'ai calmée et lui ai dit que j'allais contacter la police pour savoir qui reprenait l'affaire de Luca.

Mon appel pour Luca a été transféré à une femme du nom de Mary Ann Vargas. Sa voix était agréable au téléphone. Je me suis demandé à quoi elle pouvait ressembler.

« Je cherchais à joindre l'inspecteur Luca. »

« Il est en congé. Je suis sa partenaire. Que puis-je faire pour vous ? »

« Oh, j'espère qu'il va bien. »

« Il s'en remettra. »

« Tant mieux. Vous comprenez, il s'occupait d'une affaire de disparition, et nous nous demandions où ça en était. »

« De quelle personne s'agit-il ? »

« Vous en avez plus d'une ? »

« Le nom ? »

Encore une joyeuse.

« Gabelli, Phil Gabelli. Vous êtes au courant ? »

« Bien sûr. Comme je vous l'ai dit, je suis la partenaire de l'inspecteur Luca. »

« Mais nous n'avons jamais entendu parler de vous. »

« En quoi puis-je vous aider ? »

« Vous savez ce qu'il se passe ? »

« J'ai le dossier. Puis-je vous demander pourquoi c'est vous qui faites le suivi et non Mme Gabelli ? »

« Robin m'a dit qu'elle avait appelé, mais n'avait obtenu aucune information. »

« Il n'y a rien de nouveau à signaler. »

« Oh. Personne ne cherche Phil ? »

« C'est une enquête en cours et nous suivons quelques pistes. »

Des pistes ? Qu'est-ce qu'elle voulait dire par là ? « Oh, il y a quelque chose qui se trame ? »

« Je ne suis pas autorisée à discuter de l'affaire, mais vous pouvez assurer à Mme Gabelli que nous continuons à chercher à localiser son mari. »

« Alors, vous pensez qu'il a pris la fuite. »

« Je n'ai pas dit ça. »

« Pas exactement, mais vous avez parlé de le localiser, et ça veut un peu dire que… »

« Je suis désolée, mais je dois vous laisser. Vous pouvez dire à Mme Gabelli que nous la contacterons en fonction de l'évolution de la situation. »

L'évolution de la situation ? On aurait dit qu'ils avaient quelque chose. La question était de savoir quoi.

Je l'ai remerciée et lui ai dit au revoir. Puis j'ai réfléchi une minute avant d'envoyer un texto à Robin.

17

LUCA

Je me suis réveillé en salle de réveil avec l'impression qu'un sumo s'était servi de mon ventre comme trampoline. J'avais la bouche complètement sèche. J'avais tout un tas de tubes plantés dans le corps, ce qui m'a fichu une peur bleue. Pourquoi autant de tubes ? Ils ne m'en avaient pas parlé. Est-ce que quelque chose s'était mal passé ?

Le pire, c'était le tuyau dans mon nez ; il m'irritait au plus haut point. J'étais dans le coaltar et je voulais l'arracher, mais je pouvais à peine soulever le bras.

Mon cœur s'est emballé. C'était bien pire que ce à quoi je m'attendais. Pour moi, il était évident que les médecins n'avaient pas pu me fabriquer de vessie. Quand ils m'ont opéré, ils ont probablement vu que le cancer s'était propagé. Partout. Merde, Luca, toute la chance que tu avais vient de partir en fumée. J'étais foutu. Ça ne servait à rien de lutter contre la torpeur, alors je me suis simplement laissé emporter.

Un raclement de gorge m'a réveillé. Le Dr Murray était venu me voir, mais il semblait seul. J'ai essayé de voir si quelqu'un se trouvait derrière lui. Personne. Le Dr Lino n'était nulle part en vue. Mes pires craintes allaient se confirmer.

« Comment vous sentez-vous, monsieur Luca ? »

« Comme si un camion m'était passé dessus. »

« Vous avez traversé une grosse épreuve, mais je suis certain que vous vous remettrez rapidement. »

« Si vous trouvez ça normal de vivre avec une poche de pisse qui vous pendouille au corps. »

Murray est resté planté là une seconde avant de bafouiller : « Je, je… »

« C'est bon, docteur, je sais que vous n'avez pas pu fabriquer de vessie. »

« Non, non, nous l'avons fait. »

« Quoi ? Où est le Dr Lino ? »

« Il a été appelé pour une opération d'urgence. »

« Alors, il, vous… vous avez pu me faire une nouvelle vessie ? »

Murray a souri. « Oui, c'était difficile, mais c'est une réussite. »

« Je… quand je n'ai pas vu le Dr Lino, je me suis dit que… »

« Oh, je comprends maintenant. »

Il s'est mis à rire, et je l'ai imité, mais mon ventre s'est mis à protester. Murray m'a fait un topo sur ce qu'ils avaient fait. Il a affirmé être certain qu'ils avaient retiré tout le cancer et a dit qu'il ne s'était pas propagé aux ganglions lymphatiques, ni nulle part ailleurs. Si j'avais pu me lever, je lui aurais claqué une grosse bise. Il est parti en disant qu'il reviendrait avec Lino dès que j'aurais quitté la salle de réveil.

———

LE LENDEMAIN MATIN, ils m'ont mis sur pied pour que je marche dans les couloirs, bien que je sois relié à un assortiment de poches et de tuyaux. C'était lent et douloureux. Je me suis senti un peu mieux après le petit-déjeuner et j'ai vraiment vu le bout du tunnel quand ils m'ont retiré la sonde en fin d'après-midi.

Vargas est arrivée juste après le dîner avec une carte et une orchidée blanche.

« Comment tu te sens, Luca ? »

« Mieux que prévu. Ça, c'est sûr. »

« C'est merveilleux. Je me suis inquiétée pour toi, coéquipier. » Elle s'est assise sur une chaise en plastique bleue.

« Je t'avais dit que ça irait. »

« Je sais, mais tu m'as fait peur l'autre jour. Tu n'étais pas toi-même. »

« De quoi tu parles ? »

« Allez, Luca, ça ne fait pas des siècles qu'on est partenaires, mais on se connaît. Non ? »

« Ouais, tu as sans doute raison. J'étais nerveux. »

« C'est parfaitement normal. Alors, que disent les médecins ? »

« Ils sont presque sûrs d'avoir tout enlevé. » Elle n'avait pas besoin de savoir pour ma nouvelle vessie.

« Dieu merci, Dieu merci. Tu vois, prier, ça marche. »

« Tu vas finir par faire de moi un croyant, Vargas. »

« Tu es mon projet personnel, Luca. Si j'arrive à te convertir, les portes du paradis me seront grandes ouvertes. »

« Très drôle. Dis, qu'est-ce qui s'est passé avec Tommy la Gâchette ? »

« C'est une visite de courtoisie, Luca. »

« Oh, allez, ça fait une semaine que je suis ici, et je deviens déjà fou. »

« Disons simplement que c'est intéressant. »

« Ne joue pas avec moi, Vargas. Qu'est-ce qui se passe ? »

« Comme je l'ai dit, c'est une visite de courtoisie, et tu as besoin de te reposer. On en parlera, peut-être demain. »

Avant que je puisse protester, Vargas s'est dirigée vers la porte. Elle l'a ouverte et s'est retournée.

« Oh, j'ai failli oublier de te dire. » Elle souriait jusqu'aux oreilles.

« Quoi ? Crache le morceau. »

« Une gentille jeune femme, enfin, elle avait l'air jeune, a appelé pour toi. »

Est-ce que ça pouvait être Kayla ? « Qui était-ce ? »

« Elle a dit s'appeler Kayla. Elle s'inquiétait pour toi. Elle a dit qu'elle était avec toi quand tu as piqué du nez. »

Kayla. Je devais admettre que j'avais pensé à elle plusieurs fois, mais avec les avancées médicales qui filaient à une vitesse folle et la nature de mon problème, ça ne semblait pas être le bon moment pour discuter. Maintenant que j'avais l'air d'être tiré d'affaire, j'avais envie, presque besoin, de lui parler.

Vargas est partie et une minute plus tard, une infirmière est entrée.

« Comment allez-vous, Frank ? »

« Plutôt bien. Savez-vous où est mon téléphone ? »

« Euh, non. Je vais vérifier à l'accueil dès que nous aurons terminé ici. »

« Qu'est-ce que vous allez faire ? Encore une prise de sang ? »

Elle a secoué la tête. « Vous devez vous soulager. »

« Je n'ai pas l'impression d'en avoir envie. »

« Je sais. C'est parce que vous n'avez plus le système nerveux qui vous signale qu'il est temps d'y aller. »

« Ah, oui. J'avais oublié. »

L'infirmière m'a aidé à me lever et a déplacé la potence à perfusion avec moi jusqu'à la salle de bains. Je lui ai tourné le dos devant la cuvette, et elle a dit : « Il va falloir vous asseoir, Frank. »

J'ai secoué la tête.

Elle est sortie et a dit : « Essayez de pousser. »

Je n'avais pas l'impression d'en avoir envie. Rien ne sortait, même si je poussais.

« Je n'y arrive pas. Rien ne sort. »

« Ça aide de lever les genoux. Essayez de vous mettre sur la pointe des pieds. Frottez aussi ou chatouillez un peu votre abdomen. Mais faites attention à la plaie. »

J'ai fait ce qu'elle m'avait dit et après environ cinq minutes à compter les carreaux jaunes sur le mur, un filet d'urine a finalement coulé. Génial, je pissais en saccades.

« Bien, Frank. Maintenant, quand vous aurez fini, essayez de sentir si vous percevez une différence dans votre abdomen. Je sais que tout est douloureux dans cette zone, mais beaucoup de patients apprennent à détecter une légère pression quand ils ont vraiment besoin d'y aller. C'est une chose sur laquelle vous devrez vous concentrer. »

« D'accord, je vais essayer. »

Elle voulait que je marche dans les couloirs avant de retourner au lit. Je n'avais pas le choix ; mon appel devrait attendre.

Nous sommes rentrés après avoir fait deux fois le tour de l'étage. C'était épuisant. L'infirmière a sorti mon téléphone du casier de la chambre et, bien sûr, il fallait le charger. Je n'avais pas de chargeur. L'infirmière a dit qu'elle m'en trouverait un et elle est partie.

Elle est revenue avec un cordon qui pendait de sa main et un sourire radieux sur le visage.

« Voilà pour vous. »

J'ai pris le chargeur et l'ai jeté sur la table de chevet.

« Qu'est-ce qui ne va pas ? Je pensais que vous vouliez passer un appel. »

« J'ai changé d'avis. » En réalité, je venais de me rendre compte que je n'avais pas le numéro de Kayla. J'ai essayé de me souvenir de son nom de famille, mais j'étais si épuisé que je me suis assoupi.

18

STEWART

« *N'attendez pas. Le moment ne sera jamais parfaitement choisi.* »

— NAPOLEON HILL

MAIS QU'EST-CE QU'ELLE VOULAIT À LA FIN ? PHIL NE reviendrait pas, alors il fallait qu'elle tourne la page. Je n'arrivais pas à comprendre pourquoi Robin s'accrochait à son ancienne vie. C'était de l'histoire ancienne. Quoi, elle racontait des conneries quand elle disait tout le temps qu'il fallait aller de l'avant ?

J'étais anxieux. Peut-être que je précipitais un peu les choses ? Ils avaient été mariés dix ans. J'imagine que c'est long. Mais Philly n'était pas un mari dévoué. Peut-être qu'elle jouait juste la comédie pour tout le monde, en agissant comme la plupart des gens. Ce qu'on attend d'eux. Toutes ces conneries de deuil pendant que les semaines et les mois défilent. Des imbéciles, voilà ce qu'ils sont. Qui a envie de gâcher des années de sa vie à se terrer chez soi en jouant les pauvres petites victimes ?

Les psys disent tous qu'il faut laisser le temps faire son œuvre. Le temps guérit toutes les blessures, bla, bla, bla. Pendant ce temps, l'horloge tourne et ta vie te file entre les doigts. C'est complètement stupide. Si tu vas finir par t'en remettre, pourquoi ne pas forcer le rebond plus tôt ?

La force mentale. Laisser les émotions de côté. Voilà ce qu'il faut. Savoir quel est le plan et ignorer tout le reste de cette merde.

J'aurais aimé m'en rendre compte des années plus tôt. Mais regarder en arrière n'aide personne. Il faut que Robin reste concentrée sur aujourd'hui, et peut-être sur demain. Elle ne peut plus perdre son temps. Ni le mien.

Je devais trouver un moyen de la secouer. Ayant besoin de renforts, je me suis levé pour prendre le nouveau livre de citations inspirantes que j'avais acheté, puis je me suis souvenu que l'anniversaire de Robin approchait.

Il faudrait que je fasse quelque chose de bien pour elle. Quelque chose de différent. Aller dans un nouvel endroit, sans aucun souvenir de Phil. Peut-être le nouveau restaurant sur l'eau à Marco. Je n'arrive pas à me souvenir si elle y est déjà allée. La nourriture est un poil meilleure que correcte, mais le cadre est vraiment sympa. Quelques cocktails devant un coucher de soleil et on serait complètement détendus. Il faut que je lui demande si elle y est déjà allée sans lui mettre la puce à l'oreille.

Je me suis assis sur la lanai avec le livre et je l'ai ouvert à une page au hasard. Incroyable, une de mes citations préférées :

« Tous les hommes rêvent, mais pas de la même manière. Ceux qui rêvent la nuit dans les recoins poussiéreux de leur esprit s'éveillent au jour pour découvrir que ce n'était que vanité ; mais les rêveurs diurnes sont des hommes dangereux, car ils peuvent jouer leur rêve les yeux ouverts, pour le rendre possible. »

Ce type, T. E. Lawrence, était un génie.

————

PUTAIN DE BORDEL. Je n'en croyais pas mes oreilles qu'une femme flic soit venue au bureau pour poser des questions sur moi. Ça devait être la coéquipière de Luca, cette détective Vargas. Et maintenant, il fallait que j'écoute les conneries de Greely à ce sujet ? Je devrais peut-être simplement démissionner, leur dire d'aller se faire foutre.

Personne n'a rien dit à part Tony, mais à la façon dont tout le monde me regardait, je sentais qu'ils savaient que la police était venue. J'ai eu envie de frapper cette salope de réceptionniste en plein visage quand elle a dit que M. Greely voulait me voir. Sa voix dégoulinait de mépris, comme si j'étais un vulgaire voyou. Elle ne m'a jamais aimé, cette vieille peau.

Pour qui se prennent ces flics ? N'auraient-ils pas dû me prévenir qu'ils venaient ? Est-ce qu'ils en ont quelque chose à foutre de mettre en péril le boulot de quelqu'un ? Je n'en avais rien à foutre de ce boulot, mais quand je partirai, ce sera à mes conditions.

Greely, qu'est-ce qu'il pouvait bien dire à la police ? Il n'avait rien à raconter. Quoi ? Que je suis en retard de temps en temps. Que je fais quelques erreurs ici et là. Les flics perdent leur temps, et vous savez quoi ? En ce qui me concerne, c'est une bonne chose. Qu'ils tournent en rond en venant à mon travail. Ils n'y trouveront rien.

19

LUCA

Une averse d'août a éclaté et je suis entré dans le commissariat en trottinant, que dis-je, en flottant. Je me sentais aussi heureux d'être là que lors de mon premier jour en tant que policier à Middletown, dans le New Jersey.

J'ai déboulé par la porte et je n'en croyais pas mes yeux : tout le monde était debout et applaudissait. Ces gens, comme la plupart de ceux que j'avais croisés dans le sud-ouest de la Floride, étaient toujours d'une gentillesse *folle*. Mais recevoir une ovation juste parce que j'avais été à l'hôpital ?

J'ai serré quelques mains et j'ai remercié tout le monde en rejoignant mon petit lopin de terre. C'était gênant pour moi, mais j'étais content de retrouver mon bureau après presque trois mois d'absence.

Vargas était derrière son bureau, toujours aussi séduisante. Elle arborait un sourire aussi large que le golfe du Mexique.

« Contente de te revoir, Frankie. »

« Mais pas assez pour mériter une ovation comme tout le monde ? »

Elle m'a lancé une boule de papier.

« Ils font ça chaque fois que quelqu'un tombe malade, par ici ? »

« Tu n'as pas juste été malade, andouille, tu as eu un cancer, et tu l'as vaincu. »

Je détestais toujours entendre ce mot commençant par C. « On verra bien. »

« Ne commence pas à broyer du noir, Luca. Mon horoscope dit que la journée sera étonnamment joyeuse. »

Je l'ai repoussée d'un geste de la main et j'ai demandé : « Et si tu me mettais à jour sur nos affaires ? »

Vargas m'a briefé sur quatre affaires de drogue, deux vols à main armée et une agression, avant d'en arriver à l'affaire Gabelli. C'était pratiquement la seule affaire à laquelle j'avais pensé pendant ma convalescence.

J'ai demandé : « Qu'est-ce que tu as fini par découvrir sur le bookmaker, Tommy Thumbs ? »

Elle a attrapé un dossier et l'a ouvert.

« Il est resté muet comme une carpe, mais il ne fait aucun doute que Gabelli était endetté jusqu'au cou auprès de lui. »

« Jusqu'au cou à quel point ? »

Elle a fait la grimace. « Il n'a pas voulu dire exactement, mais il a dit que c'était beaucoup et qu'il était préoccupé mais pas inquiet au sujet de la dette. »

« Préoccupé mais pas inquiet ? Gabelli se retrouvait souvent dans le pétrin ? »

Vargas a hoché la tête. « Tommy a dit qu'il y a eu une poignée de fois où Gabelli a eu une série de malchances. »

« Est-ce qu'on a une chronologie ? »

« Il a dit qu'il ne gardait pas de registres, mais que ça s'étalait sur les deux dernières années, environ. Il a dit qu'il était désolé de perdre un si bon client. »

« Quelle a été ton impression sur lui ? »

« Il est flippant. Je n'ai pas aimé le fait qu'il savait que Gabelli avait disparu. Quand j'ai insisté, il a dit que Gabelli lui devait de l'argent et qu'il était allé le chercher pour recouvrer sa créance. »

« C'est logique. On ne peut pas récupérer d'argent d'un mort. »

« Pourquoi es-tu si obsédé par ce que Tommy Thumbs avait à dire ? »

« Ça me donne une meilleure idée de ce qui se passe. Si Gabelli devait un paquet d'argent à Thumbs, il y a des chances qu'il ait été endetté auprès d'un ou deux autres bookmakers. En plus, ces types-là sont sans pitié pour récupérer leur dû, et parfois les choses dérapent et quelqu'un finit par mourir. »

« Ça pourrait montrer que Gabelli était aux abois s'il devait de l'argent à plusieurs… »

« Dans le mille, Vargas, tu apprends vite. »

« Et les hommes aux abois font des choses désespérées. »

Elle venait de me renvoyer une de mes phrases préférées. Je trouvais que ça sonnait sacrément bien.

« Et maintenant ? Comment veux-tu qu'on suive ça ? »

J'ai dit : « Pourquoi n'irais-tu pas voir Stewart ? Demande-lui à nouveau pourquoi il n'a jamais rien dit sur le fait que son copain Phil jouait. Il cache peut-être quelque chose, et moi, j'irai voir madame et je passerai au bureau de Gabelli. »

———

LA MAISON des Gabelli avait un nouveau look côtier contemporain. Elle était d'un blanc cassé avec des volets anti-cycloniques sombres et des portes de garage d'aspect moderne avec des vitres opaques. Tout avait des lignes droites et une élégance simple. Quand j'avais commencé à voir ce nouveau style, il m'avait semblé trop moderne, mais je m'y suis fait rapidement, et celle-ci était vraiment belle. J'aimais la façon dont les pavés étaient posés en chevrons. J'ai estimé que la maison valait au minimum entre deux millions et demi et trois millions pendant que je sonnais à la porte.

Je ne savais pas trop à quoi m'attendre, mais le sourire éclatant et la poignée de main chaleureuse de Robin m'ont décontenancé.

« Comment vous sentez-vous ? J'ai entendu dire que vous aviez été opéré. »

« Je suis comme neuf. »

« C'est une excellente nouvelle. Je me suis inquiétée pour vous. »

Moi ? Elle s'était inquiétée pour moi. « Comme je l'ai dit, j'ai quelques questions à vous poser. »

« Bien sûr, entrez. »

Elle était vêtue d'une robe rouge soyeuse. Avait-elle mis ça juste pour ma visite ? La robe l'enveloppait, dessinant un corps digne de n'importe quel magazine masculin. Pas une seule ligne droite, ai-je pensé, alors que Robin me faisait entrer dans un salon familial à deux étages.

« Puis-je vous offrir quelque chose à boire, inspecteur ? »

J'ai pris place dans un fauteuil bleu clair. « Non, merci, ça ira. »

Elle a lissé la robe là où elle touchait ses fesses et s'est assise dans un fauteuil club pivotant avec un passepoil noir.

Robin a souri : « Je suis si contente que vous alliez mieux, Frank. »

Elle était passée d'inspecteur à Frank en une nanoseconde.

« Merci. » Je me suis agité sur ma chaise. « Je crois savoir que M. Stewart et vous avez eu une liaison. Que pouvez-vous me dire à ce sujet ? »

Elle a croisé les bras. « Il n'y a pas grand-chose à dire. C'est quelque chose que je regrette, et ça s'est terminé en un clin d'œil. »

« La liaison n'a pas duré longtemps ? »

« Non, en effet, et je n'appellerais pas ça une liaison ; c'était l'histoire d'un soir. »

« Votre mari était-il au courant ? »

« Vous êtes fou ? Ça tuerait Phil s'il l'apprenait. »

« Quand cet… interlude, disons, s'est terminé, est-ce que les choses sont revenues à la normale ? »

Elle a souri. « Pas de mal de fait. »

Il n'y avait pas d'arbitre en vue. « C'est une façon peu commune de le dire. »

« Écoutez, c'était stupide de ma part. Je n'aurais pas dû le faire, mais j'étais en colère contre lui, et les choses ont juste dérapé, vous voyez ce que je veux dire ? » Elle a croisé une jambe, dévoilant une cuisse qu'une poularde de Bresse n'aurait pas reniée.

Ayant eu ma part d'aventures, je savais très bien comment les choses pouvaient dégénérer, mais j'ai dit : « Faites-vous référence aux liaisons qu'a eues votre mari ? »

« Ce n'était pas ça, ou peut-être un peu, je suppose. Mais Phil voyageait comme un fou. Il n'était jamais à la maison, et Dom, eh bien, Dom était là, et on passait beaucoup de temps ensemble. Je me sentais seule. »

Elle a pivoté sur sa gauche, montrant un peu plus de la porcelaine fine avant de revenir en position. La moue sur son visage et son comportement étaient à l'opposé de la femme de tête qu'elle était. L'idée qu'elle puisse être en train de me manipuler m'a traversé l'esprit.

« Était-ce une décision mutuelle d'y mettre fin ? »

Elle a froncé les sourcils, laissant apparaître la première ride que j'aie vue sur son visage.

« Pas vraiment. »

« Je suppose que M. Stewart voulait que ça continue ? »

Elle a hoché la tête. « Sans aucun doute. Il n'arrêtait pas de me harceler pour que je lui donne une autre chance. »

« Vous harceler ? »

Elle a décroisé les jambes et s'est penchée en avant. « Écoutez, j'ai été parfaitement claire sur le fait que c'était l'histoire d'un soir. Je lui ai dit que c'était fini et terminé, un point c'est tout. »

J'étais content que la femme de tête ait refait surface. Malgré tous mes efforts, je ne me faisais pas vraiment confiance pour lui résister si l'occasion se présentait.

« Et M. Stewart a lâché l'affaire ? »

« En grande partie. »

« Pourriez-vous développer ? »

« C'est juste qu'il y a toujours quelque chose qui reste, vous voyez ce que je veux dire ? »

Oh que oui, je voyais. J'ai esquivé la question. J'ai dit : « Vous dites ça comme si vous aviez une certaine expérience dans le, euh, domaine ? »

Venait-elle de battre des cils ? Elle a recroisé les jambes et a dit : « Je ne suis pas un ange, mais j'aime mon mari et je ne m'amuse pas à ça. »

Ouais, c'est ça. C'était intéressant et amusant. J'étais content d'être de retour en selle. J'ai exploré le sujet de l'infidélité pendant un moment, mais je n'avais pas l'impression que ses autres transgressions avaient grand-chose à voir avec l'affaire, alors j'ai conclu et j'ai filé vers un McDonald's pour utiliser les toilettes. Pas question que j'utilise sa salle de bains.

———

MERDE. Quelqu'un était aux cabinets. Ça faisait bien quatre heures que je n'avais pas pissé. Je sentais la pression dans mon abdomen et c'était à éviter. Les médecins m'avaient dit de ne pas rigoler avec l'espacement des mictions, car cela pourrait faire sauter les sutures internes.

Après avoir sautillé pendant une minute ou deux, j'ai tambouriné à la porte.

« Dépêche-toi là-dedans ! »

« Fous-moi la paix, crétin. »

« Faut vraiment que j'y aille, mec. »

« C'est bien dommage pour toi. »

J'avais envie d'enfoncer la porte et de coller mon poing dans la figure de ce type, mais j'avais peur de me pisser dessus au passage, alors je suis sorti. J'ai regardé des deux côtés, me suis faufilé dans les toilettes des dames et me suis assis sur un de leurs trônes. Je n'avais jamais commencé à uriner aussi vite et ça faisait du bien.

L'idée de faire l'amour m'a démoralisé. Les choses n'allaient pas bien en bas. Les médecins avaient dit qu'il faudrait du temps, mais j'avais l'impression que quelque chose était déconnecté entre mon esprit et le petit Luca.

La porte s'est ouverte et j'ai rentré les pieds. Ça devait être une jeune fille, à en juger par ses baskets. Elle est entrée dans la cabine d'à côté et a pris tout son temps. Je me suis demandé si la respiration d'un homme était discernable de celle d'une femme. Après qu'elle a eu fini, j'ai vu ses pieds près du lavabo. Elle s'est lavé les mains, Dieu merci, mais elle ne bougeait pas. Qu'est-ce qu'elle fabriquait, à s'admirer dans le miroir ?

Finalement, ses pieds ont quitté le lavabo et la porte s'est ouverte. Je me suis relevé en vitesse, j'ai remonté ma braguette et j'ai entrouvert la porte de la cabine. J'ai attrapé la porte des toilettes et l'ai ouverte, à la grande surprise d'une femme plus âgée qui s'apprêtait à entrer.

J'ai dit : « Désolé, je croyais que c'étaient les toilettes des hommes. »

Elle m'a regardé d'un air soupçonneux, alors j'ai dû me réfugier dans les toilettes des hommes pendant un moment et tirer une fausse chasse d'eau avant de me diriger vers le parking.

20

STEWART

« Espérez le meilleur. Préparez-vous au pire. Tirez profit de ce qui se présente. »

— ZIG ZIGLAR

C'ÉTAIT ROBIN. « ILS ONT RETROUVÉ LA VOITURE DE PHIL. »

Merde. La Saint-Valentin approchait à grands pas, et ça allait foutre mes plans en l'air.

« La voiture de Phil ? Où ça ? »

« À Lehigh Acres. Elle a été désossée quelque part près de Jaguar Boulevard. »

« Oh. Est-ce qu'ils ont dit s'ils avaient des pistes sur Phil ? »

« Non, ils ont dit que c'était un endroit où les gangs du coin amènent les voitures qu'ils volent. »

« Est-ce qu'ils ont pu relever quelque chose dessus, comme des empreintes digitales ? »

« Ils n'ont rien dit, mais c'est la première bonne nouvelle depuis la disparition de Phil. »

« Ce n'est pas une bonne nouvelle, Robin. »

« De quoi tu parles, Dominick ? »

Je détestais quand elle m'appelait Dominick. C'était si impersonnel, comme un surveillant d'école ou un truc du genre.

« Ça pourrait vouloir dire que Phil ne reviendra pas. »

Elle a eu un hoquet de surprise. « Oh non. Tu le penses vraiment ? »

« Eh bien, je ne veux pas faire de suppositions, mais s'il a abandonné sa voiture... »

« Elle a été volée et désossée, c'est ce que la police a dit. »

« Je t'entends bien, mais il est possible qu'il l'ait laissée quelque part, peut-être dans un aéroport ou un lieu du même genre. S'il comptait revenir, tu sais bien qu'il l'aurait mise en sécurité ou quelque chose comme ça. Je ne sais pas, il l'aurait peut-être même vendue. »

« Comment diable le fait de la vendre serait-il un signe de son intention de revenir ? »

« Oh, je ne sais pas. Merde, je ne sais plus quoi penser. Tu sais, il me manque autant qu'à toi. »

« C'est un mauvais rêve, un cauchemar. »

« Je sais, c'est dingue. Dis, ça te dirait d'aller manger un morceau plus tard ? »

« Quoi ? Comment peux-tu penser à manger dans un moment pareil ? »

J'aurais dû attendre ou la rappeler plus tard.

« Je ne sais pas, je ne voulais juste pas que tu sois seule après avoir appris pour la voiture et tout. »

« Je suis désolée, je sais que tu essaies d'aider. »

Putain ! C'était un sacré rattrapage. Peut-être que la Saint-Valentin pouvait encore être sauvée.

VERS DIX-SEPT HEURES, mon portable a vibré. C'était elle ! Elle voulait probablement sortir manger !

« Salut, comment ça va, Robin ? »

« Les flics doivent penser que Phil est mort. » Sa voix s'est brisée.

J'imagine que j'allais manger seul ce soir et que je pouvais oublier la Saint-Valentin.

« De quoi tu parles ? »

« L'inspecteur Luca est venu ici avec une équipe de la police scientifique. »

« Quoi ? Pourquoi ? »

« Pour prélever l'ADN de Phil. »

« Oh, bien sûr. C'est probablement la routine. Je suis surpris qu'ils ne l'aient pas demandé plus tôt. »

« Tu crois ? »

« Bien sûr. Dans *Les Experts*, ils le font tout le temps. Qu'est-ce qu'ils ont pris, une brosse à cheveux, une brosse à dents ? »

« Oui, ils ont pris sa brosse à dents. Ils ont fouillé dans son placard et passé la moquette au peigne fin de son côté du lit. Ils ont même pris ses tongs. »

« C'est logique. On dit que l'ADN est partout. »

« Qu'est-ce que tu penses que ça signifie ? »

Je n'en avais aucune idée, mais je ne pouvais pas exclure qu'ils aient quelque chose. « Ne panique pas, Rob. Je pense vraiment que c'est la routine. »

« J'espère que tu as raison. »

« Écoute, ne le prends pas mal, mais je meurs de faim. Ça te dit d'aller manger quelque chose avec moi ? »

« Non. Je n'ai pas envie de manger. »

21

LUCA

QUAND JE SUIS RETOURNÉ À MON BUREAU, LE RAPPORT QUE j'attendais se trouvait dans ma bannette. J'avais demandé à ce que l'ADN prélevé dans la voiture de Gabelli soit comparé à la base de données des criminels connus de Floride, en espérant une percée dans l'affaire.

J'ai déchiré l'enveloppe kraft. Bingo, il y avait deux correspondances. Je me suis demandé comment ils faisaient pour attraper qui que ce soit autrefois. Le problème, c'est que même avec les outils dont nous disposions, les criminels avaient toujours une longueur d'avance sur nous.

J'ai lu le premier casier judiciaire.

Diego Bosque, vingt-six ans, avait fait deux séjours derrière les barreaux, tous deux pour vol de voiture aggravé. Il s'était fait pincer pour plusieurs délits mineurs, mais rien ne laissait supposer que Bosque était violent. Ce n'était pas surprenant de le lier au vol de la voiture, mais je n'en avais rien à foutre de la caisse, sauf si elle pouvait me mener à ce qui était arrivé à Gabelli. Je doutais que Diego ait quoi que ce soit à voir avec cette disparition, mais il allait bien falloir le contrôler. Bosque, l'as du vol de bagnoles, vivait à Fort Myers et allait bientôt recevoir notre visite. J'ai cliqué sur l'icône d'impression et je suis passé à la suite.

C'était étrange, mais quand le dossier de Jamil Johnson est apparu, j'ai senti une vague d'optimisme m'envahir. Jamil avait trente-deux ans et un casier judiciaire long comme le bras. Couvert de tatouages de taulard, Jamil était un sale enfoiré porté sur la violence. Ce voyou faisait partie d'un gang de trafiquants de drogue d'Orlando et avait passé toute sa vie d'adulte à faire des allers-retours en prison. Avec toutes les agressions, dont beaucoup avec une arme mortelle, il semblait être un homme de main du gang.

La piste du gang d'Orlando était confuse, cependant. Nous n'avions jamais eu de démêlés, ni même de signalements d'activités de gangs venant d'ailleurs que de Miami. Ça n'avait aucun sens, mais ce Gabelli était un type compliqué. Qui sait dans quel merdier il s'était fourré ?

En vérifiant les dates, j'ai confirmé que Jamil était en liberté au moment de la disparition de Gabelli. Même si la piste criminelle se précisait un peu, ce crétin était à quatre bonnes heures de route.

Je n'avais pas vraiment envie de rester assis dans une voiture, en espérant que ma vessie n'explose pas, pour revenir encore une fois bredouille. D'ailleurs, Vinny Colavito, un vieil ami de l'académie de police, était dans les forces de l'ordre d'Orlando depuis dix ans.

Même si nous n'avions jamais tenu notre promesse de nous revoir après mon déménagement au paradis, Colavito et moi avons immédiatement renoué avec nos années de dortoir. Colavito ne travaillait pas à la brigade des gangs, mais il ferait interroger Jamil Johnson et, s'il y avait quelque chose, le garderait en garde à vue.

———

ALLER à Baleen pour un enterrement de vie de garçon m'a vraiment perturbé. J'ai été surpris de voir à quel point cela m'a affecté. Ça devait être évident, car quelques gars du poste m'ont demandé si ça allait. Je me suis arrêté avant d'entrer dans les toilettes. C'est là que tout a commencé.

Une nuit pleine, ou plutôt débordante, de promesses, a été bouleversée en moins de temps qu'il n'en faut pour qu'un mouchoir en papier se consume. Le fait est que je n'avais pas besoin qu'on me rappelle à quel point la vie était fragile. J'avais appris il y a des années à en profiter quand on le pouvait. Mais la réalité, c'est que je ne m'attendais pas à tomber dans le piège à un si jeune âge.

Il était clair pour moi que tôt ou tard, tout le monde a son lot de malheurs dans cette vie. Je pensais être en phase avec ma propre mort, mais je n'étais pas plus équilibré que n'importe qui d'autre se promenant dans le déni. C'était embarrassant ; j'avais été un fervent défenseur de la planification de ses propres funérailles, allant jusqu'à choisir son cercueil, pour se rappeler que nous allions mourir. Il s'avère que, comme pour la plupart des conseils, on aime les donner mais pas les suivre. Je me sentais con ? J'avais l'air d'un idiot fini.

Pour m'enfoncer encore plus, il y avait le souvenir de Kayla. Personne n'avait besoin de me dire que ce n'était que le début, mais il ne faisait aucun doute que le courant était passé entre nous. Je sentais que nous allions quelque part ensemble. Elle semblait aussi intéressée que moi. Elle avait pris de mes nouvelles quand j'avais fait mon malaise, donc elle tenait à moi. J'aurais dû la retrouver, mais avec ma mécanique qui ne fonctionnait plus, ça me semblait futile. Je ne sais pas pourquoi je ne l'ai pas contactée. Mon médecin m'a dit que mon problème physique pouvait mener à la dépression. C'était peut-être ça.

Je recevais des injections pour aider à réduire le tissu cicatriciel. Les médecins disaient qu'une accumulation de tissu cicatriciel était responsable de l'engourdissement des terminaisons nerveuses, ce qui contribuait à mon incapacité à avoir une érection. J'espérais qu'ils avaient raison, et qu'ils n'avaient pas sectionné autre chose là-dessous.

Il s'est dit certain à cent pour cent que le Viagra résoudrait mon problème, mais comme la douleur à la vessie et une augmentation du besoin d'uriner étaient des effets secondaires possibles, il voulait d'abord essayer les injections. C'était logique, mais ce n'était pas lui qui était incapable de bander.

Mon raisonnement n'était rien de plus que stupide et immature. Si c'était la bonne, elle m'aiderait à traverser ça et accepterait que je prenne une pilule pour retrouver ma virilité.

Ne gâche pas cette opportunité, Luca. Trouve un moyen de la contacter.

───────

J'ai raccroché le téléphone.

« Encore une impasse, Vargas. »

« C'était qui ? »

« Mon vieil ami d'Orlando. Jamil Johnson et Diego se connaissent. Ils les ont fait venir tous les deux et les ont cuisinés. Mais on dirait que Jamil disait la vérité pour une fois. Jamil rendait visite à son cousin et Diego l'a conduit. Il a dit qu'il allait botter le cul de Diego dans tout le comté de Lee pour ne pas lui avoir dit qu'il était dans une voiture volée. On n'invente pas des trucs pareils. »

« Eh bien, au moins, Gabelli n'était pas mêlé à une affaire de drogue. »

« Je vais faire coffrer Diego pour ça. »

« Mais on avait promis de ne pas le faire s'il parlait. »

« On ne peut pas fermer les yeux, ce type est trop effronté. On doit lui rabattre le caquet. »

« Je ne sais pas, on pourrait avoir besoin de lui un jour. »

« Avec son casier, on aura toujours de quoi l'appâter. »

22

LUCA

SIMMONS CONSTRUCTION OCCUPAIT TROIS ÉTAGES D'UNE TOUR
de bureaux en verre sur la 41, juste au sud de Park Shore.
Pour une grande entreprise de construction internationale, les
bureaux n'avaient rien d'impressionnant et frisaient le
minable. La chaise sur laquelle j'étais assis suppliait d'être
retapissée, et la table basse était éraflée. La seule chose qui
sauvait l'endroit, c'était la vue. Je me suis concentré sur une
mince bande du golfe qui brillait au loin, jusqu'à ce qu'une
jeune femme aux formes généreuses me demande de la suivre.

Je l'ai suivie du regard, observant le balancement de ses
hanches tandis qu'elle me conduisait au bureau d'angle de
John Conner, le patron de Gabelli. Le bureau était rempli de
maquettes de bâtiments et de dessins d'architecture encadrés.
L'endroit avait l'air branché pour travailler, sauf qu'il faisait
trop froid pour moi. Le printemps n'était plus qu'à quelques
semaines, et pourtant la clim tournait à plein régime.

Conner était britannique, mais son accent s'était considérablement atténué au cours des quinze années qu'il avait
passées ici. C'était un autre de ces types qui avaient choisi de

se raser le crâne pour masquer une calvitie. Conner portait des lunettes à monture épaisse et une moustache. Il avait l'air d'un collectionneur de vins. Rien d'extraordinaire, mais il serait une bonne personne à connaître si j'avais raison.

« Depuis combien de temps Monsieur Gabelli travaillait-il ici ? »

« Phil a commencé quelques années après mon arrivée, donc je dirais une douzaine d'années. Je vais demander aux RH de vous trouver la date exacte. »

« Quelles étaient ses responsabilités ? »

« Il était, euh, il est l'un de nos chefs de projet. »

« Quel projet gérait-il au moment de sa disparition ? »

« Phil était sur le projet Sweet Bay. »

« De quel type de projet s'agit-il ? »

« Un projet de développement à usage mixte : du commercial, des bureaux et une partie résidentielle. C'est l'essentiel de ce que nous faisons ici chez Simmons. »

« Où se trouve ce Sweet Bay ? »

« À Santiago, au Chili. »

« Si je comprends bien, Monsieur Gabelli voyageait pas mal. »

« Voyager ? Non, Phil ne se rendait pas sur les chantiers. C'est la responsabilité du directeur de travaux. »

« Monsieur Gabelli ne voyageait jamais pour des raisons professionnelles ? »

« Je n'aime pas dire jamais, mais ça fait probablement une dizaine d'années qu'on a séparé les tâches, donc s'il a voyagé, c'était il y a longtemps. »

« C'est intéressant. Sa femme a dit qu'il voyageait beaucoup. »

« Je ne sais pas d'où elle tient cette impression. Peut-être que Phil lui cachait quelque chose. »

« C'est ce que j'essaie de découvrir. »

« J'espère que vous y arriverez. »

J'ai hoché la tête et j'ai dit : « Au fait, vous aimez le vin ? »

Ses yeux se sont mis à briller. « Énormément. Et vous ? »

———

J'ÉTAIS ARRÊTÉ au feu à l'angle de Vanderbilt et Airport quand j'ai réalisé que je perdais peut-être mon temps. Tout portait à croire que Gabelli s'était fait la malle. Il avait l'habitude de disparaître quelques jours d'affilée, généralement pour se planquer avec différentes femmes. Peut-être qu'il s'était trouvé une nouvelle conquête au moment même où il avait accumulé une dette de jeu, et qu'il avait décidé de prendre le large pour de bon. La combinaison des deux semblait être une motivation suffisante.

Nous étions sur cette affaire depuis trop longtemps ; il était peut-être temps de mettre le dossier Gabelli en suspens. Surtout maintenant, alors que nous pourrions être utiles ailleurs.

Le service faisait un effort de dissuasion agressif pour empêcher les gangs de Miami ne serait-ce que de penser à traverser Alligator Alley. L'effort était couronné de succès, mais il détournait de nombreux officiers de leurs tâches habituelles. Rien n'avait mal tourné à cause de ce redéploiement d'effectifs, et les gradés voulaient s'assurer que ça continue. Par conséquent, ils nous demandaient maintenant de ne pas perdre de temps sur des affaires qui étaient dans une véritable impasse. L'affaire Gabelli semblait correspondre à cette description.

———

J'AI ATTENDU que Vargas sorte de réunion pour en discuter avec elle. À moins qu'elle ne soit en total désaccord, j'allais mettre l'affaire Gabelli sur pause. Je lisais mes e-mails quand Sally, qui s'occupait de la ligne d'information anonyme, a passé sa tête rousse dans l'embrasure de la porte.

« Salut, Frank, on a eu un appel sur l'affaire Gabelli. »

« Tu te moques de moi ? »

Elle a secoué la tête. « Un type, qui a voulu rester anonyme, a dit que la femme est sur le point de recevoir un paiement de quelques millions de dollars d'une police d'assurance sur son mari. »

« Et comment savait-il ça ? »

« Il a dit qu'il travaillait chez l'assureur, Lincoln Life Insurance. »

« Ouah. »

« Et voilà le meilleur : il a dit que la police d'assurance était en vigueur depuis moins de deux ans. »

« Je me demande s'il y a un moyen de vérifier ça. »

« Il te faudrait probablement une ordonnance du tribunal pour que Lincoln ouvre ses registres. »

« Fais-moi une faveur, Sally, dis à Vargas que je serai de retour dans une heure ou deux. »

———

J'AI LUTTÉ pour détourner les yeux du décolleté plongeant du chemisier de Robin en la saluant. Nom d'un chien, j'aimais la façon dont on s'habillait dans la publicité.

Elle a affiché un sourire aux dents parfaites. Elles devaient être blanchies. Robin avait l'air encore plus fraîche que dans mon souvenir. Était-ce une touche de Botox ? J'ai essayé d'identifier son parfum en passant près d'elle ; il me rappelait quelque chose que mon ex-femme avait l'habitude de porter.

Nous étions assis l'un en face de l'autre dans une salle de conférence glaciale. Les murs étaient couverts de reproductions colorées de Leroy Neiman, pour tenter de dissimuler le fait que la pièce était sans fenêtres.

« Désolée pour la pièce, mais cet endroit est rempli de fouineurs. »

« Ça me va très bien. »

« De quoi vouliez-vous me parler ? » a-t-elle demandé en penchant la tête.

« Lincoln Life ? »

« Comment ? »

« J'ai appris que vous étiez sur le point de toucher quelques millions grâce à une police d'assurance sur votre mari. »

« Et alors ? »

« Comment se fait-il que vous n'en ayez jamais parlé ? »

« Vous ne me l'avez jamais demandé et, franchement, ça ne vous regarde pas. »

« Écoutez, quand vous avez fait cette déclaration de disparition, tout ce qui concernait votre mari est devenu mon affaire. »

« Quel est le rapport ? »

« Quelques millions de dollars, c'est un mobile plutôt solide. »

« Êtes-vous en train de dire que je me suis débarrassée de mon mari pour toucher l'argent de l'assurance ? »

Son choix d'utiliser « me suis débarrassée » plutôt que « tué » était intéressant. Cherchait-elle inconsciemment à adoucir ses actes ?

« Je ne dis rien du tout. J'essaie juste de comprendre pourquoi, après presque dix mois de disparition, ce sujet n'a jamais été abordé. »

« Ça ne s'est juste pas présenté. »

« Cette police était en vigueur depuis longtemps ? »

Après une fraction de seconde d'hésitation, elle a dit : « Quelques années. »

Je m'attendais à ce qu'elle reste vague, mais je ne voulais pas insister là-dessus.

« Avez-vous une assurance-vie ? »

« Vous voulez dire, sur moi ? »

J'ai dit : « Oui. »

« Non. »

« Ça semble un peu inhabituel, d'avoir une police sur votre mari mais pas sur vous, même si j'ai cru comprendre que vous gagniez plus que lui. »

« C'est exact. »

« Ça vous dérange de m'expliquer ? »

« J'étais censée être couverte, mais je ne suis jamais allée à l'examen médical et la demande a expiré. »

Non seulement c'était logique, mais c'était quelque chose que j'avais fait moi-même, malgré le harcèlement du vendeur d'assurance. J'ai changé de sujet.

« Qu'est-ce qui vous a poussée à réclamer le versement maintenant, alors qu'une enquête est en cours ? »

La colère a traversé son visage. « En cours ? Vous plaisantez, j'espère. »

J'étais surpris par cette explosion de colère ; elle semblait authentique.

« Qu'est-ce qui vous a poussée à faire la demande ? »

« Une de mes amies m'en a parlé. Elle a dit qu'après un an, une compagnie d'assurance devait payer et que je pouvais faire la demande quatre-vingt-dix jours avant la fin de l'année.

Pourquoi ne devrais-je pas toucher les fonds dès que j'y ai droit ? Ils n'ont eu aucun problème à encaisser mes primes. »

« Cette amie serait-elle par hasard Dom Stewart ? »

Elle a plissé les yeux. « Non. »

« Avez-vous des projets pour cet argent ? »

« Vous semblez préoccupé par l'argent, inspecteur. »

Elle a esquivé l'appât, alors j'ai dit : « Dans mon métier, on apprend assez vite qu'il y a plus de gens tués par appât du gain que par luxure. »

Elle a souri. « La cupidité est puissante. »

« J'espère que ça ne vous dérange pas que je vous demande, mais à combien s'élevait exactement l'assurance sur M. Gabelli ? Deux, trois millions ? »

« Trois. »

« Ouah. Trois millions de dollars. Eh bien, d'où je viens, c'est beaucoup d'argent. »

Elle a haussé les épaules.

« Ça a dû faire une belle commission pour le vendeur. »

« J'imagine. »

« Quel est le nom du vendeur ? »

« Pourquoi voulez-vous savoir ça ? »

J'ai perçu une pointe de panique dans sa voix, alors j'ai dit : « Routine. Rien de particulier. Je n'en ai pas besoin. »

« Ce n'est pas un problème. Je peux essayer de le chercher pour vous. »

Le chercher ? On s'adresserait directement au vendeur pour toucher une somme pareille. Pourquoi essayer de naviguer seule dans le labyrinthe d'une compagnie d'assurance colossale ?

« D'accord, merci. J'imagine que c'est le même type avec qui vous avez déposé votre demande. »

« Euh, je, euh. Vous savez quoi ? J'ai fait appel à un autre agent que Phil. »

« Vraiment ? Et pourquoi donc ? »

« L'ami d'un ami avait un enfant qui débutait et je voulais lui donner un coup de pouce. Vous savez ce que c'est. »

L'ami d'un ami ? « C'était gentil de votre part. »

« J'essaie d'aider quand je peux. »

« Le seul problème, c'est que vous n'êtes jamais allée jusqu'au bout, donc le gamin n'a pas touché un centime. »

Elle n'a pas pu dissimuler l'éclair de colère qui a traversé son visage. « Au moins, j'ai essayé. C'est déjà plus que la plupart des gens. »

Je me suis levé. « Merci pour votre temps, Madame Gabelli. Quand vous le pourrez, j'aimerais avoir le nom des deux agents d'assurance. »

Je ne savais que penser de ce manège. Trois millions de dollars, et elle n'en avait jamais parlé ? Ses réponses concernant son assurance ne me plaisaient pas ; elle cachait quelque chose. Pourtant, elle semblait vraiment furieuse que nous n'ayons pas réussi à découvrir ce qui était arrivé à son mari. Elle était intelligente et, sans aucun doute, elle pouvait être une vraie salope, mais de là à être une tueuse ?

23

LUCA

Je roulais sur Golden Gate Parkway, en route pour un énième rendez-vous chez le médecin, quand ma radio a grésillé :

« On demande aux agents dans le secteur de Golden Gates de répondre à un possible soixante-et-onze en cours au 16715 Tropical Way. »

L'adresse m'était vaguement familière. « Ici l'inspecteur Luca. Dix cinquante-et-un. J'arrive dans cinq minutes. Que pouvez-vous me dire ? »

« Tout ce qu'on sait, c'est qu'un gamin a appelé pour dire que sa mère se faisait tabasser. Ça a l'air sérieux, mais, comme d'habitude, attention aux embuscades. »

Le temps de raccrocher le combiné, un malaise s'est emparé de mon ventre, et ça n'avait rien à voir avec ma vessie. J'ai essayé de réprimer la peur qui montait en moi alors que je tournais sur Santa Barbara Blvd. Le quartier m'était bien trop familier, et j'ai prié pour que tout se passe bien en me garant, sachant que ce n'était pas un guet-apens.

La porte d'entrée était entrouverte, et je me suis blindé en trottinant dans l'allée, la main prête à dégainer mon arme. Réconforté par les sanglots d'une femme, qui, je le savais, était rousse, je suis entré dans la maison en annonçant ma présence. J'avais beau espérer que ce ne soit qu'un déjà-vu, les faits étaient là. J'étais déjà venu ici.

Une télévision était allumée quelque part, mais le salon était vide. Enjambant deux chaises renversées, je me suis dirigé vers les pleurs.

Ils étaient dans la chambre. Deux jeunes enfants gémissaient dans un coin, près de leur mère violemment battue, qui était étendue sur le sol. J'ai fait un signe de la main aux enfants et je me suis agenouillé près de la femme. Du sang suintait d'une vilaine coupure sur sa joue, et elle avait un bleu sur le front.

« Madame, je suis un agent de police, je suis là pour vous aider. »

Elle a hoché la tête pendant que je prenais son pouls.

« Bien. Tout va bien se passer. Je vais appeler une ambulance. »

J'ai transmis la demande par radio et j'ai dit aux enfants que je revenais tout de suite. Refermant la porte derrière moi, j'ai sorti mon pistolet et j'ai avancé dans le couloir. Endormi à poings fermés dans un fauteuil inclinable en velours côtelé marron se trouvait le mari violent. J'ai balayé la pièce du regard à la recherche d'éventuels dispositifs d'enregistrement, mais il ne semblait pas y en avoir.

M'approchant de lui sans faire de bruit, j'ai à peine résisté à l'envie de lui défoncer sa gueule de lâche. Alors, j'ai fait ce qu'il y avait de mieux à faire. J'ai violemment frappé la rotule de ce salaud insignifiant avec la crosse de mon arme. Il s'est réveillé en sursaut, hurlant de douleur. Puis je lui ai fracassé l'autre genou.

J'ai levé mon arme. « La ferme ou je vous mets une balle dans le buffet. »

« Je, je… »

« Je vous ai dit de la fermer. » J'ai éteint la télé et je lui ai dit : « Si vous sortez de cette pièce, vous vous prenez une de mes balles. Compris ? »

Le lâche a hoché la tête. J'ai fermé la porte et je suis retourné dans la chambre au moment où l'équipe de secours se déversait dans la maison. Alors qu'ils commençaient à soigner la femme, deux agents en uniforme sont arrivés. La chambre était surpeuplée, alors j'ai demandé aux enfants de sortir dans le couloir.

« Vous pouvez regarder de là-bas. Il faut juste laisser un peu de place à ces gens pour qu'ils aident votre maman. »

Puis je me suis accroupi à côté d'elle. « Madame, nous sommes tous là pour vous aider. J'ai juste besoin de savoir si c'est bien votre mari qui vous a fait ça. »

Elle a détourné la tête.

« Écoutez, j'étais ici il y a quelques mois. Vous vous souvenez, quand il a cassé le vase de votre mère ? »

Elle s'est mise à pleurer. « Il nous tuera, les enfants et moi, si je dis quoi que ce soit. »

« Non, il ne le fera pas. Nous sommes là pour vous protéger, vous et vos enfants. Avez-vous de la famille qui pourrait s'occuper des enfants pendant que vous allez à l'hôpital ? »

Elle a secoué la tête. « Non, ils sont dans le New Hampshire, et je ne vais pas à l'hôpital. »

« Il le faut, vous saignez, et vous devez vous faire examiner. »

Un secouriste a dit : « Vous voulez que j'appelle la protection de l'enfance ? »

« Je ne veux pas que mes enfants deviennent des pupilles de l'État ! Je peux m'occuper de mes propres enfants ! »

J'ai dit : « Ne vous inquiétez pas, madame. Je ne laisserai vos enfants aller nulle part. Y a-t-il un voisin avec qui ils se sentent à l'aise pour rester le temps qu'on s'assure que vous allez bien ? »

« Madame Hannity adore les enfants, mais elle travaille jusqu'à dix-sept heures. »

J'ai regardé ma montre ; il était un peu moins de treize heures. M'approchant des enfants, j'ai souri aussi largement que possible et j'ai dit : « Je m'appelle l'inspecteur Luca. Maman va aller voir les médecins pour être sûre que tout va bien. Comme Madame Hannity travaille, je me suis dit qu'on pourrait aller déjeuner ensemble, d'accord ? »

L'aîné a dit : « On ne peut pas rester avec papa ? »

« J'ai bien peur que non. Tu vois, on va avoir besoin de son aide avec votre mère pendant un petit moment. Hé, j'ai une super idée, qu'est-ce que vous diriez d'aller au zoo après manger ? »

———

C'ÉTAIT difficile de garder le moral pendant que j'étais avec les enfants. Quel merdier, et j'y avais contribué. Non, j'étais responsable du désastre d'aujourd'hui. Ces pauvres gosses, il y avait de fortes chances que leur père soit désormais persona non grata, et il le méritait. Mais les enfants, qu'est-ce qu'ils en savent ? En plus, la famille, c'est la famille, et on la défend tous, peu importe à quel point ça peut paraître insensé parfois.

Les emmerdes s'accumulaient. Pourquoi avais-je laissé ce

monstre s'en tirer alors que j'aurais pu, non, j'aurais dû le mettre sous les verrous ?

Le premier appel au 911 a eu lieu quand les choses ont commencé à se dégrader physiquement, et maintenant, la preuve était faite, mentalement aussi. Étais-je encore apte à servir ?

J'ai repensé à ce jour-là. Comment avais-je pu laisser cette brute s'en tirer ? Je me suis souvenu de la douleur lancinante et intermittente dans mes entrailles, mais je ne me rappelle pas que c'en était la raison. Ce n'est pas comme si j'avais détalé parce que j'avais très mal.

Qu'est-ce que j'ai raté ? En y repensant, je ne voyais vraiment rien. La vérité, c'est que même si j'avais coffré ce minable, il se serait retrouvé dehors en quelques jours. Et à moins que sa femme n'obtienne une ordonnance restrictive, c'est ce qui serait arrivé de toute façon. Elle n'était pas du genre à se défendre et à réclamer une injonction du tribunal.

Attends, Luca, qu'est-ce que tu fais là ? Tu essaies de te dédouaner ?

Je me suis senti un peu mieux en repensant aux dizaines et dizaines de cas de ce genre que j'avais traités. Le plus déprimant, c'était qu'il fallait un passage à tabac aussi violent que celui-ci pour motiver une femme à chercher une protection juridique. Le plus fou encore, c'était ces innombrables femmes qui prenaient la défense de la vermine qui les maltraitait et refusaient les conseils que nous leur donnions. Bon sang, mais que fallait-il faire pour les mettre en sécurité ?

Mec, il fallait que je me secoue un peu, que je me change les idées et que je me détende. Plage de Vanderbilt, j'arrive.

24

LUCA

« MONSIEUR EAGLETON, ICI L'INSPECTEUR LUCA DU BUREAU DU shérif du comté de Collier. J'aimerais vous poser quelques questions au sujet d'une police d'assurance que vous avez rédigée pour Lincoln Life au nom de Phil Gabelli. »

« Oh, Robin m'a dit que vous appelleriez. »

« Madame Gabelli vous a dit que j'appellerais ? »

« Oui, elle a dit qu'elle ne voulait pas que je sois surpris, que c'était une simple formalité. C'est bien une simple formalité, n'est-ce pas ? »

« Je ne peux pas vraiment en parler, mais nous essayons d'en apprendre le plus possible sur M. Gabelli. »

« Bien sûr. C'est vraiment dommage pour lui, cependant. C'était un type bien. Et en bonne santé, en plus. »

« La police d'assurance qu'il avait... si je comprends bien, le capital-décès était de trois millions. C'est exact ? »

« Oui. »

« Comment en sont-ils arrivés à ce chiffre ? »

« Si je me souviens bien, ils avaient initialement parlé d'un million, mais Robin en voulait plus. Elle visait les cinq millions, mais les primes étaient chères. Je leur ai suggéré de souscrire une assurance sur deux têtes. Comme ils étaient si jeunes, ils auraient pu obtenir une couverture de cinq, voire six millions pour la même prime. »

« Sur deux têtes ? »

« C'est une police où le versement a lieu au décès des deux assurés. Quand l'un d'eux décède, rien n'est versé, seulement au décès du second. Beaucoup de couples mariés utilisent ce type d'assurance. »

« C'est vous qui leur avez suggéré ça ? »

« Oui. Elle voulait un capital-décès plus élevé, et c'était un moyen d'obtenir une couverture plus importante pour un coût de prime à peu près équivalent. »

« Y avait-il une raison pour laquelle ils n'ont pas suivi votre suggestion ? »

« Je leur ai expliqué les avantages de ce type de police, mais Mme Gabelli a dit que comme ils n'avaient pas d'enfants, ça n'avait pas de sens. »

« Et est-ce que ça en avait ? »

« Il est vrai que de nombreux couples l'utilisent pour transmettre le capital à leurs héritiers. Mais je l'ai suggéré parce que ça ne faisait pas partie d'un plan de succession. »

« Avez-vous trouvé inhabituel que Mme Gabelli ne se soit pas fait assurer ? »

« Quand je leur ai parlé la première fois, c'était un cas typique de couverture pour mari et femme. Mais au moment de remplir les dossiers, Mme Gabelli a dit qu'elle n'allait pas faire de demande. »

« Elle n'a même jamais rempli de dossier de demande ? »

« Non, pas avec moi en tout cas. »

« M. Gabelli était-il un bon risque ? J'oublie le terme que vous utilisez, mais en bonne santé et tout ça ? »

« Oui, il remplissait les conditions pour la prime la plus basse, ce qui rend le fait qu'ils n'aient pas pris l'avenant pour mort accidentelle d'autant plus surprenant. »

« Qu'est-ce que c'est ? »

« C'est assez typique, surtout chez les demandeurs jeunes et en bonne santé, qu'ils prennent un avenant, ou une couverture supplémentaire, pour une mort accidentelle, disons un accident de voiture mortel. Le capital-décès est doublé lorsqu'une mort accidentelle survient à un assuré. Dans leur cas, le versement serait passé de trois à six millions. »

« Et les Gabelli l'ont refusé ? »

« Oui. C'était surprenant parce que ce n'était pas cher. »

———

Vargas portait un chemisier bleu poudré et le pantalon à chevrons que j'aimais bien. Mais quelque chose chez elle semblait différent, en mieux.

« Tu t'es fait une nouvelle coiffure, Vargas ? »

« Une coiffure ? Tu te fais vieux, Frankie. »

Si seulement elle savait que j'étais sur le point de demander une ordonnance pour des petites pilules bleues pour réveiller le petit Luca, qui avait autant de tenue ces jours-ci qu'une chaussette vide.

« Oh là là, j'essayais juste de te faire un compliment. »

« Vraiment ? Ce serait sympa si tu le disais simplement, alors. »

Je me suis senti comme un con et j'ai changé de sujet.

« Après avoir parlé au vendeur de Lincoln Life, les choses viennent de se compliquer un peu. »

« Qu'est-ce qu'il a dit ? »

« Premièrement, c'est Robin qui a fait passer l'assurance

d'un million à trois. Mais écoute ça, elle en voulait cinq en réalité. »

« Alors pourquoi s'est-elle contentée de trois ? »

« Primes trop élevées. »

« C'est ridicule. Si elle comptait le buter pour toucher le pactole, quelle importance que les primes soient élevées ? »

« Bien vu, mais peut-être qu'elle n'avait pas la trésorerie. Mais deux autres choses bizarres sont apparues. La première, c'est qu'ils ont refusé une garantie décès accidentel. Pour moi, ça, c'est un signal d'alarme. Ça ne coûte presque rien et le capital-décès est doublé. Pourquoi diable auraient-ils refusé ça ? »

« Hmm, je ne sais pas. Tu as dit qu'il y avait autre chose. »

« Eagleton leur a proposé un autre moyen d'augmenter le capital tout en maintenant les primes basses, avec un truc appelé assurance sur deux têtes. C'est quand les deux personnes doivent mourir avant qu'il y ait un versement. »

« Je ne sais pas ce que ça implique, Frank. Il faudrait que j'y réfléchisse, mais ils n'ont pas d'enfants, alors qui toucherait l'argent quand ils seraient tous les deux morts ? »« Bien vu, mais la question de la mort accidentelle est troublante. Entre le moment de la souscription de l'assurance, le montant et le refus de la couverture pour mort accidentelle, les éléments commencent à concorder. Et tout pointe vers elle. »

« C'est un peu circonstanciel. Mais pourquoi ne pas simplement lui demander, pour voir ce qu'elle dit ? »

« Elle a intérêt à ne pas essayer de nous faire lanterner, comme elle l'a fait avec les problèmes de jeu de son mari. »

25

STEWART

« Le monde entier s'écarte pour laisser passer l'homme qui sait
où il va. »

— ANONYME

ÇA FAISAIT DU BIEN QUE QUELQUE CHOSE FONCTIONNE ENFIN.
Après mon appel à la hotline, il a fallu moins d'une journée
pour que Robin panique et cherche du réconfort auprès de
moi. Parfois, elle peut être si prévisible. Je savais qu'ils la
soupçonneraient, et ils avaient raison. Trois millions de
dollars, c'est trois millions de dollars. De mon point de vue, ça
peut acheter beaucoup de bonheur.

C'était bizarre, par contre, qu'elle ait renoncé à l'assurance
en cas de mort accidentelle. Elle a dit que, comme il travaillait
dans un bureau, ne pratiquait aucun sport dangereux ni ne
faisait de moto, ça n'en valait pas la peine.

Ça semblait logique, mais quand j'ai cherché sur Google,
les cinq causes principales n'avaient rien à voir avec le travail
ou le sport. Ce n'était pas surprenant que les accidents de

voiture soient la première cause de mortalité, mais qui aurait cru que l'étouffement, les incendies, l'empoisonnement et les chutes compléteraient le top cinq ? Étrange, à mon avis.

Les flics allaient devoir creuser cette histoire d'accident, car le raisonnement de Robin ne tenait pas la route à mes yeux. Non seulement elle avait trois millions à y gagner, mais en plus elle était manipulatrice. Robin allait maintenant être passée au microscope. En ce qui me concernait, à ce stade, elle méritait bien de passer sur le gril.

Dans l'ensemble, j'étais content de mon timing. Son anniversaire approchait à grands pas, et on sortirait certainement le fêter. Ce serait bien d'avoir un peu plus d'élan d'ici là. Peut-être était-il temps de raconter autre chose à cette détective prétentieuse.

Et en plus de ça, je pourrais pimenter les choses en la rendant jalouse. C'est un moyen infaillible de motiver une femme. Ça a marché par le passé, et même si elle est différente, Robin n'est pas si différente des autres.

Je me souviens de la fois où j'ai réussi à faire cracher huit mille dollars à Marilyn pour me sortir de mes dettes de carte de crédit. Ça faisait plus d'un an qu'on sortait ensemble, mais lui avoir demandé l'argent au moins dix fois n'avait mené à rien. Elle voulait que je me débrouille, que j'aille voir un de ces gestionnaires de dettes pour qu'ils m'aident à mettre en place un plan de remboursement.

Pas question que je fasse ça. Même s'ils négociaient un taux d'intérêt plus bas sur ce que je devais, ça prendrait des années à rembourser. Pendant ce temps, je vivrais comme un clochard. Ça m'énervait au plus haut point qu'elle refuse de m'aider, prétextant que ses économies n'étaient pas liquides. Je ne pouvais pas le contester, si c'était vrai.

Quand elle est partie au travail le lendemain, j'ai jeté un

œil à ses relevés de compte : elle avait plus de trente-cinq mille dollars d'économies, dont douze mille en liquide. Quand elle est rentrée, je lui ai de nouveau demandé un prêt. Face à son refus, j'ai provoqué une dispute.

Après le dîner, je me suis éclipsé en lui disant que je retrouvais un ami, et je suis rentré bien après minuit. Elle était furieuse. J'ai griffonné un numéro de téléphone et un nom au dos d'une carte de visite, je l'ai fourrée dans la poche de mon pantalon et j'ai mis le jean dans le panier à linge sale.

Le lendemain soir, Marilyn a commencé à me bombarder de questions pour savoir avec qui j'étais sorti. J'ai joué sur ses craintes en restant vague. C'était amusant de la mener en bateau. Ce qui l'a vraiment fait réagir, ce sont les deux fois où j'ai déclenché la sonnerie de mon téléphone. À chaque fois, j'ai regardé l'écran et je me suis levé du canapé en chuchotant. Quand elle m'a questionné sur les appels, j'ai dit que c'était juste un ami du travail.

Marilyn était sur les nerfs, et le fait que je garde mes distances depuis notre dispute sur l'argent produisait l'effet désiré. Mais ce qui a tout scellé, c'est le reçu pour une douzaine de roses que j'avais laissé sur le comptoir. Elle m'a confronté, et quand j'ai confirmé avoir une liaison, elle s'est effondrée.

Elle voulait savoir pourquoi, et j'ai transformé l'histoire d'argent en une question de confiance. Tout s'est déroulé comme je l'avais prévu, et avant d'aller nous coucher, elle m'avait fait un chèque.

———

JE N'ARRÊTAIS PAS de faire les cent pas entre la véranda et le devant de la maison. J'ai appelé et envoyé des textos à Robin, mais cette garce ne répondait pas. La nuit était si belle, ç'aurait été dommage de la gâcher. Le ciel était zébré de teintes violettes et roses alors que le jour s'estompait. Parfait pour une balade. Après m'être changé, j'ai sauté dans ma voiture, j'ai pris la 41 et je me suis dirigé vers Venetian Village, en espérant que ce ne soit pas trop touristique.

En traversant Pine Ridge Road, j'ai fait demi-tour. J'étais bien habillé, et j'étais si près que j'ai décidé de passer en voiture devant chez Robin... on ne sait jamais. J'ai tourné dans sa rue. C'est quoi ça, une Beemer dans l'allée ? Qui diable a une Beemer blanche ?

Je me suis garé de l'autre côté de la rue et j'ai observé sa maison. La personne qui était avec elle se trouvait dans le salon, car les lumières étaient allumées. Quand j'ai remarqué que la télé n'était pas allumée, je suis sorti et j'ai fait comme si je marchais dans la rue pour y voir de plus près. Une silhouette est passée devant la grande baie vitrée. On aurait dit un homme, mais je n'en étais pas sûr.

Puis une idée m'est venue : j'ai sauté dans ma voiture et j'ai conduit jusqu'au restaurant thaï-sushi sur la 41, juste après Vanderbilt. J'ai pris un spicy tuna roll et une portion de pad thaï — Robin adorait le mélange de nouilles et de cacahuètes pilées — et je suis retourné chez elle.

Je ne sais pas ce qui m'a le plus énervé, la robe noire sexy qu'elle portait ou son air renfrogné. À partir de là, tout est allé de mal en pis.

« Dom, qu'est-ce que tu fais ici ? »

« Je prenais un morceau au resto thaï et j'ai pensé t'apporter un tuna roll et le plat de nouilles que tu adores. » J'ai ouvert le haut du sac et l'odeur de la sauce aux cacahuètes s'est répandue.

« On a déjà mangé. »

Même pas un merci ? Et c'était qui, « on » ?

« Oh, je ne savais pas que tu avais de la compagnie. » J'ai tendu le cou pour voir à l'intérieur.

Une voix d'homme a crié : « Rob, tout va bien ? »

Rob ? J'ai eu envie de hurler que non, les choses n'allaient absolutely pas bien, mais Robin s'est tournée vers l'entrée et a dit : « J'arrive tout de suite. » Puis, elle m'a dit : « Écoute, c'est un peu gênant. J'ai de la compagnie, et je suis désolée, mais je dois te demander de partir. »

« Que je parte ? Vraiment ? Il y a à peine un jour, tu pleurais sur mon épaule parce que les flics te cassaient les pieds pour l'argent de l'assurance, et maintenant, je suis persona non grata ? »

« Ce n'est pas ça. »

« Ah ouais ? Alors, c'est comment ? »

« Je t'ai dit que j'avais de la visite. »

« Qui est là ? »

« Un ami du travail. »

« Il a un nom, cet ami ? »

« S'il te plaît, Dom, arrêtons les conneries. Je n'ai pas de comptes à te rendre. »

« J'essaie de faire une bonne action, et voilà comment on me remercie ? »

« Personne ne t'a demandé de le faire. »

Je bouillais de rage, et ce devait être la fumée qui me sortait par les oreilles qui l'a poussée à dire : « Ce que tu as fait était très gentil, Dom. J'apprécie le geste, mais ce soir, ça ne m'arrange vraiment pas. »

Mais ça arrangeait Monsieur Col-blanc.

« Alors, quand est-ce que ça t'arrangera ? »

« Allez, Dom. Pourquoi ne m'appellerais-tu pas demain ? D'accord ? »

Et sur ce, elle a fermé la porte. J'avais envie de jeter le sac contre la porte, mais je l'ai plutôt laissé sur le perron. Savoir qu'il serait envahi d'insectes en vingt minutes ou moins m'a donné une petite dose de vengeance.

Je suis resté dans ma voiture, fulminant plus qu'un vieux moteur diesel de vingt ans, attendant que ce clown s'en aille. Quand il a été vingt et une heures trente, l'idée que ce type puisse rester dormir m'a fait paniquer. J'ai donné trois grands coups de klaxon, mais la seule chose que ça a provoquée, c'est l'arrivée d'un voisin qui a menacé d'appeler les flics.

En rentrant chez moi, j'ai appelé son portable quatre fois, mais chaque fois, je suis tombé directement sur sa messagerie. Qu'elle aille se faire voir ; j'ai appelé Melissa.

26

LUCA

J'ai raccroché le téléphone et secoué la tête. Comment avais-je pu passer à côté de ça ? Bordel. C'était un point fondamental, espèce d'idiot, et tu n'y as même pas pensé ? Comment avais-je pu rater ça ? Les indices étaient sous mes yeux. Tu savais que la femme était une personnalité de type A de premier ordre. Le mari disparaît sans laisser de trace, et tu oublies de poser des questions sur une éventuelle assurance-vie ? Erreur numéro un. Était-ce le brouillard de la chimio ?

Il a fallu une info de Stewart sur le fric que Robin allait toucher. Je n'aimais pas la source, mais une information reste une information. Maintenant, elle était dans le collimateur. C'était la piste classique à suivre.

J'ai retourné dans ma tête l'enquête sur la souscription de l'assurance et les prestations. Il y avait des signaux, pas rouges, mais roses. Comment avais-je pu être tellement focalisé sur elle au point de ne même pas explorer une autre piste ?

Étais-je en train de perdre la main ? Était-ce le brouillard de la chimio ?

Même si je me sentais bien, malgré toutes les saloperies

que j'avais traversées et que je traversais encore, surtout avec mes parties intimes, je savais au fond de moi que la maladie m'avait changé. Comment aurait-il pu en être autrement ? Ce qui était marrant, c'est que je ne voyais plus les choses en noir et blanc ; il y avait des nuances de gris dans ma vie, ces derniers temps. Pourtant, dans l'affaire Gabelli, j'avais tout vu de façon binaire.

Je me suis redressé d'un bond sur ma chaise. Comment diable avais-je pu omettre d'envisager que les Gabelli avaient tout planifié ensemble ? Tandis que j'y songeais, la possibilité qu'ils aient conspiré de concert a fleuri dans mon esprit. Une telle conspiration pouvait prendre plusieurs formes :

Phil disparaîtrait et Robin toucherait l'assurance. Puis, après un certain temps, Robin disparaîtrait et rejoindrait Phil où qu'il soit. Ou alors, Robin toucherait l'argent, resterait sur place, mais partagerait le butin avec Phil. Peut-être que Phil voulait se faire la malle et a apaisé sa culpabilité avec l'argent que Robin obtiendrait. Ou, qui sait, peut-être que toutes ces histoires de problèmes conjugaux n'étaient rien de plus qu'une diversion classique.

Si le vagabondage sexuel s'avérait être une foutaise, je devrais envisager de rendre ma plaque. Peut-être trouver un boulot de bureau pour être sûr de toucher ma retraite. Le syndicat m'aiderait. Je jouerais la carte de la santé. Ce serait facile, si je pouvais ravaler ma fierté.

Une conspiration répondait certainement aux questions sur la raison pour laquelle il n'y avait de police que sur Phil et pourquoi ils avaient renoncé à la clause de doublement pour mort accidentelle, sans parler de l'option d'assurance au second décès. Mais je n'étais pas convaincu que cela résolvait le crime. Les complots sont difficiles à monter en général, mais quand ça tourne autour d'une soi-disant « personne disparue », ça devient des milliards de fois plus ardu. Où peut-on vraiment se cacher aujourd'hui, surtout avec trois millions de dollars et un train de vie de la haute société ? Dans le monde actuel, on ne pouvait pas se curer le nez sans que ça se retrouve sur Facebook.

Savoir tout ça ne me réconfortait pas pour autant. C'était le fait de ne jamais l'avoir envisagé qui m'a ébranlé jusqu'à la moelle. Ce qui agitait encore plus ma barque, c'était que cette nouvelle piste provenait de nul autre que Dom Stewart.

Est-ce que ce type se jouait de moi ? C'était lui qui avait balancé l'info sur l'assurance-vie de trois millions de dollars. Pourquoi avoir appelé la ligne d'information anonyme ? Pourquoi ne nous avait-il pas dit plus tôt que Phil lui avait parlé de ce stratagème d'assurance ? Stewart était-il un tordu qui se délectait de voir l'enquête se dérouler ? Avait-il des vues sur Robin, et si ses avances étaient repoussées, l'enfoncerait-il ? S'il était au courant, alors il serait complice. Du calme, du calme, Luca, tu t'emballes.

Ils avaient eu une liaison, une aventure, une histoire, peu importe. Il voulait remettre le couvert, d'après Robin. La seule façon que ça arrive, c'est si elle quitte son mari ou si le mari n'est plus dans le décor. Il n'a rien à gagner d'un plan d'assurance où Robin et Phil se partagent le fric. Stewart ne peut pas être impliqué, mais alors pourquoi ce goutte-à-goutte d'informations ? Même pour cette fille dans les Caraïbes, pourquoi a-t-il attendu pour nous en parler ?

Il se pourrait que ce soit la façon de fonctionner de ce gars. Il était proche de Gabelli et il a du mal à louvoyer. Je pouvais compatir, car j'avais toujours couvert mes potes. Je ne dissimulerais jamais un crime, mais j'aurais couvert les frasques de Gabelli s'il avait été mon pote, comme JJ.

Je me demande ce que JJ aurait à dire sur tout ça. J'ai du

mal à imaginer que mon ancien partenaire et moi n'aurions pas exploré cette piste. On s'assurait toujours de regarder sous tous les lits.

Comment se fait-il que Vargas n'ait jamais évoqué cette possibilité ? C'était une bonne flic, mais elle n'arrivait pas à la cheville de JJ. Des partenaires veillent l'un sur l'autre ; on comble les lacunes de l'autre. Bordel, Vargas, pourquoi n'as-tu rien pu dire ?

Comme pour défendre son intégrité, la porte s'est ouverte brusquement : c'était Vargas. Je n'étais pas impatient de raconter à ma partenaire les derniers développements.

Vargas n'a pas été contrariée par ce retournement. Elle a dit que c'était un progrès et qu'il fallait creuser. C'était peut-être ma réaction ou la tronche que je tirais, mais elle m'a surpris en disant que c'était stupide et contre-productif de me blâmer pour ça. Bien sûr, elle avait raison, mais ça ne me plaisait pas du tout.

Nous avons débattu pour savoir s'il fallait faire venir Robin pour un interrogatoire sur notre terrain, par rapport aux avantages de la surprendre chez elle. Vargas a suggéré qu'on la prenne à deux dans son bureau. J'ai essayé de cacher ma colère de ne pas avoir eu cette idée. Était-ce une nouvelle preuve de mon déclin ? La chimio m'avait-elle grillé le cerveau ?

27

LUCA

LA RÉCEPTIONNISTE JOUAIT AU SOLITAIRE ET A REFERMÉ SON ordinateur portable d'un coup sec quand nous avons brandi nos plaques. Nous lui avons dit que nous étions là pour voir Robin Gabelli et, avant qu'elle ait pu l'appeler, Robin est entrée dans le hall, la clé des toilettes à la main.

On aurait dit qu'elle venait de voir un fantôme, mais elle a vite secoué la tête et s'est ressaisie. Elle était douée.

Son sourire s'est élargi à vue d'œil quand elle a dit : « Quelle bonne surprise de vous voir. En quoi puis-je vous aider ? »

Si ç'avait été notre première rencontre, j'aurais gobé son charme de femme du Sud.

« Nous aurions besoin que vous nous aidiez à éclaircir deux ou trois choses. »

« Je serais ravie de vous aider. Allons dans mon bureau. »

Robin nous a fait entrer dans un bureau doté d'une immense fenêtre qui donnait sur une cour avec une fontaine. Sur sa crédence étaient posés quelques trophées et une unique photo d'elle et Phil. Son bureau, d'une propreté chirurgicale, n'accueillait qu'un bac de réception en Plexiglas et un stylo solitaire, rien d'autre.

Elle a remisé son hospitalité. « Que vouliez-vous savoir ? »

J'ai dit : « Nous aimerions revenir sur la situation de l'assurance. »

« Mais je pensais avoir répondu à toutes vos questions. Croyez-moi, je sais l'impression que ça donne, mais malgré tout, tout est légitime. »

Vargas a dit : « Nous avons cru comprendre que vous aviez reçu le versement de l'assurance. »

« Eh bien, oui. Ils ont versé la prestation conformément à la police. »

Vargas a demandé : « Et qu'avez-vous fait de l'argent ? »

« Je ne pense pas être obligée de répondre à cela, ça ne vous regarde pas. Mais je veux coopérer avec vous. Les fonds ont été déposés à la banque. »

J'ai renchéri : « Sur un compte joint ? »

« Que voulez-vous dire ? »

J'ai insisté : « Un compte que vous aviez avec votre mari, ou seulement à votre nom ? »

Vargas a ajouté : « Ou un compte avec une autre personne. »

« Je ne comprends pas pourquoi vous demandez ça. Ça ne vous regarde vraiment pas. »

J'ai dit : « J'obtiendrai un mandat et j'en ferai mon affaire, madame Gabelli. »

Robin m'a lancé un regard glacial. Je n'ai pas su si c'était à cause du mandat ou du fait que je l'avais vouvoyée.

Elle a dit : « Écoutez, depuis le début, je supporte beaucoup d'insinuations de la part de la police. Je ne me suis pas plainte parce que je voulais juste savoir où était mon Phil. Mais là, vous dépassez les bornes de ma patience. »

Vargas a dit : « Allez-vous répondre ? »

« Je crois qu'il est temps que je fasse appel à mon avocat. »

J'ai fait un signe de tête à Vargas et je me suis levé. Juste avant d'ouvrir la porte, je me suis retourné et j'ai demandé : « Avez-vous planifié sa disparition avec votre mari pour toucher l'argent de l'assurance ? »

Robin a secoué la tête et a dévoilé ses dents blanches. « Qu'est-ce qui a bien pu vous donner cette idée ? »

J'ai dit : « Un ami de M. Gabelli s'est manifesté, disant que votre mari lui avait parlé d'un complot visant à organiser sa disparition pour encaisser la police d'assurance-vie. »

Elle a cligné des yeux deux fois. « Et qui a dit ça ? »

« Nous n'avons pas la liberté de le divulguer », a répondu Vargas.

VARGAS A CLAQUÉ la portière de la voiture. « Je ne l'aime pas du tout, celle-là. »

Y avait-il une pointe de jalousie là-dedans ? J'ai quitté la place de parking. « Elle est posée, il faut lui reconnaître ça. »

« C'est une comédienne. Elle nous prend pour des imbéciles. »

J'ai dit : « Ne te méprends pas, elle est louche, mais je ne pense pas qu'ils aient fait ça ensemble. »

« Tu penses qu'elle est innocente ? »

« Je ne sais pas, mais je ne pense pas qu'ils aient planifié ça tous les deux. »

« On parle de trois millions de dollars, Frank. »

« Je ne dis pas qu'elle n'a rien fait, juste que s'en tirer avec un truc pareil, je ne sais pas, elle n'a tout simplement pas la personnalité pour réussir un coup comme ça. »

« Oh, alors maintenant tu es psychanalyste ? »

« Juste mon instinct, Vargas, juste mon instinct. Je ne veux pas me vanter, mais la plupart du temps, il est vachement meilleur que n'importe quel psy à la noix, et bien mieux qu'un horoscope. »

« Très drôle. »

« Gardons les yeux sur l'argent. Si une partie ou la totalité bouge, ça nous dira quelque chose. »

« Peut-être, mais le problème, c'est qu'elle peut se barrer et déplacer l'argent après son départ. De nos jours, on peut faire circuler l'argent à la vitesse de l'éclair. »

« Mais si elle envoie la moitié à Phil Gabelli et reste dans le coin, on ne le saura jamais. On devrait obtenir un mandat pour surveiller son compte. »

« Si seulement c'était si facile. Aucun tribunal n'en accordera un sans plus de preuves d'une conspiration. »

STEWART

« Quoi qu'il arrive, il est en mon pouvoir de le tourner à mon avantage. »

— ÉPICTÈTE

Waterside était mon endroit préféré pour faire du shopping. On y trouvait toutes les boutiques de luxe du monde. J'avais hâte de pouvoir faire des achats chez Ferragamo. C'est le top du top, meilleur que toutes les autres boutiques de luxe de Waterside réunies.

Je suis passé devant la fontaine en sortant de chez Saks. Ce n'était pas ma boutique préférée, mais ma carte Nordstrom était plafonnée et je n'allais pas me faire humilier une seconde fois. Il était temps de déposer mes sacs dans la voiture et d'aller manger un morceau.

M'arrêtant au bord du trottoir, j'ai regardé à gauche pour m'assurer qu'aucune voiture n'arrivait. Quoi ? Assis à une table haute sur la terrasse du Brio se trouvaient Robin et ce foutu type du bureau. Elle tenait un verre à la main et se penchait par-dessus la table en parlant.

Le mec du bureau portait un chino bleu et une chemise Tommy Bahama. Sérieux, mec, la mode des Tommy Bahama, c'est fini depuis dix ans. Je n'arrivais pas à croire qu'elle était avec un type comme lui. Ce gars avait les jambes croisées comme un étudiant d'une grande école. Qui croise les jambes à une table haute ? Pas de doute, ce type était un coincé.

Mais qu'est-ce qu'elle foutait avec lui ?

Était-ce juste un truc professionnel ? Si c'était le cas, pourquoi Robin souriait-elle comme une pom-pom girl ? Je suis arrivé à ma voiture, j'ai balancé mes vêtements fraîchement achetés dans le coffre et j'ai quitté ma place. J'ai tourné sur le parking pour trouver une autre place. Pourquoi ce parking est-il toujours aussi bondé, bordel ?

Une voiture sortait en marche arrière d'une place avec une bonne vue sur le Brio. Je m'y suis garé. Un serveur en tablier noir posait des assiettes. Je n'arrivais pas à voir si Robin avait pris la salade de mahi-mahi qu'elle commandait d'habitude. Merde, il y avait une bouteille de vin sur la table. Elle était là avant ?

Ils parlaient plus qu'ils ne mangeaient. J'ai bu une gorgée d'eau pour faire passer la bile qui me remontait dans la gorge. Au moment où je rebouchais la bouteille, un commis débarrassait leur table. Le mec du bureau a fait signe pour l'addition, ce qui m'a remonté le moral.

L'addition est arrivée, le mec du bureau a posé de l'argent et ils se sont levés. En les voyant partir, je n'en ai pas cru mes yeux. Ils se tenaient la main. Qu'est-ce qui se passait, bon sang ? Ils se sont arrêtés près du service de voiturier. Ce type utilise le service de voiturier dans un centre commercial ? J'ai sauté de ma voiture et j'ai filé droit vers le poste des voituriers.

Le sourire de Robin s'est effacé en une grimace quand je me suis approché. Elle a fait un petit pas pour s'éloigner de son rencard. Ah-ha, elle savait qu'elle faisait quelque chose de mal. J'ai failli me faire renverser par un voiturier dans une Bentley.

Elle a dit : « Oh, salut, Dom. »

« Qu'est-ce que tu fais ? »

« Comment ça ? On vient de manger. »

Le mec du bureau a dit à Robin : « Est-ce que tout va bien ? »

« Occupe-toi de tes affaires », lui ai-je dit, puis à elle : « Je t'ai appelée dix fois. Tu ne m'as jamais rappelé. »

« Je suis désolée, mais ça a été la folie au travail. »

J'ai regardé son rencard et j'ai dit : « Tu m'étonnes. »

Son rencard a dit : « Écoutez, je ne sais pas ce que vous voulez, mais je vous demanderais de bien vouloir nous laisser tranquilles. »

« Ferme-la et reste en dehors de ça, ou tu le regretteras. »

« Dom ! Allons, calme-toi. Je t'appellerai demain, d'accord ? »

« Écoute la dame, mon ami. »

Je me suis tourné vers son rencard et j'ai pointé un doigt sur sa poitrine. « Je t'ai dit de la fermer et de rester en dehors de mes affaires, bordel. Continue et je vais te démolir, pauvre crevette. »

Le jeune voiturier s'est précipité. « Monsieur, je peux vous aider ? »

« Ouais, tu veux bien écraser ce type pour moi ? »

Tous les yeux étaient rivés sur moi alors que je me dirigeais vers California Pizza Kitchen. Je me suis assis au bar, j'ai commandé une bière et j'ai regardé Robin monter dans une Mercedes Classe S. Quand ils sont partis, je suis parti aussi, sans avoir bu une seule gorgée de ma bière.

———

DEVRAIS-JE LUI ENVOYER DES FLEURS ? Pourquoi le ferais-je ? Je n'ai rien fait de mal ; c'est elle qui avait un rencard. Peut-être que je l'ai embarrassée devant le voiturier ? Ça ne se serait pas envenimé si le mec du bureau s'était occupé de ses oignons. Pourquoi les gens doivent-ils toujours fourrer leur nez dans les affaires des autres ?

Il a de la chance que je ne l'aie pas aplati. Moi aussi, j'imagine, sinon je serais en train de creuser pour sortir d'un trou encore plus profond avec elle.

Son excuse « je suis débordée au travail » était du pur pipeau. Elle avait trois millions de dollars flambant neufs en banque, en plus de ce qu'elle avait déjà. C'était presque assez pour pouvoir m'envoyer paître.

Robin rendait les choses difficiles et confuses. Malheureusement, ce n'était pas parce qu'elle jouait les difficiles. C'était peut-être le truc du deuil.

Je devais bien réfléchir. Laisser passer quelques jours, était-ce une bonne idée ? Je détestais être hors jeu. Devrais-je l'appeler ou aller chez elle ?

Devrais-je la jouer cool ? Je ne pouvais pas ramper à ses pieds, et d'ailleurs, qu'est-ce que je ferais ? Rien. C'est elle qui courait à droite à gauche. Robin a intérêt à ne pas coucher avec lui.

J'aurais dû aller chez elle. Pourquoi diable ne l'ai-je pas fait ? Te voilà dans le brouillard maintenant, Stewart. Tu as merdé, imbécile !

Ok, réfléchis, creuse-toi la tête.

Tu dois agir. Tu ne peux pas laisser les choses se tasser. Si tu veux quelque chose, tu dois foncer. C'est tout ou rien.

Fini les conneries. Il faut que je gère ça de front. Arranger les choses sans trop faire de compromis. Ouais, c'est ça, la solution. D'ailleurs, son anniversaire est dans quelques semaines, et ce plan-là est en béton.

J'ai pris mon téléphone pour commander deux douzaines de roses. Elle serait à la maison dans une heure. Si je calculais bien mon coup, on pourrait dîner vers dix-neuf heures.

29

STEWART

« *Va avec assurance dans la direction de tes rêves. Vis la vie que tu as imaginée.* »

— HENRY DAVID THOREAU

ELLE VA DEVENIR FOLLE QUAND ELLE VA OUVRIR ÇA. MÊME LE papier cadeau rose est tout à fait son style. Est-ce que je devrais mettre un nœud dessus ? Peut-être même un ruban autour ? Je ne sais pas, la boîte est assez petite ; ça aura l'air fouillis et surchargé.

Je devrais peut-être la mettre dans une plus grande boîte. Ça la dérouterait complètement. Sinon, elle saurait que c'est un bijou.

Je pourrais la mettre dans une boîte, puis dans une autre boîte. Ça la blufferait. Je ferai durer le suspense en lui montrant tous les efforts que j'ai fournis. Il y avait ce carton dans lequel tous ces trucs d'Amazon sont arrivés. Mais il est un peu grand et trop encombrant pour l'ouvrir à une table de restaurant.

Et si j'utilisais une boîte à chaussures ? Ouais, ça marcherait, et ce ne serait pas un problème de l'amener au restaurant. Je l'imagine déjà, en train d'ouvrir la première boîte, mais peut-être qu'elle n'aimera pas toute cette mise en scène. Robin est du genre sérieux, surtout ces derniers temps. Tu sais quoi ? Laisse tomber.

La bague tiendra dans ma poche. Si les choses ne se passent pas comme je le veux, peut-être que je ne la lui donnerai pas. Mais je pense qu'elle l'aimera, et une bague, c'est vraiment personnel. Ce n'était pas une bague de fiançailles, mais c'était un sacré bon tremplin.

———

Robin a dit qu'elle ne voulait pas aller à Marco Island, alors j'ai réservé une table spéciale au Nosh on Naples Bay, près de la marina. L'endroit avait l'air cool, beaucoup de cuir, et ça sentait le haut de gamme. En m'approchant du restaurant, j'étais encore vexé qu'elle ait insisté pour qu'on se retrouve là-bas, rendant l'argent que j'avais dépensé pour le nettoyage de ma voiture complètement inutile.

Je me suis garé sous l'hôtel et j'ai marché jusqu'au Nosh. Où diable était-elle ? La banquette que j'avais réservée était vide. J'ai consulté l'hôtesse, et elle m'a conduit à une table près du piano, où Robin tapotait sur son téléphone.

« Bonjour, toi qui es à l'honneur aujourd'hui. »

Elle a esquissé un sourire de taille décente. « Oh, salut. »

« Changeons de table. »

« Pourquoi ? Celle-ci est très bien. »

« Pas question. J'ai réservé une table spéciale, une banquette avec vue sur la marina. »

« C'est très bien ici, Stewart, n'en fais pas toute une histoire. »

« Non, ça ne l'est pas. C'est ton anniversaire, et après tout ce que tu as traversé, ce n'est tout simplement pas assez bien. »

C'était bien joué. La confusion avec la table s'était transformée en une occasion de lui montrer que j'avais des exigences, surtout quand il s'agissait d'elle. La soirée commençait très bien.

Nous avons déménagé vers une banquette incurvée en cuir blanc avec un passepoil noir. La banquette était orientée face à l'eau. C'était la meilleure place du restaurant, s'il n'y avait pas de grandes gueules au bar.

J'ai consulté la carte des vins et j'ai commandé une bouteille de champagne de milieu de gamme.

« C'est plutôt sympa ici, non ? »

Elle a hoché la tête. « J'ai toujours aimé cet endroit, mais je me demande pourquoi aucun restaurant ne semble jamais tenir ici. »

« C'est en dehors du circuit touristique. Mais ces gars-là savent comment gérer leur affaire. »

Nous avons discuté des restaurants précédents qui avaient occupé l'espace jusqu'à l'arrivée des bulles. Nous avons trinqué et j'ai voulu l'embrasser, mais elle m'a tendu la joue. Aïe. Je me suis demandé si je devais lui donner la bague pour la détendre.

Un yacht énorme manœuvrait pour entrer dans la marina, et je l'ai montré du doigt. « Regarde-moi celui-là. Bon sang, c'est une pure merveille. »

« Waouh. Il est immense. »

« Oui, grand mais élégant. »

« Ça doit coûter une fortune. »

« Tu peux t'en offrir un comme ça. »

« De quoi tu parles ? »

« Avec l'argent de l'assurance. Tu peux te permettre ça, ou n'importe quoi d'autre que tu veux. »

« Les bateaux, c'est bien, mais tout le monde dit que c'est une source d'emmerdes. »

« Tu connais le dicton : "Les deux plus beaux jours dans la vie d'un propriétaire de bateau, c'est le jour où il l'achète et le jour où il le revend". »

« Les bateaux demandent beaucoup d'entretien. Je dis qu'il vaut mieux avoir un ami qui a un bateau. »

« Si tu penses en acheter un, ne t'inquiète pas, je m'en occuperai pour toi. Je serai ton skipper. »

Elle a souri. « Merci, mais non merci. »

Pour le bateau ou pour le fait que je sois son skipper ?

Robin n'était pas la même qu'avant, mais elle semblait avoir surmonté l'incident de Waterside. Je trouvais que ça se passait plutôt bien, en l'étudiant. Ses joues sont devenues plus roses à mesure que la bouteille se vidait, et l'ambiance s'est détendue, comme toujours avec l'alcool. Nous avons tous les deux pris le vivaneau, qui était cher, et c'était excellent. Elle ne voulait pas de dessert, alors j'ai commandé un verre de malbec pour prolonger la soirée et je suis allé aux toilettes.

J'ai aimé le cierge magique qu'ils avaient planté dans la tarte au citron vert, même s'il laissait un tas de petites taches noires sur la part minuscule de tarte. Nous lui avons chanté « Joyeux Anniversaire », et le cierge s'est éteint pendant le refrain. J'ai vraiment adoré ce cierge magique ; ça respirait la classe.

Dès que le serveur est parti, j'ai sorti la bague et l'ai posée dans son assiette.

« Joyeux anniversaire, mon rayon de soleil. »

Elle a semblé surprise, mais n'a pas touché la boîte.

« Allez, ouvre-la. »

Elle l'a déballée comme si elle désamorçait une bombe. J'ai trouvé que le rubis rouge ressortait superbement sur le velours noir sur lequel il reposait.

« C'est gentil. Tu n'aurais pas dû. »

« Je sais, mais j'en avais envie. »

« J'apprécie, mais ce n'était vraiment pas la peine. »

« Elle te plaît ? »

« Elle est magnifique. »

« Eh bien, mets-la, alors ! »

Elle a mis la bague à son auriculaire. C'était quoi, ça ?

J'ai dit : « Tu comptes beaucoup pour moi, tu sais. »

« Je sais, Dom. »

« On devrait passer plus de temps ensemble, comme avant. »

« Je ne sais pas si je suis prête, Dom. »

« Prête ? Qu'est-ce que ça veut dire ? Il faut saisir les occasions quand elles se présentent. »

« Je sais, mais j'ai l'impression que Phil a disparu hier seulement. »

« Ça fait un an, et ça ne t'a pas empêchée de sortir avec ce pigeon du bureau. »

Elle m'a foudroyé du regard. « Ce que je fais ne te regarde pas. »

« Eh bien, on peut jouer à ce petit jeu à deux. »

« Quel jeu ? »

Pour une fois, j'étais content d'avoir vu le signal de danger clignoter devant moi. « Laisse tomber. Je suis désolé d'avoir abordé le sujet. Je comprends vraiment à quel point ça a été difficile pour toi, Robin, et je veux seulement t'aider. »

Bien joué, mon grand ! Elle s'est adoucie immédiatement.

———

SUR UNE ÉCHELLE de un à dix, le dîner d'anniversaire était un gros cinq. Zéro avancée. Le temps file, et du temps, je n'en ai pas. Il faut que j'explore mes options. Melissa avait trois des quatre critères que je recherchais. Ce n'était pas Robin, mais son vieux, qui possédait trois concessions Ford, était pété de thunes, un truc de malade. Son corps valait un huit, peut-être un huit et demi, mais son visage, un six et demi tout au plus.

Melissa m'aimait bien, c'était certain. J'avais résisté à ses avances continuelles, à l'exception de quelques-unes récentes. Faut pas déconner, un mec reste un mec. Il était peut-être temps de passer à la vitesse supérieure. Après tout, quel était l'inconvénient ? Je pourrais me taper Melissa tout en rendant Robin jalouse. Il était temps qu'elle reçoive la monnaie de sa pièce. Si ça ne changeait rien avec Robin, je passerais à autre chose. Melissa était une bonne, non, une excellente solution de rechange. D'une manière ou d'une autre, j'allais bientôt être sur un petit nuage.

J'ai attrapé une bière, je me suis assis sur la terrasse couverte et j'ai sorti mon portable. Il était tard, alors j'allais envoyer un texto à Melissa pour lui dire que je passerais demain, que je l'emmènerais déjeuner et, qui sait, peut-être faire les boutiques pour une nouvelle Mustang.

30

LUCA

Dire que le cabinet du médecin était bondé était un euphémisme. Je me suis inscrit, j'ai attrapé deux magazines, puis je me suis installé sur le dernier siège disponible, qui se trouvait sous la télévision. Je commençais à somnoler quand mon portable a sonné. C'était Vargas.

« Où es-tu ? »

« Je suis chez mon médecin. »

« Oh, tu vas bien ? »

« Très bien, j'ai passé un scanner, mais c'est juste la routine. Que se passe-t-il ? »

« Tu es sûr ? »

« Bien sûr que je suis sûr, maman. Que se passe-t-il ? »

« Je suis à Clam Pass. On a trouvé un corps dans la baie d'Outer Clam. »

« Un accident de bateau ? »

« J'ai bien peur que non, le corps était lesté. »

Je me suis levé. « J'arrive. »

« N'y pense même pas, Frank ! Tu restes là-bas. »

« Pourquoi pas ? Tu oublies que je suis le meilleur inspecteur de la criminelle... »

« Attends. Tu dois prendre soin de toi. Ce type est déjà mort. Viens quand tu auras fini. »

« Mais c'est bondé ici. Ça va encore prendre... »

« Écoute-toi un peu. Tu es un bon inspecteur, Frank, mais rien ne changera, que tu sois là ou pas. »

« Tu es un amour, toi, pas vrai ? »

« On se voit plus tard, après ton rendez-vous chez le médecin. »

« Assure-toi que la scène soit sécurisée. »

« J'en ai vu d'autres, Frank. »

« Je sais, je sais. »

« À plus tard. »

J'ai supplié : « Appelle-moi si quoi que ce soit se présente. D'accord, Vargas ? Hé, Vargas, tu es là ? »

———

JE SUIS FINALEMENT ARRIVÉ à Clam Pass au moment où les experts de la police scientifique enlevaient leurs combinaisons de protection. J'avais raté une partie cruciale de l'enquête et j'étais furieux. Voir la scène avant qu'elle ne soit piétinée était un avantage énorme. La meilleure occasion d'essayer de reconstituer ce qui aurait pu se passer était perdue. Maintenant, il faudrait que j'attende que les lieux se vident pour laisser libre cours à mon imagination.

L'alarme « envie de pisser » de mon portable a retenti alors que je sortais de ma voiture. J'ai appuyé sur le bouton de répétition et je suis passé sous le ruban jaune de la scène de crime. Il y avait une légère brise et les palmiers dansaient une bossa-nova.

Vêtue d'un tailleur-pantalon bleu, Vargas discutait avec Darren Grumman, le chef de l'équipe scientifique. Grumman était un type effacé qui ne vous donnait jamais rien tant que tout n'était pas entièrement analysé. Il n'a jamais compris que nous devions agir vite. Résultat, la moitié du temps, nous résolvions les affaires sans lui.

Grumman était vêtu de son habituel costume bon marché en seersucker beige.

« Qu'est-ce que j'ai manqué ? »

Vargas a dit : « Un kayakiste a repéré le corps vers dix heures et demie et a appelé. » Elle a levé le bras et a montré du doigt. « Il était enveloppé dans du plastique et lesté sous les mangroves, à une dizaine de mètres de la promenade. La police scientifique a découpé le plastique et le corps est quasiment intact, mais recouvert d'une sorte de substance cireuse que personne n'a jamais vue. Ça semble être un indice important. »

J'ai hoché la tête et demandé : « Un homme ? »

« Ouais, un homme, Caucasien, environ un mètre quatre-vingts, entre soixante-quinze et quatre-vingt-dix kilos. »

J'ai regardé Grumman. « Une idée de l'âge ? »

« Difficile à dire. »

« Je sais que c'est difficile, c'est pour ça que vous êtes là. »

Monsieur Serviabilité a secoué la tête et s'est éloigné. Vargas a dit : « Tu sais, parfois on obtient plus avec du miel qu'avec du vinaigre, Frank. »

« Hé, je suis désavantagé, non seulement je suis en retard, merci à toi, mais en plus je n'ai pas ton physique avantageux. »

« Qu'est-ce que le médecin a dit ? »

Hors de question de lui dire qu'il était prêt à planter une aiguille dans le petit Luca pour essayer de le réveiller.

« Comme neuf. Une idée de l'âge du mort ? On dirait quelqu'un en assez bonne forme. »

« Difficile à dire, mais Simmonelli a dit qu'il pensait que la victime avait environ quarante ans. »

J'ai fait défiler le Rolodex dans ma tête pendant que Vargas disait : « Ils ont pratiquement fini. »

« Je vois ça. »

Elle a froncé les sourcils. « Écoute, il faut que je file. Je suis attendue au tribunal dans moins d'une heure. »

Vargas m'a tendu un croquis de la scène de crime et j'ai dit : « Dépêche-toi, alors. Il faut que je fasse mon truc. »

J'ai pris quelques grandes inspirations et j'ai lentement examiné la scène jusqu'à ce que mon alarme se déclenche à nouveau. Une poignée de personnes traînaient encore, alors je me suis dirigé vers l'hôtel qui bordait le parking pour utiliser les toilettes de la piscine.

Le temps que je vide ma vessie, il ne restait plus qu'un seul agent, dont le rôle était de garder la scène du crime.

Le parking de Clam Pass se trouvait au bout de Pine Ridge. Au fond du parking, il y avait une longue promenade en bois qui enjambait la baie et menait à une jolie bande de plage. La promenade était si longue que des navettes, des voiturettes de golf gérées par l'hôtel voisin, transportaient la plupart des plagistes.

J'ai inspecté les lieux. Entièrement goudronnés, ils n'offraient donc aucune trace de pneu ou d'empreinte de pas à chercher s'il s'agissait d'un nouveau crime. Je me suis demandé combien de temps il avait fallu aux agents en uniforme pour faire évacuer la plage afin de vider le parking. Pas la meilleure publicité pour une ville réputée être un paradis.

Après avoir repéré l'unique caméra de vidéosurveillance,

j'ai vérifié son champ de vision. J'ai levé les yeux vers l'hôtel, mais comme je m'y attendais, vu le prix de leurs chambres, aucune ne donnait sur le parking. En faisant le tour du périmètre du parking, je n'ai trouvé aucun autre point d'accès.

Croquis en main, je me suis dirigé vers la promenade en bois. Le corps avait été lesté dans une zone isolée, à seulement une vingtaine de mètres du kiosque où s'arrêtait la navette. Il y avait trois scénarios plausibles pour que le pauvre type ait fini dans la vase. Il aurait pu se promener sur la promenade quand on l'a attaqué, peut-être un vol qui a mal tourné, avant de le jeter à l'eau.

Le problème, c'est qu'il était lesté et ligoté. Cela laissait supposer que s'il s'agissait d'un vol, le voleur était prêt à tuer et à se débarrasser du corps, ce qui impliquait un voleur très inhabituel. Je n'y croyais pas. Donc, à ce stade, le plus probable était que celui qui avait fait ça avait prévu de tuer ce type depuis le début. C'était obligé. Je ne sentais pas que c'était le genre de situation qui avait dégénéré.

On aurait pu l'attirer ici pour le tuer, mais à moins qu'une voiture abandonnée et non réclamée ne soit signalée, je soupçonnais que le corps avait été transporté jusqu'ici. Maintenant, la question était de savoir comment. En voiture ou par une sorte de bateau ?

J'ai commencé à pencher pour l'utilisation d'une voiture. Ça donnait simplement plus de flexibilité au tueur, à moins qu'il n'ait eu accès à un endroit isolé pour mettre à l'eau un petit bateau et naviguer jusqu'à l'endroit où il a jeté le corps. Non, s'il se trouvait déjà dans un endroit isolé, pourquoi ne pas y cacher le corps ? Pourquoi prendre ce risque ?

J'ai mis la théorie du bateau de côté pour l'explorer plus tard. Tuer n'était pas rationnel, il fallait donc rester sur ses gardes face à d'autres comportements irrationnels.

L'autopsie devrait aider à affiner les choses, en nous donnant une chronologie raisonnable sur laquelle travailler. L'histoire de la cire était quelque chose que les gars du labo découvriraient rapidement, nous fournissant une piste. Espérant obtenir plus que ça de l'autopsie et de la médecine légale, j'ai sorti mon portable. Nous devions examiner les enregistrements de la caméra du parking et voir si l'hôtel ou quelqu'un d'autre avait des caméras. Mais j'allais d'abord appeler le service des parcs du comté de Collier pour m'assurer que toutes les images de vidéosurveillance étaient conservées intactes et rendues inaccessibles à toute personne autre que la police.

31

LUCA

Nous nous sommes garés devant la maison et sommes restés silencieux un instant avant que je ne demande : « Tu es prête ? »

Vargas a répondu : « Aussi prête que je pourrai jamais l'être dans ces circonstances. »

Nous avons remonté l'allée alors que le soleil réapparaissait après une brève averse. La maison paraissait encore plus belle que dans mes souvenirs, à tel point que je me suis demandé si elle avait fait refaire l'aménagement paysager ou quelque chose du genre. J'ai essayé de me souvenir de la dernière fois que j'étais venu ici et j'ai sonné.

Robin a ouvert la porte, vêtue d'une robe multicolore. D'habitude, je n'aimais pas ce que j'appelais les robes « de Floride », mais cette femme serait magnifique même dans un sac de patates.

Son sourire s'est évaporé quand elle nous a vus. « Oh, bonjour. Est-ce qu'il se passe quelque chose ? »

Vargas a demandé : « Pouvons-nous entrer ? »

Elle a hésité. « Bien sûr. Mais je vous en prie, dites-moi de quoi il s'agit. »

Vargas a fait un commentaire sur l'ameublement tandis que nous prenions place dans le grand salon.

« Je suis certaine que vous n'êtes pas ici pour la décoration, alors pourquoi ne pas me dire ce qui se passe ? »

J'ai calmé la boule que j'avais au ventre et j'ai dit : « Je suis au regret de vous informer que le corps retrouvé à Clam Pass était celui de votre mari, Phillip Gabelli. »

Robin est tombée à la renverse et a couvert sa bouche. « Oh non ! »

Vargas s'est levée et s'est agenouillée devant elle. « Nous sommes désolés pour votre perte, madame Gabelli. »

Les yeux de Robin se sont embués. « Je le sentais depuis sa disparition. Je savais que c'était grave. »

Vargas tenait un paquet de mouchoirs à portée de main et a dit : « Y a-t-il quelqu'un que vous pourriez appeler pour qu'il vienne vous tenir compagnie ? »

Robin a secoué la tête. « Je n'ai besoin de personne. Franchement, je m'y attendais. Que lui est-il arrivé ? »

J'ai répondu : « Nous n'en sommes pas certains. »

« Est-ce qu'il s'est noyé ? »

« Non. »

Robin s'est tamponné les yeux avec un mouchoir. « Vous pensez qu'il a été assassiné ? »

« C'est ce que nous croyons. »

« Qu'est-ce qui vous fait penser ça ? On lui a tiré dessus ? Ou on l'a poignardé ? »

J'ai dégluti avant de dire : « Il était lesté sous l'eau. »

Robin a reniflé. « Oh, mon pauvre Phil. Qu'est-ce qu'ils t'ont fait ? »

« Nous allons devoir procéder à une autopsie. C'est la procédure standard pour tout décès suspect. »

Elle a hoché la tête. « Bien sûr, je comprends. »

Avant que je ne puisse ajouter quoi que ce soit, elle a dit : « Pourquoi quelqu'un aurait-il voulu faire du mal à mon Phil ? C'était un amour. »

Vargas a dit : « Nous allons veiller à ce que la personne qui a fait ça soit traduite en justice. »

J'ai dit : « Nous savons que c'est beaucoup à encaisser, mais il va falloir que vous identifiez le corps, madame Gabelli. Je comprends que ce soit un choc, mais le plus tôt sera le mieux, car nous aimerions réaliser l'autopsie dès que possible. »

« Où est-il ? »

« Chez le médecin légiste, sur Domestic Avenue, près d'Industrial. »

Vargas a dit : « Je serais ravie de vous accompagner. Vous ne devriez pas conduire seule. »

« Vous voulez que j'y aille maintenant ? »

« Seulement si vous vous en sentez capable. Nous n'essayons pas de vous presser, nous souhaitons simplement effectuer l'autopsie au plus vite. De cette façon, nous pourrons vous restituer son corps. »

Robin a enfoui son visage dans ses mains et a pleuré. Vargas lui a frotté le dos un instant jusqu'à ce qu'elle retrouve son calme.

Robin s'est mouchée et a dit : « Je vais aller voir Phil maintenant. J'ai juste besoin, disons, d'une demi-heure pour me préparer. »

« Voudriez-vous que je vous accompagne ? »

« Merci, mais ce ne sera pas nécessaire. Ça ira. »

« D'accord, dans ce cas, nous vous retrouverons là-bas. »

———

VARGAS et moi avons attendu Robin dans le hall du bâtiment beige et bas qui abritait les locaux du médecin légiste. Tout en gardant un œil sur la porte, nous avons continué à discuter de la réaction de Robin à la nouvelle. Nous étions tous les deux d'avis que Robin avait réagi normalement lorsque nous lui avions annoncé la découverte du corps de Phil. Parfois, la réaction d'un suspect est un peu trop calculée lorsque la nouvelle fatidique lui est annoncée.

Vêtue d'un tailleur-pantalon noir et de talons bas, Robin a marqué une pause avant d'entrer dans le bâtiment. Vargas s'est approchée de la porte et l'a escortée jusqu'à la salle d'attente des familles. Je suis allé à la salle de réception pour m'assurer que le corps était prêt pour l'identification.

Le corps de Gabelli a été sorti de la chambre froide en acier inoxydable et roulé au centre de la petite salle d'identification. J'ai pris le téléphone pour faire savoir à Vargas que c'était le moment. Quand la porte s'est ouverte, j'ai pris une profonde inspiration. Vargas suivait Robin de très près alors qu'elle s'approchait du brancard recouvert d'un drap. J'ai regardé Robin dans les yeux et, la lèvre tremblante, elle a hoché la tête.

J'ai rabattu le drap jusqu'à la naissance du cou de son mari et Robin a eu un hoquet de dégoût tandis qu'une vague de nausée me submergeait. Robin s'est effondrée et j'ai rapidement recouvert le visage de Phil, sachant qu'aucun entrepreneur de pompes funèbres au monde ne pourrait organiser des funérailles avec un cercueil ouvert.

STEWART

« Ce qui compte, ce n'est pas l'idée qu'un homme détient, mais la profondeur à laquelle il y est attaché. »

— *EZRA POUND*

ROBIN S'EST ÉCRIÉE : « OH NON, DOM, PHIL EST MORT. »

« Quoi ? »

« L'inspecteur Luca est passé. Il a dit que le corps retrouvé à Clam Pass était celui de Phil. »

« Oh non, je suis vraiment désolé, Robin. Ils t'ont dit ce qui est arrivé ? »

« Il a été assassiné. »

« Assassiné ? »

« J'ai du mal à croire que quelqu'un ait voulu faire du mal à Phil. »

Je me suis dit : sérieusement, Robin ? Phil était un type plutôt sympa, mais c'était un crâneur qui ne pensait qu'à sa pomme. Elle savait qu'il énervait les gens et qu'en plus, il était incroyablement égoïste.

« Il y a plein de fous qui se baladent. »

« Ils veulent que j'aille identifier le corps. »

Le corps ? J'ai ravalé ma peur et je me suis forcé à demander : « Tu veux que je vienne avec toi ? »

« Non. Ça va aller. »

« Mais Robin, c'est quelque chose de très, euh, difficile à faire seule. Laisse-moi venir avec toi. »

« Merci, mais ça va. »

Robin avait l'air de tenir le coup. C'était une femme des plus intelligentes. Même si nous n'en avions jamais parlé, elle semblait savoir que Phil ne reviendrait pas.

« D'accord, mais si tu changes d'avis, je suis là pour toi. »

« Tu sais qu'ils vont faire une autopsie. »

« Ah bon ? Pourquoi ? »

« L'inspecteur Luca a dit que c'était la procédure standard dans les affaires de meurtre. »

« Oh, je suis terriblement triste pour toi et pour Phil. »

« Ça va aller, je voulais juste te tenir au courant. »

Bravo, ma grande !

« Appelle-moi si tu changes d'avis. J'accourrai pour toi en un éclair. »

———

TROIS JOURS PLUS TARD, je suis passé deux fois en voiture devant le funérarium Hodges avant de m'engager dans le parking. Mon plan initial était d'arriver en avance pour être un pilier pour Robin, mais je n'ai jamais été doué pour les enterrements, et celui-ci me transformait en guimauve.

Les enterrements en Floride, avec tout le monde en noir, semblaient aussi incongrus que d'aller à la plage le jour de Noël. J'avais mis mon costume Zegna, même s'il aurait eu besoin d'un coup de fer, avec une chemise blanche impeccable et une cravate bleue. Ça me paraissait approprié.

Un groupe de gars avec qui nous traînions était arrivé en même temps que moi, et je me suis collé à eux comme un poisson-pilote à un requin. Nous sommes entrés et avons été accueillis par une odeur d'air vicié imprégnée de notes florales.

Nous avons tous signé le registre docilement, une autre tradition stupide. Je veux dire, qui le relit ? On en fait quoi après l'enterrement ? On vérifie si un tel est venu ? Et alors, qu'il soit venu ou non. Qu'est-ce que tu vas faire, ne pas aller à sa veillée funèbre s'il n'est pas venu à celle de ta famille ?

Je me suis réconforté dans le brouhaha de la salle. Robin souriait en discutant avec un groupe de ses collègues. Vêtue d'une longue robe noire, elle était belle, même sans maquillage. Sur le dessus d'un cercueil marron trônait une grande composition en forme de cœur proclamant *À mon Phil bien-aimé*. Mon Dieu, ce que j'étais content que le cercueil soit fermé.

En m'approchant d'elle pour lui présenter mes condoléances, je me suis mis à pleurer. Je me suis assuré que Robin voie les larmes avant de la serrer dans mes bras. Je crois qu'elle portait le nouveau parfum Dior. Elle s'est écartée trop vite, à mon avis, et je suis allé m'agenouiller devant le cercueil. J'ai gardé les yeux fermés tout le temps et j'ai compté jusqu'à quarante avant de me relever et de me diriger vers le hall d'entrée.

Je suis resté dans le vestibule pendant deux heures et ne suis revenu dans la salle que lorsqu'un pasteur a tenu un bref service. Phil allait être incinéré, et j'étais reconnaissant de me voir épargner de devoir assister à un enterrement.

33

LUCA

J'ai quitté Industrial Way pour prendre Domestic, puis j'ai tourné à droite sur le parking d'un bâtiment typique de Floride construit dans les années quatre-vingt-dix. Jetant ma carte de police sur le tableau de bord, je suis entré voir le médecin légiste du comté.

Originaire de Virginie, le Dr Bilotti était venu s'installer à Naples quinze ans plus tôt, environ douze ans avant que je ne rejoigne le bureau du shérif du comté de Collier. Le poste dans le comté de Collier était plus tranquille que de travailler à D.C., où les morts suspectes ne manquaient pas, et cela permettait à Bilotti de passer beaucoup de temps sur le terrain de golf.

Le bâtiment abritait trois salles d'autopsie. La salle principale pouvait en accueillir trois. La salle individuelle offrait plus d'intimité, si tant est que se faire disséquer et étudier le corps puisse être considéré comme une affaire privée. La troisième salle était réservée aux victimes potentiellement contaminées et à celles qui étaient mortes dans des incendies.

Bilotti m'a conduit dans la salle individuelle.

« Merci d'être venu, Frank. Je pensais que ce serait une affaire de routine, mais quelques éléments m'ont interpellé. »

J'ai plissé les yeux quand Bilotti a augmenté l'intensité de la lumière. Le légiste a attrapé un presse-papiers sur la table de dissection en acier inoxydable et a retiré le drap qui recouvrait le corps. Du beau gosse de Gabelli, il ne restait plus grand-chose.

Gonflé par la décomposition, le visage était presque méconnaissable. C'était un miracle que Robin ait pu l'identifier.

Laissant échapper une profonde inspiration, j'ai dit : « Bonté divine, Doc, j'en ai vu des vertes et des pas mûres, mais je n'ai jamais entendu parler, et encore moins vu, un corps avec de l'adi… Comment est-ce que vous dites, déjà ? »

« De l'adipocire. Ce n'est que la deuxième fois pour moi, alors ne vous en faites pas. La première fois, c'était sur un corps qu'ils avaient sorti de la zone marécageuse près des Meadowlands. Après ça, j'ai fait des recherches. Il y a même un cadavre qu'on appelle la "Dame de Savon" au Mutter Museum de Philadelphie. »

« Incroyable. »

« C'est le mot, et ça peut conserver un corps pendant des siècles. »

« C'est fou. »

« Normalement, il ne resterait pas grand-chose d'un corps dans le golfe après une semaine ou deux, donc on a une certaine chance. La façon dont le corps a été enveloppé et le limon qui le recouvrait ont créé les conditions pour que cette substance cireuse et dure se forme. » Bilotti a tapoté la substance cireuse et grisâtre qui couvrait le front de Gabelli avec une sonde. « Comme vous pouvez le voir, il y a une certaine décomposition et des dommages causés par les charognards, mais l'adipocire a considérablement limité les dégâts. »

« C'est étrange. D'où est-ce que ça vient ? »

« Pour l'essentiel, c'est une transformation de la graisse corporelle. »

« Quelle façon de finir. »

Bilotti a hoché la tête.

« Doc, vous avez dit que quelques éléments vous ont interpellé. »

« Tout d'abord, la victime était déjà morte quand on l'a mise à l'eau. »

« Je m'en doutais, mais comment pouvez-vous en être certain ? »

« Il n'y avait pas d'eau dans ses poumons, ce qui confirme qu'il ne respirait pas lorsqu'il a été jeté à l'eau. »

« Combien de temps pensez-vous qu'il se soit écoulé entre la mort et sa mise à l'eau ? »

Bilotti a froncé les sourcils. « Impossible à dire avec certitude, Frank. Les formations d'adipocire limitent notre capacité à estimer l'intervalle post-mortem avec une quelconque précision. La température joue un grand rôle, et comme nous ne savons pas quand le corps a été mis à l'eau, j'ai dû utiliser une moyenne annuelle de la baie d'Outer Clam et j'ai déterminé une fourchette de six à neuf mois. »

« C'est beaucoup de réserves, Doc. »

« Le corps présente un cas avancé d'adipocire. C'est le mieux que je puisse faire. »

« D'accord, Doc. Et les blessures, y en a-t-il ? »

« Non. Pour l'heure, la cause du décès est une insuffisance cardiaque massive. »

« Une crise cardiaque ? »

« Oui, mais quelque chose me chiffonne. » Il a vérifié son

presse-papiers. « Cet individu semblait être en excellente santé. Aucun signe de maladie cardiaque, état artériel normal pour un homme de quarante ans. »

« Et ? »

« Ça arrive, mais il est très rare qu'un cœur sain lâche tout seul comme ça. »

« Est-ce que ça pourrait être la drogue, comme la cocaïne ? »

« C'est possible. J'ai essayé de vérifier, mais regardez. »

Bilotti a pris un scalpel et a utilisé son manche pour sonder la cavité nasale de Gabelli.

« Il est impossible de dire si l'inflammation a été causée par le sel de l'eau ou si elle existait au préalable. »

« Gabelli était un fêtard, mais à notre connaissance, il n'avait pas d'antécédents de consommation excessive de drogue. »

« J'en ai vu pas mal, de soi-disant consommateurs occasionnels, se laisser emporter et finir ici ou, s'ils ont de la chance, aux urgences. »

« Je vous suis, Doc. Pouvez-vous me dire sous quel délai vous saurez ce qui s'est passé ? »

« Il faudra attendre les résultats des analyses de sang. »

« D'accord, Doc. Mais ne divulguez rien sur la cause du décès. »

34

LUCA

J'AI FAIT ROULER MA TÊTE ET ME SUIS MASSÉ LA NUQUE AVANT de commencer. Passer des heures à regarder des images de vidéosurveillance granuleuses ferait une mauvaise série télé, mais ce serait bien si les chaînes montraient de temps en temps le côté fastidieux et banal des choses dans leurs séries policières.

La science avait la vedette, mais la plupart des crimes étaient résolus grâce à un solide travail de terrain : passer une scène de crime au peigne fin pour le moindre détail, interroger des centaines de personnes sans intérêt et, comme aujourd'hui, plisser les yeux devant des vidéos de surveillance saccadées.

Sachant que les malfrats font généralement du repérage avant de commettre leurs méfaits, j'avais commencé deux semaines avant la disparition de Gabelli. Il était difficile de cacher un corps, et encore plus de garder un enlèvement secret, alors même s'il y avait de fortes chances qu'il ait été assassiné à une date proche de sa disparition, j'avais demandé les enregistrements du parking de Clam Pass à partir d'un mois avant que sa disparition ne soit signalée.

Six semaines, quarante-deux longues journées, plus de mille heures de bande à visionner. J'allais avoir besoin d'un chiropraticien et de lunettes avant d'avoir terminé. Déléguer une partie du travail, même à Vargas, était hors de question. Ma conviction inébranlable était qu'on risquait de rater les subtilités d'un détail anormal si on ne visionnait pas la totalité soi-même.

Les enregistrements entre 10 heures et 16 heures pouvaient être passés en accéléré, ce qui me faisait gagner un peu de temps. La caméra était positionnée au milieu du parking, orientée vers la droite, en direction de l'entrée de la promenade en bois. La mauvaise nouvelle, c'est qu'un angle mort dans le coin gauche, le plus proche de la zone boisée, allait me ralentir. Je devrais faire attention aux personnes se garant dans cette zone, pour m'assurer qu'il s'agissait de plagistes et non de gens aux intentions sinistres.

J'ai inséré le premier DVD et j'ai appuyé sur lecture. Des images granuleuses, en noir et blanc, de voitures entrant dans le parking de Clam Pass des semaines avant la disparition de Gabelli ont pris vie de manière saccadée. Je ne m'attendais pas à grand-chose, mais je restais à l'affût de tout ce qui sortait de l'ordinaire. On pourrait penser que quiconque envisageant un crime aussi grave penserait à se fondre dans la masse, mais les gens font toutes sortes d'erreurs stupides.

———

QUATRE JOURS et d'innombrables DVD s'étaient écoulés sans susciter le moindre soupçon durant la période précédant la disparition de Gabelli. La seule chose que j'avais apprise, c'était le rythme des plagistes de Clam Pass. Le parking était petit, donc il n'y avait pas beaucoup de va-et-vient. Les lève-tôt aimaient arriver sur la plage au plus tard à dix heures, puis ça se calmait jusqu'à environ deux heures, moment où environ trente pour cent des premiers arrivés commençaient à partir. Puis, vers trois heures et demie, un groupe de retardataires arrivait, la plupart restant jusqu'au coucher du soleil.

J'étais content d'être arrivé au jour où Gabelli aurait pu être jeté dans l'eau saumâtre. En me versant une tasse de café, je me suis souvenu que je ne pourrais pas accélérer autant les enregistrements et je me suis dirigé vers mon bureau.

Ma tasse de café à la main, j'ai inséré le premier DVD de la période « après ». Rien que des adeptes du bronzage. Au milieu du deuxième DVD, le soleil a commencé à se coucher. Tandis que la lumière changeait, je me suis penché en avant. Le parking se vidait. J'ai accéléré la bande, et alors que l'horodatage passait 23 heures, une Honda Accord de couleur claire est entrée dans le parking. En ralentissant, j'ai vu que c'était un homme qui conduisait. J'ai zoomé, mais je n'ai pas pu distinguer s'il y avait quelqu'un d'autre dans la voiture.

J'ai grincé des dents lorsque l'Accord s'est garée dans l'angle mort. Était-ce juste un rendez-vous galant ? J'ai scruté l'écran tandis que le temps passait. Juste après 0 h 40, la Honda est revenue dans le champ de vision. Cette fois, j'ai aperçu une femme sur le siège passager, juste au moment où ma vessie m'a rappelé à l'ordre. Je l'ai ignorée, même si mes yeux me piquaient, et j'ai appuyé sur avance rapide.

Quelques minutes après 5 heures du matin, une vieille camionnette, qui semblait être une Chevrolet, est entrée dans le parking. Le van paraissait prudent, avançant lentement jusqu'à se garer près de l'entrée de la promenade. Aucun mouvement. N'était-ce là rien de plus que des jeunes en quête d'un peu d'intimité ?

La portière du conducteur s'est ouverte, et j'ai retenu mon souffle tandis qu'un homme de corpulence moyenne, de type caucasien, en sortait. Le conducteur a regardé autour de lui, a contourné le van et a disparu de l'autre côté. J'ai appuyé sur le bouton d'avance rapide, mais à peine l'avais-je fait qu'il a émergé, reculant tout en manœuvrant quelque chose.

Était-ce lui ? J'ai mis sur pause et j'ai zoomé sur la plaque d'immatriculation. J'ai noté le numéro de la plaque de Floride, JF3974X, et j'ai relancé la lecture. Qu'est-ce que c'était ? Le type dirigeait un objet ressemblant à un bateau sur un chariot ou un diable. Il a tiré sur la poignée et a disparu le long de la promenade. J'ai arrêté la bande.

Y avait-il un corps caché dans l'engin ? Le type donnait-il l'impression de traîner les quelque soixante-dix-sept kilos que pesait Gabelli ? Sinon, qu'est-ce que ce type pouvait bien foutre à cette heure de la nuit ? L'envie de me soulager s'est de nouveau fait sentir, mais je l'ai ignorée. Il fallait que je voie ce qui se passait avec ce gars et j'ai accéléré la bande.

L'horodatage a dépassé 7 heures du matin et les premiers visiteurs de la journée sont arrivés. Ils faisaient partie des quelques promeneurs qui arrivaient au compte-gouttes sur le parking. Ce type était parti depuis déjà deux heures. Fallait-il autant de temps pour se débarrasser d'un corps ? C'est long. Peut-être qu'il avait croisé quelqu'un et qu'il avait dû retarder le largage de Gabelli près des mangroves. Alors que je tournais cette idée dans ma tête, il est apparu, remorquant son bateau.

Semblait-il plus léger ? Avait-il l'air différent ? Je me suis approché à quelques centimètres de l'écran alors qu'il disparaissait sur le côté du van. Souviens-toi, Luca, souviens-toi.

Tandis qu'un couple de cyclistes se dirigeait vers le râtelier à vélos, il a émergé et est remonté sur le siège du conducteur. Avant que le van ne quitte le parking, j'ai décroché le téléphone, j'ai communiqué la plaque et je suis allé pisser un coup.

35

LUCA

JE FIXAIS LA PHOTO DU PERMIS DE CONDUIRE DE RICHARD Blake. À trente-cinq ans, il n'avait pas de casier judiciaire. Cheveux bouclés, son permis indiquait qu'il mesurait un mètre quatre-vingts pour soixante-douze kilos. Un van Pontiac Montana était immatriculé à son nom au 1099 Barcamil Way.

En vérifiant l'adresse, j'ai découvert qu'elle se trouvait à Colliers Reserve, un quartier ancien réputé pour être un havre de paix pour ses résidents permanents, ce qui était étrange, car je ne connaissais personne qui y habitait. J'avais entendu dire qu'il n'y avait pas de copropriétés là-bas, et le fait que Blake touchait le chômage ne collait pas. J'aurais bien aimé aller le voir avec Vargas, mais elle devait se présenter au tribunal, et ça ne pouvait pas attendre.

Colliers Reserve avait une atmosphère différente. Les rues étaient bordées d'arbres matures, mais ce n'étaient pas des espèces tropicales. J'avais l'impression de conduire en Géorgie ou dans un endroit du même genre. La maison au 1099 Barcamil Way était une autre bâtisse bicolore, blanche et beige, vieille d'une vingtaine d'années. Sa végétation était envahissante, comme pour toutes les autres maisons du quartier. Je me demandais si les propriétaires se rendaient compte que ça ressemblait à une jungle ou si c'était arrivé si progressivement qu'ils s'étaient habitués à cet aspect touffu. À mon avis, la maison valait un million, ou 1,1 million tout au plus. Quiconque achèterait cette maison devrait y engloutir une fortune en rénovations.

Le visage de Blake avait l'air sain et hâlé, celui d'un surfeur. Il ressemblait à un athlète et a été surpris de me voir. Blake a rapidement passé une main dans ses cheveux couleur sable pour les remettre en ordre quand je me suis présenté.

« De quoi s'agit-il, du braquage du casino ? »

Le casino ? Le Seminole Casino que Gabelli fréquentait ? « Peut-être. Qu'est-ce que vous savez là-dessus ? »

« Pas grand-chose. Je distribuais au blackjack à l'arrière, près de la section baccarat, quand c'est arrivé. »

« Vous travaillez au Seminole Casino à Immokalee, c'est bien ça ? »

Il a hoché la tête. « Depuis environ sept ans maintenant. Je pensais que c'était pour ça que vous étiez là. »

« Je suis ici au sujet de Phil Gabelli. » Blake a cligné des yeux, mais à part ça, aucun signe révélateur. « Vous le connaissez ? »

« Gabelli ? Ça ne me dit rien. »

Qu'est-ce que c'était que ce type, un avocat ? « Vous avez été aperçu tôt le matin du 1er mai à Clam Pass. Pouvez-vous me dire ce que vous y faisiez ? »

Il a rentré le menton. « Aperçu ? Vous aviez quelqu'un qui me surveillait en mai ? »

« Les caméras de sécurité de Clam Pass vous ont filmé. Qu'est-ce que vous faisiez là-bas ? »

« Qui se souvient d'une date aussi lointaine ? Mais c'est un parc public. J'ai parfaitement le droit d'y être. »

« Écoutez, on peut faire ça à l'amiable, ou je peux vous embarquer au poste et on en discutera là-bas. Ça m'est égal, c'est comme vous voulez. »

« Je n'ai rien fait de mal. Je suis sûrement juste sorti faire de la voile. »

C'était un bateau. « Faire de la voile avant l'aube ? »

« Je travaille de nuit, et souvent, je n'arrive pas à dormir. »

« Alors, vous sortez votre petit Sunfish et vous allez naviguer dans le noir ? »

« Si vous saviez comme c'est beau d'être sur l'eau quand le soleil se lève, vous ne seriez pas si suffisant. »

« Vous partez pour combien de temps ? »

« Ça dépend, mais généralement deux ou trois heures. »

« Vous emportez beaucoup de choses avec vous ? »

Blake m'a dévisagé. Avais-je touché un point sensible ?

« De quoi parlez-vous ? »

« Qu'est-ce que vous emportez sur l'eau avec vous ? »

« Pas grand-chose, quelque chose à manger. »

« Vous restez juste assis là, dans le noir ? »

« C'est paisible, là-bas. Je réfléchis, c'est tout. C'est une forme de méditation. »

« J'imagine que vous en avez besoin après avoir travaillé dans un casino toute la nuit. »

Il a hoché la tête. « Ça peut être chaotique. »

« Vous avez toujours été croupier au blackjack ? »

« Ces cinq dernières années, à peu près. »

« Beaucoup d'habitués, je parie. »

Il a secoué la tête. « Trop, si vous voulez mon avis. »

« Alors, vous devez connaître Phil Gabelli, dans ce cas. »

« À quoi il ressemble ? »

J'ai sorti une photo et je la lui ai tendue.

« Peut-être. »

Encore une dérobade. « C'est oui ou c'est non ? »

« Vous savez combien de personnes jouent chaque jour ? »

« Vous savez sûrement que je peux obtenir un mandat et vérifier la surveillance du casino. »

« Mais le casino est en territoire séminole. Ils ont leur propre police. »

C'était donc ça, son jeu. « Disons que nous avons un protocole d'entente. Maintenant, à quel point connaissez-vous Phil Gabelli ? »

« Si c'est bien le type auquel je pense, il venait environ une fois par semaine. »

« Une fois par semaine, sur cinq ans, vous finissez par connaître quelqu'un. »

« Vous savez combien de tables de blackjack on a ? »

Je le savais. Il n'y en avait pas tant que ça. « C'était un bon joueur ? »

« Je ne me souviens pas. »

Blake a continué de tourner autour du pot pendant un quart d'heure. Je savais qu'il cachait quelque chose, mais je suis passé à autre chose.

« Vous savez, j'ai toujours voulu apprendre à faire de la voile. »

« Vous devriez essayer. C'est très relaxant. »

« Le Sunfish, c'est un bon bateau ? »

« Il est plutôt pas mal, mais son plus grand avantage, c'est qu'il est mobile. »

« Ça a l'air parfait. Dites, ça vous dérangerait de me montrer le vôtre ? »

« J'aurais bien aimé, mais je l'ai vendu. »

« Intéressant. C'était quand ? »

« Qu'est-ce qu'il y a de si intéressant là-dedans ? »

« Vous venez de dire que c'était un bon petit bateau, et voilà que vous le vendez. »

« Je vais prendre quelque chose de plus grand, si ça ne vous dérange pas. »

« Quand est-ce que vous vous en êtes débarrassé ? »

« Je l'ai vendu il y a une dizaine de jours. »

« Comme je l'ai dit, j'aimerais apprendre à naviguer. À qui l'avez-vous vendu ? »

36

LUCA

Il n'était que cinq heures quarante, mais je suis sorti du lit sachant que je ne parviendrais jamais à me rendormir après un rêve troublant à propos de Vargas. Au moins, ce n'était pas un autre cauchemar lié à l'affaire Barrow.

J'avais hâte de faire le point sur Blake et son bateau, mais je devais être au tribunal à neuf heures. Le procès du réseau de vol de voitures russe avait été reporté dans l'attente de mon témoignage, et était enfin programmé. Avec presque deux heures à tuer, j'ai décidé d'aller marcher sur la plage pour faire un peu d'exercice, tant physique que mental.

Alors que mes pieds foulaient le sable près du Turtle Club, le souvenir du jour où j'avais rencontré Kayla m'a envahi, avec des émotions mitigées. Ça faisait maintenant deux semaines que j'avais le numéro de Kayla et je ne l'avais pas encore appelée. Je ne savais pas ce qui alimentait ma procrastination, mon problème persistant de plomberie masculine ou la peur qu'elle ne se montre pas aussi intéressée que je semblais l'être. Ça devenait stupide, ai-je pensé, et sur-le-champ, j'ai pris la résolution de l'appeler ce soir-là.

———

L'HISTOIRE de Blake à propos du Sunfish tenait la route. Le type de la marina de Lowe's a confirmé qu'il avait acheté le bateau de Blake deux semaines plus tôt. Il était toujours sur son parc. Je lui ai demandé de le retirer de la vente et de le rentrer à l'intérieur. Il a protesté, mais quand je lui ai dit que ce ne serait que pour une semaine environ, il a accepté et m'a emmené voir l'embarcation.

J'ai fait le tour du skiff en fibre de verre blanche. En regardant dans une ouverture semblable à celle d'un kayak, j'ai remarqué qu'elle pouvait accueillir les jambes d'un navigateur. Il n'y avait aucune trace de sang, mais je ne m'attendais pas à en trouver. J'ai repéré un dossier qui recouvrait un petit espace de rangement. Une fois retiré, il agrandissait la taille de la cavité. Ce serait juste pour y faire entrer un homme de la corpulence de Gabelli, mais ce n'était pas impossible.

En fixant le bateau, j'ai essayé de visualiser à quoi il ressemblait maintenant par rapport au soir où Blake était à Clam Pass. Après une minute à imaginer la scène, j'ai pris quelques photos et je me suis assuré que le vendeur retire le panneau *À vendre* avant de me diriger vers Immokalee.

———

EN QUITTANT LE CASINO, j'étais satisfait de ma persévérance concernant Blake et son travail. Plutôt que de baisser les bras quand ses collègues croupiers ne m'ont rien dit, je me suis tourné vers quelques serveuses et j'ai touché le gros lot avec l'une d'elles. En toute honnêteté, c'était la piste la plus logique, vu le play-boy qu'était Gabelli, mais cela a tout de même donné un coup de pouce bien nécessaire à ma confiance.

Nancy, une serveuse à la forte ossature, n'aurait jamais passé le premier entretien à l'époque. Selon un code tacite, qui guidait aussi les hôtesses de l'air, Nancy n'avait pas le physique de l'emploi. La brune, qui servait des verres dans la section de blackjack, avait tellement de piercings qu'on aurait dit qu'elle était tombée dans une boîte de pêche.

Celui qui me dérangeait le plus était le piercing à la langue. Chaque fois qu'elle ouvrait la bouche, je me demandais si cette décoration était douloureuse. Peu importe la quantité d'alcool que quelqu'un pouvait boire, il fallait être dérangé pour trouver ça sexy. Bref, elle a reconnu Gabelli tout de suite et a dit qu'il était canon. Je me suis abstenu de lui en dire plus, car je n'aime pas parler des morts.

Je lui ai demandé ce qu'elle pouvait me dire sur Gabelli, mais à part le fait qu'il était dragueur et généreux en pourboires, il n'y avait rien de révélateur. Du moins, jusqu'à ce que je l'interroge sur Blake et Gabelli, et là, de l'or est sorti de sa bouche ornée. J'étais si excité que j'ai failli oublier de poser des questions sur Stewart. La serveuse m'a dit qu'il venait rarement avec Stewart, ce que j'ai trouvé surprenant.

Une circulation monstre avançait au pas sur Immokalee Road, et j'ai été tenté d'utiliser ma sirène pour accélérer mon trajet pour aller voir Blake.

———

« C'ÉTAIT UN CON, d'accord ? Une grande gueule. »

La rougeur de colère de Blake prit une teinte étrange sur son bronzage foncé. Nul doute que Gabelli l'avait exaspéré ; la question qui ne demandait qu'à être posée était de savoir si cette exaspération l'avait poussé à l'irrationalité.

J'ai dit : « Vous n'êtes pas la première personne à me le dire. C'était un sacré numéro, hein ? »

« Je sais que ce n'est pas le cas de tous, mais ces jolis garçons, ils pensent que tout le monde doit leur lécher le cul. Vous voyez ce que je veux dire ? »

En tant que membre officieux de ce club, je n'étais pas d'accord, mais je voulais laisser le venin couler à flots. « Et comment. Quel genre de choses faisait-il ? »

« C'était un joueur moyen, pas un vrai flambeur, mais il interpellait toujours les chefs de salle et parlait comme s'il possédait la moitié de l'endroit. Il demandait toujours quelque chose. »

« Vous voulez dire, comme une faveur ou quelque chose du genre ? »

« Non, des broutilles, comme des pastilles pour la gorge, de l'aspirine, un biscuit, tout ce que vous voulez, il le demandait, et l'obtenait. C'est comme s'il voulait montrer à tout le monde qu'on était à ses petits soins. »

« Il vous sortait vraiment par les yeux, n'est-ce pas ? »

« Ouais, je détestais quand il s'asseyait à ma table. Et vous savez, il savait que je ne l'aimais pas, et il appuyait là où ça fait mal, encore et encore, toute la nuit. »

« Alors ce soir-là, vous avez perdu votre sang-froid ? »

« Il n'arrêtait pas de garder les cartes après la fin de la main. On ne peut pas faire ça. J'ai dû appeler le chef de salle deux fois, et il a essayé de faire croire que je m'acharnais sur lui. Puis il l'a refait, et je lui ai hurlé de me donner les cartes. Et ce salaud de Perez, il a pris le parti de Gabelli. C'était embarrassant. »

« Le client a toujours raison. »

« Non, c'est des conneries. Je ne peux pas vous dire

combien de fois des gens se font virer du casino. On est formés jusqu'à la moelle pour maintenir l'ordre. »

« Mais ils ont laissé Gabelli s'en tirer ? »

« Comme je l'ai dit, ce salaud avait un certain tour de main. »

« Quelle fouine. J'ai entendu dire que vous vous étiez confronté à lui plus tard. »

« Ils m'ont retiré de la salle, et j'ai passé le reste de mon service au guichet de la caisse. Quand je suis parti pour rentrer chez moi, il traînait dehors. Je me suis dit : "C'est pas vrai, est-ce que ce type me file ou quoi ?" Je suis passé devant lui en direction du garage des employés, et il n'a pas arrêté de me chercher des noises. Alors, je lui suis rentré dedans, et un autre croupier a dû nous séparer. »

« Waouh. Il a dû péter un câble. »

« Je n'en suis pas fier. J'ai failli perdre mon boulot et j'ai dû supplier mon directeur à cause de ce connard. »

« Alors, tu t'es vengé en t'occupant de son cas à Clam Pass ? »

« Oh non, mec. Je n'ai absolument rien à voir avec tout ça. »

« Ouais, enfin tu étais à Clam Pass la nuit où il a disparu, et son corps a été retrouvé là-bas, lesté dans l'eau. »

« Je t'ai dit que j'étais parti naviguer pour évacuer le stress. Je te jure que c'est tout. Je ne sais rien de ce qui lui est arrivé. »

« Comment ça se fait que tu ne m'aies jamais dit que tu t'étais battu avec Gabelli ? »

« Écoute, je détestais ce type, mais ça ne veut pas dire que je le tuerais. Tu me prends pour qui ? »

« C'est ce que j'essaie de découvrir. »

LUCA

Sur le chemin du retour, j'ai appelé Vargas. Elle m'a demandé : « Comment ça s'est passé ? »

« Ce type est soit un acteur incroyable, soit il dit la vérité. »

« Et pour le bateau ? »

« C'est pour ça que je t'appelle. Demande à Finley d'autoriser un avis de saisie et fais amener ce Sunfish au labo. »

« Tu as vu quelque chose ? »

« Non, il était nickel, mais à moins que Blake ne l'ait nettoyé à l'eau de Javel, la police scientifique trouvera quelque chose s'il y a quoi que ce soit à trouver. »

« Il est à la marina de Lowe, c'est ça ? »

« Ouais, le type s'appelle Sammy. Je dois filer. »

« Attends une seconde. »

« Qu'est-ce qu'il y a ? »

« Je viens de recevoir un appel de la brigade des mœurs. La semaine dernière, ils ont arrêté un certain Steven Foster. Apparemment, il était chef scout chez les Boy Scouts, ou un truc du genre, et un gamin — enfin, ce n'est plus un gamin maintenant — s'est manifesté et a porté plainte contre lui pour des agressions sexuelles qui se sont produites il y a plus de dix ans. »

« Pauvre gosse… Mais quel est le rapport avec nous ? »

« Ce pervers de Foster, eh bien, il a dit que ce n'était pas lui, mais il a balancé Phil Gabelli comme étant le coupable. »

Mes pneus ont heurté le trottoir. « Quoi ? »

« J'ai eu la même réaction, mais j'ai vérifié auprès de l'antenne locale des Boy Scouts, et devine quoi ? »

« Accouche, Vargas ! »

« Gabelli était l'adjoint de Foster au moment où les agressions ont eu lieu. J'ai vérifié auprès des Boy Scouts, et Gabelli était bien là en même temps que Foster. »

« Putain de merde ! Ça pourrait être la raison pour laquelle il s'est barré. »

« J'ai pensé la même chose. Peut-être qu'il savait que ça allait sortir. »

« J'arrive tout de suite. Il faut qu'on parle à ce Foster. »

Avec l'impression d'avoir reçu une injection de trois espressos, j'ai allumé la sirène et j'ai mis le gyrophare sur mon toit.

————

J'AI DEMANDÉ : « Que fait ce type pour avoir les moyens d'habiter à Tiburon ? »

Ma partenaire a répondu : « Professeur au lycée Baron Collier. »

« C'est parfait, ce clown côtoie des enfants toute la journée. »

« Je pensais qu'il y en avait pour tous les budgets à Tiburon. »

« Ce sont les charges, Vargas. Les charges sont exorbi-tantes », ai-je dit en m'engageant dans le lotissement.

L'entrée de Tiburon était l'une de mes préférées : une longue allée bordée de majestueux palmiers royaux qui s'élan-çaient vers un ciel bleu et sans nuages. Le quartier était centré autour du Ritz-Carlton Golf Resort, faisant de Naples la seule petite ville à posséder deux Ritz-Carlton. Tiburon disposait de deux parcours de golf de classe mondiale, d'un bon empla-cement, et de maisons dont les prix allaient de sept millions à huit cent mille dollars.

Steven Foster habitait au deuxième étage d'un groupe d'immeubles bas appelé Castillo. Si je me souvenais bien, les appartements s'y vendaient dans les neuf cent mille dollars. C'était encore beaucoup d'argent avec un salaire de profes-seur. En voyant la taille minuscule de l'ascenseur, j'ai dit à Vargas que nous devrions prendre les escaliers.

Je sais bien qu'on ne peut pas identifier un pédophile à son apparence, mais Foster, pieds nus, correspondait parfaitement au cliché. Il était dégarni, et les quelques cheveux qui lui restaient étaient teints d'un noir de corbeau. Il avait des yeux de fouine et un ventre flasque.

Mais à moins que la victime n'ait été aveugle, elle n'aurait jamais confondu Gabelli avec ce crétin.

Foster s'est agrippé à l'encadrement de la porte lorsque nous nous sommes présentés, et a dit : « La Criminelle ? »

« Oui, nous aimerions vous poser quelques questions. »

« Euh, bien sûr, mais je ne sais rien à propos d'un meurtre. S'il vous plaît, ne me dites pas qu'on m'accuse aussi d'avoir tué quelqu'un. »

Il s'est écarté et nous sommes entrés. Tout l'appartement était revêtu de carreaux blancs trop petits et posés en diago-nale. C'est censé agrandir une pièce, mais je n'ai jamais compris comment. C'était un endroit lumineux que je n'aurais pas imaginé plaire à une ordure comme Foster.

Un trio de baies vitrées menant à une véranda laissait entrer la lumière et la vue sur le terrain de golf. Dès que nous nous sommes assis autour d'une table de cuisine au plateau de verre, j'ai dit : « Je vais aller droit au but, monsieur Foster. Les accusations qui pèsent contre vous sont aussi graves que possible. Je crois comprendre que vous avez affirmé que l'accusateur avait fait une erreur et qu'il s'agissait d'une erreur sur la personne. »

« C'est la vérité, je le jure. »

Vargas a dit : « Vous avez prétendu que le véritable coupable était un homme du nom de Phil Gabelli. »

Il a hoché la tête. « Oui, c'est vrai, c'était Phil. C'est lui qui a fait tout ce que ce gamin a raconté. »

J'ai dit : « Je crois comprendre que vous et M. Gabelli vous connaissiez par le biais des Boy Scouts. »

« Nous dirigions la même troupe. J'étais le chef scout, et il était l'adjoint. Il avait l'air d'un type bien, mais je suppose qu'il a eu ce qu'il méritait. »

J'ai demandé : « Et qu'est-ce que c'était ? »

« Je lis les journaux. J'ai vu qu'on l'avait retrouvé à Clam Pass. Il a été assassiné. »

Vargas a dit : « D'après vous, qui aurait pu assassiner M. Gabelli ? »

« Je ne sais pas exactement, mais j'imagine que quiconque avec qui il a, euh, fricoté aurait de bonnes raisons. »

Vargas a dit : « Connaissez-vous quelqu'un en particulier ? »

« Je ne le connaissais pas vraiment bien. »

J'ai dit : « Mais vous avez travaillé ensemble pendant, quoi, trois ans ? »

« Quelque chose comme ça. »

J'ai demandé : « Alors comment avez-vous su que c'était M. Gabelli qui l'avait fait ? »

Il a penché la tête. « J'ai juste eu cette impression, vous savez, il était un peu louche. Vous voyez ce que je veux dire ? »

Vargas a dit : « Non, dites-nous. »

« Je n'arrivais pas à mettre le doigt dessus, mais, je ne sais pas, c'était sa façon de regarder les garçons. Il y avait quelque chose qui clochait. »

Vargas a enchaîné : « Pourtant, vous l'avez laissé travailler pendant trois ans avec les garçons dont vous étiez responsable. »

« Je, je… croyez-moi, je sens peser sur moi une lourde responsabilité pour ce qui est arrivé. »

Je me fichais pas mal de ce que ce type ressentait et j'ai dit : « Vous ne ressemblez pas du tout à Phil Gabelli, qui était un bel homme en pleine forme. »

Foster a rentré le ventre et a dit : « J'ai peut-être moins bien vieilli qu'un autre, mais je vous assure, nous étions presque des sosies. »

Avec un sourire narquois évident, j'ai dit : « Si vous le dites. »

Foster s'est levé. « Attendez une seconde. »

Vargas et moi avons échangé un regard pendant que Foster fouillait dans une crédence blanchie à la chaux.

« Tenez, vous voyez, qu'est-ce que je vous disais ? »

J'ai pris la photo et j'ai failli ne pas en croire mes yeux. C'était Foster, peut-être dix ou quinze ans plus tôt, dans son uniforme de scout. Il était totalement différent, mais je ne voyais pas beaucoup de ressemblance avec les photos que j'avais vues de Gabelli. J'ai essayé de déchiffrer la photo. Le ridicule foulard jaune qu'il portait n'aidait pas. N'importe qui portant ça aurait l'air étrange.

« Elle date de quand ? »

« Je ne sais pas exactement, mais je dirais qu'il y a une douzaine d'années. Alors, vous me croyez maintenant ? »

« Peut-on avoir la photo ? »

« Bien sûr, si ça peut aider à me disculper. »

38

LUCA

Deux semaines après l'autopsie, la notification d'un e-mail a retenti. Il venait du laboratoire de la police scientifique. En l'ouvrant, j'ai lu le rapport toxicologique de Gabelli. Je n'en croyais pas mes yeux. Rien n'avait été trouvé, à part un taux d'alcoolémie. Je ne comprenais pas une partie du jargon médical, alors j'ai composé le numéro de Bilotti.

« Docteur, c'est Frank. J'ai reçu le rapport toxicologique de Gabelli. C'est lui qu'on a repêché à Clam Pass. »

« Oui. L'affaire me dit quelque chose. De quoi s'agit-il ? »

« Il est écrit qu'il n'y avait aucune trace de drogues illicites dans son organisme. »

« Oui, c'est exact. »

« C'est impossible. Vous l'avez dit vous-même. »

« Pas tout à fait. Ce que j'ai dit, c'est que des drogues auraient pu jouer un rôle, étant donné que la victime ne présentait aucun signe de maladie cardiaque. »

« Alors il devait y avoir quelque chose. »

« J'ai bien peur que non, Frank. Il n'y avait rien d'autre

qu'un taux d'alcoolémie qui, si je me souviens bien, était à la limite légale. »

« Ça n'a aucun sens. J'étais persuadé qu'ils trouveraient quelque chose. Ont-ils cherché toutes les substances ? »

« C'est la procédure standard, et gardez à l'esprit que nous avons aussi cherché des médicaments sur ordonnance, comme les opioïdes, les barbituriques et les amphétamines. »

« Donc, c'était une crise cardiaque ? »

« On dirait bien. »

« Dites-moi, Docteur, si ce type est mort naturellement d'une crise cardiaque, comme vous le dites, pourquoi quelqu'un aurait-il essayé de cacher le corps ou de faire croire à une disparition ? »

« N'est-ce pas votre domaine d'expertise, inspecteur ? »

————

JE NE COMPRENAIS PAS. Pourquoi quelqu'un ferait-il passer ça pour un meurtre ? Qu'est-ce qui se passait, bordel ? Une crise cardiaque chez un homme en bonne santé ?

Attendez, il y avait eu cette affaire de dingue où cette femme avait été jugée pour avoir tué un type en couchant avec lui. Elle avait provoqué une crise cardiaque à ce vieux salaud. Gabelli aimait bien les filles, c'est certain. Est-ce que ça pourrait être quelque chose comme ça ? Mais pourquoi maquiller l'affaire ? Si son cœur avait lâché pendant une partie de jambes en l'air, ce n'était pas un crime.

À moins qu'un élément de l'histoire n'ait fait lâcher son cœur.

Quelqu'un aurait-il pu engager une tigresse du sexe pour lui provoquer une crise cardiaque, en utilisant un de ces trucs, les poppers, qui accélèrent le rythme cardiaque ? Après qu'il se soit effondré, ils ont paniqué ou, qui sait, peut-être qu'ils se sont mis à se disputer et ont voulu se débarrasser du corps ? Mais qu'y avait-il à y gagner ? On tue quelqu'un par jalousie, par amour, pour l'argent, par vengeance. Ce qui manque, c'est un mobile raisonnable.

J'ai composé un numéro sur mon portable.

« Docteur, c'est encore moi. Dites, je pensais à Gabelli et à sa crise cardiaque. Se pourrait-il qu'il ait utilisé, ou que quelqu'un lui ait donné, un popper pendant l'acte sexuel ? »

« Vous voulez dire du nitrite d'amyle ? »

« Oui, c'est ça. »

« Le nitrite d'amyle est un vasodilatateur ; il provoque la dilatation des vaisseaux sanguins. En conséquence, la tension artérielle de l'utilisateur chute rapidement, tandis que la drogue accélère simultanément le rythme cardiaque. »

« Ça a l'air dangereux. »

« Comme toutes les drogues, ça l'est. »

« Est-ce que ça aurait pu causer la crise cardiaque de Gabelli ? »

« Difficile à dire. Il y a eu des cas d'arrêt cardiaque liés à son utilisation. Mais en général, c'est une consommation habituelle qui, avec le temps, affaiblit les muscles cardiaques. »

« Vous avez vérifié sa présence dans l'analyse toxicologique ? »

« Non, il est extrêmement difficile de le détecter car il se dissipe rapidement. Nous pourrions essayer de faire un test et voir ce que ça donne, mais je n'ai vu aucun signe indiquant que la victime en consommait. »

« Comment pourriez-vous savoir s'il en consommait ? »

« En général, on trouve de petites lésions croûteuses et jaunâtres autour du nez et de la bouche. Les cavités nasales sont aussi enflammées. »

« Vous avez dit que son nez était enflammé. Vous vous en souvenez ? »

« Oui, mais à mon avis, le nitrite d'amyle n'est pas la cause. Comme je l'ai dit il y a un instant, si c'était le cas, il y aurait des signes de consommation. »

« Pouvez-vous me rendre un service ? Faites le rapport nécessaire pour voir si vous pouvez trouver des traces de nitrite d'amyle. »

« Si vous insistez, Frank. Je pars pour les Keys ce soir pour une semaine. Je le ferai à mon retour. »

« Vous ne pouvez pas vous en occuper avant de partir ? »

« Je dois autopsier ce bébé de six mois mort, selon les parents, du syndrome de la mort subite du nourrisson, ainsi qu'un jeune de dix-huit ans qui a fait une overdose. Donc non, je ne peux pas. »

« Je comprends, Docteur. Profitez-en bien. Promettez-moi juste de le faire dès votre retour. »

———

PLUS J'Y PENSAIS, plus je devenais frustré. Comment Gabelli était-il vraiment mort ? Était-ce juste une crise cardiaque ? Si c'était le cas, putain, qu'est-ce qu'il faisait immergé à Clam Pass ? S'il s'agissait d'un meurtre, alors se débarrasser du corps est normal. Mais si c'était une mort naturelle, pourquoi a-t-il été balancé, et qui en est responsable ?

———

EN ME dirigeant vers le bureau, je savais que l'énigme Gabelli devait être mise en suspens au moins jusqu'à ce que nous recevions les résultats des analyses de sang approfondies.

Vargas et moi n'avions aucune autre affaire en cours à part celle de Gabelli, et nous étions dans une impasse. Il faudrait au moins une semaine après que le médecin a ordonné l'analyse toxicologique complémentaire pour que les résultats arrivent. Deux semaines ennuyeuses nous attendaient. Si je n'avais pas déjà utilisé tout mon temps pour me rétablir, ce serait le moment idéal pour prendre des vacances.

C'était donc le moment de faire ce que je détestais : me plonger dans les affaires non résolues. Je sais que certains inspecteurs adorent l'occasion de découvrir les erreurs ou les omissions d'un collègue et de résoudre une vieille affaire poussiéreuse. Mais pour ma part, et je sais que ça peut paraître étrange, je préférais ne pas réveiller le chat qui dort. C'était simplement une preuve de plus de notre faillibilité, et je n'avais certainement pas besoin d'autres piqûres de rappel.

Savoir que j'allais devoir passer du temps sur de vieilles affaires était la seule chose qui m'avait fait hésiter à accepter ce poste ici. L'examen des affaires non résolues était ennuyeux et chronophage. Interroger des gens des années plus tard, dont les souvenirs étaient brouillés par le temps, exigeait une grande patience, une qualité qui me faisait actuellement défaut.

Je n'arrivais pas à comprendre pourquoi Kayla ne m'avait pas rappelée. Je l'avais appelée ce soir-là et lui avais laissé un message. Attendre son appel ne faisait qu'ajouter à ma frustration. Si elle ne me rappelait pas d'ici un jour, j'essaierais une dernière fois et puis, eh bien, on verrait ce qu'il se passerait.

39

LUCA

Robin a été vraiment secouée quand je lui ai raconté ce qui se passait. Elle a juré ses grands dieux que c'était un mensonge éhonté. Je ne voulais pas me laisser envahir par l'émotion ; tout ce que je voulais, c'était une vieille photo de son mari. Après six demandes, elle a finalement interrompu ses jérémiades pour m'en trouver une. C'était une bonne photo, nette et de qualité. Je l'ai assurée que je tirerais cette affaire au clair, en évitant que ça ne finisse dans les journaux, et je lui ai dit au revoir.

En montant dans ma voiture, une notification par SMS de la police scientifique m'a informé que le rapport sur le bateau de Blake était prêt.

Rangeant mon téléphone, j'ai tenu les photos de Gabelli et de Foster côte à côte. Ils avaient une carrure similaire, mais Gabelli mesurait au moins cinq centimètres de plus, d'après son permis de conduire. Les cheveux de Foster étaient également-ment plus foncés et beaucoup plus courts que ceux de Gabelli. Ce n'était pas qu'une question de coupe récente. Au contraire, ceux de Gabelli, bien que plus longs, semblaient fraîchement taillés.

J'ai posé la photo de Gabelli sur le tableau de bord et j'ai regardé Foster de plus près. Ses yeux de fouine me fixaient en retour. Ce type était flippant, mais s'ils portaient tous les deux ces uniformes bleus de scout, un enfant aurait-il pu confondre Gabelli avec lui ?

J'avais du mal à gober cette histoire d'erreur sur la personne. Je voyais bien qu'ils étaient très différents, même si je n'avais jamais rencontré Gabelli. Foster avait l'air effacé, alors que tout ce que j'avais appris sur Gabelli le décrivait comme un extraverti trop sûr de lui. Mon instinct me disait que Foster cherchait à faire porter le chapeau à un mort. Mais je ne pouvais pas écarter complètement cette possibilité, même si j'en avais très envie.

Peu importe de qui il s'agissait, cependant, il y avait toujours un tueur en liberté. Pour mieux cibler la traque du meurtrier, je devais savoir s'il s'agissait ou non d'une histoire de vengeance à la suite d'abus.

J'ai appelé Vargas pour lui demander de prendre les commandes de la pelleteuse et de commencer à creuser immédiatement. J'avais un rendez-vous chez le médecin le matin et je voulais passer au laboratoire de la police scientifique avant qu'il ne ferme.

———

IL PLEUVAIT SI fort que j'ai attendu plus de dix minutes dans ma voiture. Dès que l'averse a faibli, j'en suis sorti et j'ai sauté de flaque en flaque pour entrer au bureau.

Constellé de taches d'humidité, j'ai agité ma chemise pour la sécher tandis que Vargas terminait un appel.

« Tu as du nouveau sur Foster ? »

Elle a froncé les sourcils. « Bonjour, Frank. Comment s'est passé ton rendez-vous chez le médecin ? »

J'ai expiré. « Salut, Vargas. Tout baigne, d'accord ? On peut parler boulot ? »

« Tu es sûr que ça va ? »

« Oui, maman. Je ne vais pas claquer dans tes pattes de sitôt. Tu as quelque chose pour moi ? »

Elle a hoché la tête. « Foster a déménagé ici il y a seize ans. Il est né dans le Minnesota et a enseigné à Hermantown, une banlieue de Duluth, pendant près de douze ans avant de démissionner. Je n'ai pas aimé la façon dont la directrice a parlé de sa démission, et je me souviens que ma sœur m'a dit qu'il faut généralement douze ans pour avoir droit à sa retraite de l'enseignement. Quand j'ai mentionné qu'il était étrange qu'il plaque tout si près du but, elle a été d'accord. C'était sa façon d'acquiescer ; je savais qu'elle me cachait quelque chose. Alors, j'ai appelé l'association des parents d'élèves d'Hermantown et j'ai retrouvé le président de l'époque, un certain Joe Saturn. »

« Accouche, Vargas. Je meurs d'impatience. »

« Saturn a dit qu'un parent s'était plaint que Foster avait eu un comportement inapproprié avec son fils. Une histoire où il se serait retrouvé dans un placard avec le gamin de sept ans. »

« L'ordure. Qu'est-ce qui s'est passé ? »

« Il a dit que l'affaire n'a jamais eu de suite parce que les parents de l'enfant ne voulaient pas que leur gamin soit stigmatisé, et qu'il n'y avait pas d'autres témoins. »

« Ils ont laissé tomber ? »

« J'en ai bien peur, mais l'Unité des crimes spéciaux a trouvé des tonnes de pédopornographie sur son ordinateur portable, donc Foster va être un invité de l'État de Floride pour un bon bout de temps. »

« Il devrait être pendu. »

« Peut-être. Et le bateau ? »

« Que dalle. Pas de sang ni de fibres. Rien. Les voisins ont aussi confirmé que Blake partait tout le temps naviguer en pleine nuit. »

« Blake est innocenté ? »

« On dirait bien. »

« On est de retour à la case départ ? »

Je n'avais pas besoin qu'on me le rappelle. Chaque enquête a son lot d'impasses, mais je commençais à en avoir marre de courir après des fantômes dans celle-ci.

J'ai dit : « Il faut que j'appelle Robin pour lui dire que son mari a juste été utilisé par cette ordure de Foster. »

40

LUCA

Fatigué après une autre nuit agitée, j'ai inséré un disque, j'ai posé les coudes sur le bureau et j'ai appuyé sur avance rapide. Quand j'ai trouvé l'endroit où Blake et son bateau apparaissaient, je suis revenu à une vitesse de lecture normale.

Les images grisâtres défilaient, mais il n'y avait rien de notable alors que les premiers promeneurs arrivaient sur le parking. Cela n'avait aucun sens de prêter une attention particulière aux visiteurs d'un jour, étant donné que c'était maintenant le deuxième jour de sa disparition. Même en accélérant la vidéo, ça prenait un temps fou. Avant que je ne m'en rende compte, ma vessie s'est manifestée et je suis allé faire une pause.

Le parking s'est assombri à la tombée de la nuit, et j'ai ramené la bande à sa vitesse normale. À 20 h 09, une Audi A6 de couleur sombre est entrée sur le parking, attirant mon attention par ses embardées. Un type saoul ? Elle s'est approchée de l'entrée et s'est garée. Quinze minutes se sont écoulées, puis la portière du conducteur s'est ouverte. J'avais les yeux rivés sur l'homme chauve qui en est sorti au moment où la portière passagère s'est ouverte à son tour, laissant descendre une femme en pantalon aux cheveux longs qui faisait signe à son homme. Le chauve, qui n'avait pas l'air ivre, s'est approché d'elle. Ils se sont pris par le bras et ont disparu sur la promenade en bois.

Le couple est revenu de sa promenade à 21 h 23 et est reparti. Peu de temps après, une de ces minuscules Fiat est entrée sur le parking. Sans surprise, c'était un jeune couple qui en est sorti et qui a commencé à se bécoter. Ils se sont réfugiés dans leur voiture et ont quitté le parking quand un SUV Lincoln est arrivé à 22 h 37. J'ai regardé le Lincoln commencer à tressauter doucement à 23 h 05, et ils ont fait leurs petites affaires jusqu'à leur départ à 0 h 21.

Le parking était calme jusqu'à 2 h 08 du matin, quand une des voitures les plus laides jamais construites, une Nissan Cube, est entrée sur le parking. La Cube blanche roulait lentement en entrant et je peinais à voir si quelqu'un d'autre que le conducteur était à l'intérieur. J'ai mis la bande sur pause. On aurait dit que c'était un homme coiffé d'une casquette de base-ball qui conduisait, mais je n'arrivais toujours pas à dire s'il était seul.

La Cube s'est dirigée vers le coin gauche du parking et a disparu de l'enregistrement, hors du champ de la caméra. L'horodatage de la vidéo continuait de défiler, mais il n'y avait rien à voir. Je priais pour que quelque chose surgisse de la grisaille. Finalement, à 2 h 41, la Cube est revenue dans le champ et a pris la sortie du parking. J'ai ralenti la vidéo au moment où le côté passager est apparu. On aurait dit que quelqu'un, ou quelque chose, pouvait se trouver sur le siège passager, mais c'était impossible à dire.

J'ai rembobiné la vidéo pour obtenir le numéro de la plaque d'immatriculation au moment où la Cube entrait.

Cette fichue plaque n'était pas lisible. J'ai arrêté la bande et j'ai zoomé. Tout ce que j'ai pu déchiffrer, c'était les trois derniers caractères : 7KW. Je l'ai noté et je suis passé à la suite.

La vidéo saccadée n'a rien montré jusqu'à 4 h 28, quand une Ford Focus blanche ou peut-être argentée est arrivée, se garant près de l'entrée. Un type que j'ai estimé dans la trentaine en est sorti, s'est appuyé contre sa voiture et a allumé une cigarette. Il a tiré quelques bouffées et l'a jetée dans les buissons. Mais qu'est-ce qui ne va pas chez les gens ? J'avais envie de tordre le cou à cet imbécile alors qu'il repartait.

Bientôt, le parking a été inondé de la lumière du jour et un défilé de promeneurs et d'amoureux du soleil a commencé à affluer avec tout son attirail. Le parking s'est vidé tandis que j'avançais la vidéo jusqu'à 17 h et que je la mettais en pause pour aller aux toilettes.

J'ai rappelé Kayla mais je suis tombé sur son répondeur. Après avoir laissé un message, j'ai pris un café et un bagel dans la cuisine et je me suis rassis à mon bureau. À vingt-deux heures, les amoureux ont commencé à arriver au compte-gouttes à Clam Pass. Certains se promenaient, et d'autres, eh bien, qui sait ce qui se passait à l'intérieur de ces voitures ? Il y a toujours eu deux voitures sur le parking jusqu'à 1 h 09, heure à laquelle il s'est vidé. À 2 h 31, un de ces Chrysler PT Cruiser est arrivé.

Il ne s'est pas garé en marche avant, mais en travers de plusieurs places près de l'entrée. Deux types en sont sortis et ont ouvert le hayon. Je me suis penché vers l'écran alors qu'ils sortaient ce qui ressemblait à un grand sac en plastique noir. Les hommes ont porté le sac, qui semblait lourd, et se sont dirigés vers la promenade en bois.

Qu'est-ce qu'il y avait dans ce foutu sac ? De quelle couleur était l'emballage dans lequel on avait trouvé Gabelli ?

J'ai rembobiné la bande, j'ai noté la plaque d'immatriculation, qui était visible au moment de leur arrivée, et j'ai attrapé le dossier de l'affaire. En le feuilletant, j'ai eu la confirmation que Gabelli avait été enveloppé dans du plastique noir. Ce qui m'a dérouté, c'est qu'il y avait deux hommes. D'habitude, quand plus d'une personne est impliquée dans un meurtre, cela relève du crime organisé ou des gangs. Nous n'avions vu aucune preuve que les bookmakers de Gabelli aient quoi que ce soit à voir avec sa disparition, mais les avions-nous innocentés trop vite ? Était-ce une autre de mes bourdes ?

41

LUCA

En sirotant un café, je me suis dirigé vers mon bureau en me sentant comme une vraie loque. Ça faisait quatre jours d'affilée que je passais des nuits de merde. Les cauchemars étaient revenus après une accalmie inhabituellement longue dont j'avais été reconnaissant.

J'étais hanté par des cauchemars impliquant le gamin Barrow, mais ils ne survenaient jamais plus d'une fois toutes les deux semaines, et jamais plusieurs nuits de suite. Pourquoi cette recrudescence soudaine ? Avoir un cancer, pisser comme une fille et devoir prendre du Viagra, ça ne suffit pas ?

Pour rendre les choses encore plus flippantes, il y avait une nouvelle tournure troublante. Désormais, ces visions dérangeantes me mettaient en scène à la troisième personne.

Auparavant, dans presque tous les cauchemars sur Barrow que je subissais, le gamin était pendu dans toutes sortes d'endroits. Le plus souvent, il était suspendu dans sa cellule de prison, mais il apparaissait aussi dans mon placard, le garage, le réfrigérateur et même mon bureau. C'était toujours la même chose : Barrow se balançant très légèrement, les pieds pointés plein sud, le menton sur la poitrine, les épaules affaissées, les yeux grands ouverts me transperçant du regard.

La nouvelle version, issue de ma première affaire, qui m'empêchait de dormir, avait deux variantes. Dans la première, j'étais allongé dans un lit d'hôpital, les rideaux tirés. Deux médecins entraient et m'annonçaient que mon cancer était revenu et qu'il ne me restait que quelques jours à vivre. Quand j'essayais de poser des questions, ils ouvraient les rideaux, révélant un Barrow de taille gigantesque pendu à des tuyaux apparents. Ce Barrow surdimensionné hurlait qu'il avait enfin obtenu sa vengeance.

Encore plus effrayant était celui que j'avais fait les deux dernières nuits. Dans ces cauchemars-là, je me rendais au cabinet de mon oncologue pour une consultation urgente, mais je ne pouvais pas entrer, car la salle d'attente était remplie de dizaines de Barrow pendus au plafond.

Terrifié à l'idée de manquer mon rendez-vous, je me cognais contre les corps, me faufilant à travers les cadavres suspendus pour atteindre une salle d'examen austère. Il n'y avait nulle part où s'asseoir ou se faire examiner et je commençais à paniquer. J'ai essayé de partir, mais la porte a disparu au moment où j'ai saisi la poignée. Alors que je m'effondrais au sol, un médecin est apparu, me disant que le cancer s'était propagé. Quand j'ai demandé au médecin ce qu'on pouvait faire, il a secoué la tête et a montré quelque chose du doigt. Une porte s'est matérialisée. Le médecin m'a fait passer par cette porte, dans une pièce remplie de cercueils vides. Quand il m'a demandé lequel je voudrais, je me suis vu allongé nu dans chacun des cercueils.

Il fallait que je trouve un moyen de me débarrasser de ça,

ai-je pensé en faisant un signe de tête à Vargas avant de m'asseoir.

« Tu as une sale tête, Frank. »

« Merci. »

« Qu'est-ce qui ne va pas ? »

« Rien. »

« Ne me dis pas que c'est rien. Qu'est-ce qui se passe ? »

« J'ai juste du mal à dormir, c'est tout. »

« Tu te prends trop la tête ? »

« Je fais juste des rêves bizarres. »

« Raconte-moi. Ma grand-mère était grecque. Elle m'a appris pas mal de choses sur l'interprétation des rêves. »

« Ça ne veut rien dire. C'est juste des trucs aléatoires qui s'entrechoquent. »

Elle a secoué la tête. « Rien n'est plus faux. »

« Allons, Vargas, ce sont des sornettes. Alors explique-moi pourquoi, mettons que tu croises quelqu'un que tu n'as pas vu depuis un moment, mais tu te laisses distraire et tu l'oublies. Eh bien, cette personne se retrouve dans ton rêve la nuit même. »

« Il y a deux types de rêves différents. Ça arrive à tout le monde. Ce que tu vis, ces cauchemars répétitifs et troublants, c'est totalement différent. Quelque chose les déclenche. »

Avait-elle raison ? « Alors, maintenant tu es psy ? »

« J'essaie juste de t'aider à dormir un peu, c'est tout. Pourquoi est-ce qu'on n'en parlerait pas ? »

Je l'ai dévisagée en silence et j'ai bu une gorgée de mon café.

« Allez, qu'est-ce que tu en dis, Frank ? Ça ne peut pas faire de mal. »

Si seulement elle savait. L'histoire de Barrow me faisait du mal. Je ne savais pas quoi faire. C'était une bonne oreille, mais elle croyait aussi à des bêtises comme les horoscopes. À part JJ, je n'en avais jamais parlé à personne. JJ et moi, on était potes. On se confiait des choses que les mecs ne se disent pas, et rien n'avait jamais fuité.

Mais Vargas savait la fermer. Elle l'avait prouvé, et elle tenait vraiment à moi. Je la considérais comme une véritable amie. Je sais que c'est tordu, mais le fait est que la plupart des mecs ne sont pas amis avec les femmes. En général, ils cherchent juste à se les mettre dans leur lit. Par moments, Vargas était physiquement attirante, mais plus je la connaissais, plus j'appréciais à quel point c'était une bonne personne.

Quand on m'a diagnostiqué mon cancer, l'inquiétude de Vargas était sincère et elle ne m'a pas servi les conneries de macho habituelles que sortent la plupart des flics quand un de leurs collègues a des problèmes.

« Hé, Frank, tu es là ? »

« Euh, désolé, je réfléchissais. »

Vargas a fait rouler sa chaise jusqu'à mon bureau.

J'ai dit : « Pas maintenant, Mary Ann. »

« Tu es sûr, Frank ? »

« Ouais. »

« Il faut que tu vides ton sac. »

« Je sais. Écoute, on en parlera une autre fois. D'accord ? »

« C'est toi qui vois, Frank. Ce n'est pas moi qui fais des cauchemars. »

———

J'AI RACCROCHÉ le téléphone et je me suis adossé à ma chaise en secouant la tête. Non seulement j'étais physiquement épuisé, mais j'en avais aussi marre de faire face à des impasses.

La piste du PT Cruiser s'était avérée n'être rien de plus que deux bons samaritains qui campaient sur la plage pour protéger des nids de tortues de mer. Franchement, je n'ai rien contre les tortues, et je pense que l'effort pour protéger leurs nids est une bonne chose. En fait, je trouve que les bébés tortues sont mignons. Cependant, il me semble qu'on va un peu trop loin en s'ingérant pour s'assurer qu'elles atteignent le golfe avant qu'un oiseau ne les attrape pour son dîner. Et les oiseaux, dans tout ça ? Ils n'ont pas besoin de manger, eux aussi ?

Peut-être que cette affaire n'allait tout simplement jamais être résolue. Peut-être que dans vingt ans, un détective blasé du comté de Collier passerait sa journée à éplucher cette affaire classée. Ça semblait probable, et ça me mettait en rogne. Une pause s'imposait.

Prendre du recul semblait fonctionner pour moi. Pas tout le temps, mais parfois, on a des déclics quand on n'est pas plongé jusqu'au cou dans une affaire. Il était temps pour ce détective de dépoussiérer un vieux dossier.

Je me suis levé et j'ai traîné une boîte de dossiers jusqu'à moi, passant la main sur les archives. Am, stram, gram. J'en ai sorti un et j'ai commencé à lire.

J'étais à la moitié des documents retraçant l'enquête sur le meurtre de Boris Laskin, quand un stagiaire a frappé à la porte et m'a tendu un rapport.

C'était le rapport du service des immatriculations que j'avais demandé sur le Cube. Je l'ai balancé dans la bannette de courrier entrant et je suis revenu à l'affaire Laskin. Une mention d'une voiture volée dans l'affaire m'a fait m'arrêter et j'ai attrapé le rapport du service des immatriculations.

Deux pages de numéros de plaques et de noms de leurs propriétaires m'ont surpris. Autant de gens voulaient un

Cube ? Et en blanc ? Peut-être qu'ils avaient limité le choix des couleurs. Ça allait demander un travail de suivi monstre. On pourrait peut-être demander aux agents en uniforme de les vérifier. J'ai tourné la première page et mon cœur s'est mis à battre la chamade.

42

STEWART

« Il faut prendre des risques, car le plus grand danger dans la vie est de ne rien risquer. »

— LEO BUSCAGLIA

JE L'AI VU PAR LA FENÊTRE DE LA CUISINE ; C'ÉTAIT ENCORE CE satané inspecteur. En descendant les escaliers, j'ai sorti mon inhalateur, j'ai pris une bouffée et j'ai ouvert la porte.

« Oh, bonjour, inspecteur Luca. Que puis-je faire pour vous ? »

« J'ai quelques questions à vous poser. Puis-je entrer ? »

Pas question que vous entriez. « Bien sûr. »

Il s'est assis dans le même fauteuil que la première fois où il est venu, mais cette fois-ci, je ne lui ai rien offert. Ça ne sert à rien d'être gentil avec ces types.

« Êtes-vous le propriétaire d'une Nissan Cube blanche de 2010 ? »

« Non. »

L'inspecteur a sorti un document de sa poche et l'a déplié. « Vraiment ? Eh bien, voici une copie de la carte grise. »

« J'en possédais une, mais je l'ai vendue. »

« Ce n'est pas le moment de jouer à des jeux, monsieur Stewart. »

Va te faire voir, Luca, tu as demandé si j'en « possédais » une. « Peut-être devriez-vous être plus clair dans vos questions. »

L'inspecteur n'était pas content. Il m'a dévisagé un peu trop longtemps, puis a dit : « Vous allez souvent à Clam Pass ? »

« J'aime bien la plage là-bas, mais je n'y vais pas aussi souvent que je le voudrais. D'ailleurs, je trouve que Vanderbilt est plus agréable. »

« Vous voulez dire, la nuit ? »

« Je ne vois pas de quoi vous parlez, inspecteur. »

Ce salaud a de nouveau fouillé dans sa poche. C'était quoi, un magicien ?

« Voici une photo de vous dans votre Cube, entrant dans Clam Pass en plein milieu de la nuit le premier mai. »

J'ai regardé la photo grise et granuleuse, puis j'ai dit : « Est-ce que c'est illégal ? »

« Non, mais ça coïncide parfaitement avec le jour où votre meilleur ami a disparu. »

J'ai souri. « Oh, je vois, alors maintenant vous pensez que j'ai dû y emmener le corps de Phil et jeter mon meilleur pote à l'eau. »

« Que faisiez-vous là-bas cette nuit-là ? »

« Ce n'était pas moi. J'avais prêté ma voiture à un voisin. »

Luca a rejeté la tête en arrière et a ricané. Cet enfoiré suffisant a dit : « Et comment vous en souvenez-vous ? »

« C'est facile, inspecteur Luca, c'est la nuit où mon

meilleur ami au monde a disparu. J'ai un souvenir parfaitement clair de cette nuit-là. »

« Je vois. Et qui est ce voisin à qui vous dites avoir prêté la voiture ? »

« Je ne l'ai pas juste *dit*, je lui *ai* bien laissé utiliser ma voiture. Lenny Nership, il habite juste de l'autre côté de la rue. Vous pouvez aller lui demander. »

« Croyez-moi, c'est ce que je vais faire. »

Bon sang, je commençais vraiment à détester ce type. « Ne vous gênez pas. »

« Quelle est son adresse ? »

« Je ne la connais pas, mais ce n'est pas celle juste en face de chez moi, c'est celle de gauche. Il habite l'appartement du bas. »

« Pourquoi avez-vous vendu la voiture ? »

« Quoi, vendre une voiture est un crime de nos jours ? »

« Vous l'avez fait reprendre ou vous l'avez vendue à un particulier ? »

« Reprendre. »

« Où ? »

« Vous gagnerez beaucoup de temps en allant simplement voir Lenny. »

« Où a-t-elle été reprise ? »

Ce Luca était un maniaque et il commençait vraiment à me taper sur les nerfs. J'ai pensé lui donner le nom d'un concessionnaire Lexus ou autre chose pour le faire tourner en bourrique, mais j'ai dit : « Germain Honda, en bas sur Davis. »

L'inspecteur a pris une note. Il avait l'air sur le point de poser une autre question, mais il s'est levé, a fourré le carnet dans sa poche et a dit : « Ce sera tout pour le moment. »

Je l'ai observé par la fenêtre. Sans surprise, il s'est dirigé tout droit vers chez Lenny. Je savais que Lenny n'était pas à la maison et j'ai souri à l'idée que Luca allait devoir faire un autre voyage. La prochaine fois qu'il se pointera, je ne répondrai pas à la porte. Après tout, qu'est-ce que ça m'avait rapporté d'être disponible ?

————

TÔT LE LENDEMAIN MATIN, Lenny m'a envoyé un texto pour me dire que Luca venait de partir. Il a dit que l'inspecteur voulait savoir s'il avait emprunté mon Cube et qu'il le lui avait dit. Quand Luca lui a demandé pourquoi, il a répondu qu'il avait un rendez-vous et que sa voiture était un tacot. Et l'affaire en est restée là.

J'espérais que Luca me laisserait tranquille, maintenant.

43

LUCA

Vargas m'a jeté un regard et m'a demandé : « Qu'est-ce qui s'est passé ? »

J'ai secoué la tête. « Je pensais vraiment qu'on pourrait lier Stewart à Clam Pass. Mais on dirait qu'il a prêté sa voiture à un voisin. »

« Vraiment ? »

« Ouais, le voisin avait un rencard et sa voiture est une épave, alors il a utilisé la Cube de Stewart. »

« Un rencard à Clam Pass la nuit, ça se tient. »

« Je sais. Le type était un peu bizarre, par contre. »

« Tu penses qu'il mentait ? »

« Non, non. Je veux dire, il était just un peu étrange, je ne sais pas, comme s'il avait un petit quelque chose, de l'autisme peut-être. »

« Quoi ? Maintenant, tu diagnostiques l'autisme ? »

« Non, je ne sais pas comment le dire autrement. C'était le genre de type à avoir sa voiture couverte d'autocollants. Tu vois ce que je veux dire ? »

Vargas a secoué la tête. « Tu sais, Frank, n'importe qui d'autre te prendrait pour un fou. »

« Moi ? C'est toi qui crois à des trucs comme les horoscopes. »

« Ne te mets pas sur la défensive comme ça, Frank. J'essayais de te dire que j'avais très bien compris ce que tu voulais dire avec ta référence aux autocollants. »

« Ah oui ? »

« T'es trop tendu, coéquipier. Tu ne dors toujours pas ? »

J'ai hoché la tête.

« Je pense que je peux t'aider si tu t'ouvres un peu. »

J'ai hoché la tête.

« Parle-moi de tes rêves. »

Vargas a fermé la porte, et je me suis confié. Je lui ai parlé de mes cauchemars récurrents avec le jeune Barrow pendu et de la nouvelle tournure où je mourais.

« Ça a l'air terrifiant. Parle-moi de l'affaire Barrow. »

J'ai baissé la tête. « C'est embarrassant, Mary Ann. Ça ne va pas te plaire, mais crois-moi, j'en ai tiré une leçon. »

« Frank, je ne suis pas là pour te juger. Je suis ta coéquipière et ton amie. »

« C'était la première affaire d'homicide sur laquelle j'ai vraiment eu mon mot à dire. C'était une affaire assez médiatisée, car la victime était la nièce d'un fonctionnaire du comté. J'ai travaillé sur ce cas avec un vieux de la vieille, Bob Stone, qui était à un an de la retraite. Je pensais que ce serait une véritable expérience d'apprentissage, de travailler avec un vétéran, mais ça a été presque tout le contraire.

Cette pauvre fille a été étranglée avec une corde et retrouvée dans les bois d'un parc à moins de deux kilomètres de chez elle. L'enquête s'est tout de suite concentrée sur l'expetit ami, un jeune nommé Dominick Barrow. Ils avaient rompu seulement deux semaines avant qu'elle ne soit retrouvée morte. La fille avait mis fin à leur relation d'un an, anéantissant Barrow. »

J'ai bu une gorgée d'eau et j'ai continué.

« Vu la relation, je savais que le gamin était le suspect principal, mais Barrow n'avait pas de casier, et nous n'avions aucune preuve scientifique. On a interrogé le gamin et on n'a rien obtenu d'autre que l'aveu qu'il était effondré par la rupture.

Mais on l'a pris en flagrant délit de mensonge. Il a dit qu'il ne s'était approché nulle part du parc le jour de sa disparition, mais une caméra de surveillance l'a filmé en train de sortir du parc. Il n'a pas pu l'expliquer et n'a jamais changé sa version. Ça me dérangeait, mais quand j'ai insisté auprès de Stone pour qu'on élargisse la recherche à d'autres suspects, ça n'a mené nulle part.

Une perquisition chez Barrow a permis de trouver une corde qui, selon le médecin légiste, pourrait être l'arme du crime. Le problème pour moi, c'est qu'il n'y avait aucune preuve scientifique pour la relier au corps. Stone était catégorique, cependant : il a dit que le gamin aurait pu couper la partie qu'il avait utilisée ou qu'il avait acheté deux cordes. »

« Oh, ça a l'air léger comme dossier. »

« Ça l'était, mais les pontes voulaient boucler l'affaire, prétextant la pression des Freeholders — c'est le nom de la ville, Freehold — et quand un gamin est sorti de nulle part pour dire que Barrow avait récemment étranglé un chat errant, les carottes étaient cuites pour Barrow. »

« Et qu'est-ce qui s'est passé ? »

« Je savais qu'on n'en avait pas assez. Je sentais que c'était encore moins que des preuves indirectes. Même si le gamin avait étranglé un chat, c'est écœurant et cruel, mais tuer un autre être humain, c'est un grand pas. Stone voulait arrêter le gamin, mais j'ai dit qu'il était trop tôt et qu'on avait besoin de plus. Et l'instant d'après, Stone et le capitaine, ce salaud nommé Kilihan, me coincent, me demandant si je faisais partie de l'équipe ou non. "Qu'est-ce qu'on a à perdre en l'arrêtant ? Peut-être qu'il avouera", m'ont-ils dit. Alors, je suis allé contre mon instinct et j'ai accepté de donner mon accord. » J'ai secoué la tête et j'ai dit : « Bref, on arrête ce pauvre gamin, et il se pend la première nuit de sa garde à vue. »

« Oh, mon Dieu. »

« Je sais, et ce n'est pas le pire. Bien sûr, les parents nous ont reproché la mort de leur fils, qu'ils disaient innocent, et moins de trois mois plus tard, quelqu'un a avoué le meurtre. »

« C'est un coup dur, coéquipier. »

« N'en parlons pas. »

« C'est tout à fait compréhensible que tu sois submergé par la culpabilité, mais tu dois remettre ça dans son contexte. La décision ne reposait pas sur toi seul. »

« Ouais, mais j'aurais pu l'empêcher. »

« Souviens-toi que tu n'étais qu'un bleu, Frank. Tu n'avais aucune influence. »

« J'aurais pu aller voir la presse. »

Vargas a secoué la tête. « Tu n'aurais pas fait ça. Tu n'aurais pas pu prendre un tel risque. Ça aurait été la fin de ta carrière. »

« Peut-être. »

« Pas de peut-être. Tu as joué un rôle, un rôle mineur, Frank, mais si tu n'étais pas entré dans la combine, tu crois honnêtement qu'ils n'auraient pas embarqué le gamin ? Fichetoi un peu la paix. Et pendant que tu y es, n'oublie pas que le gamin ne s'est pas facilité la tâche avec son alibi mensonger. »

J'ai haussé les épaules. Elle n'avait pas tort, mais j'avais retourné cette histoire dans tous les sens. J'ai dit : « Mais tu ne trouves pas que c'était horrible de marcher dans leur jeu ? »

« Laisse-moi te poser une question. Si personne n'avait avoué l'étranglement, tu te sentirais mieux ? »

« Bien sûr. »

« Mais ça ne voudrait pas dire que c'est ce gamin, Barrow, qui l'a fait, n'est-ce pas ? »

« Mais nous aurions continué d'enquêter. »

« Tu crois vraiment ça ? Si le gamin se faisait piéger, il n'aurait eu aucune chance. »

« Quelque chose aurait pu apparaître. »

« Tu peux continuer à te morfondre, mais ça ne changera rien. Accepte-le, tu as fait une erreur, mais la réalité, c'est que même si tu avais essayé de résister à la pression, le gamin se serait fait arrêter. Je n'ai aucun doute là-dessus, et si tu es honnête avec toi-même, tu le verrais aussi. Il est temps de tourner la page, Frank. C'était il y a plus de dix ans. »

« Tu as probablement raison. »

« Tu as subi un stress énorme, Frank. Il est tout à fait normal de faire des rêves troublants, mais tu peux t'aider en laissant tomber cette malheureuse affaire. Promets-moi que tu vas essayer. »

J'ai hoché la tête.

Mary Ann a dit : « Maintenant, la vision de ton cancer qui revient est typique. C'est une peur naturelle, et, bien que tu aies un bilan de santé impeccable, c'est tout à fait normal. Tu as frôlé la mort, et tu aurais eu ces visions même sans la culpabilité persistante de l'affaire Barrow. Mais elles n'auraient pas été aussi intenses. Quelque part dans ton esprit, tu penses que tu devrais être puni pour l'affaire Barrow et que c'est pour ça que tu as eu le cancer. Tu comprends ça, Frank ? »

J'ai dû y réfléchir. « C'est logique. Je n'avais pas fait le lien. »

« Le cancer, tu ne peux pas le contrôler, mais la culpabilité, si. Est-ce que ça t'aide ? »

Quelque chose a fait tilt, pas de quoi déplacer des montagnes, mais j'ai compris la logique. « Plus que tu ne le penses. Merci, Mary Ann. J'apprécie vraiment. »

« De rien, de rien. Écoute, je suis désolée de devoir filer, mais il faut que j'aille au tribunal. »

———

MARY ANN ÉTAIT QUELQU'UN. Ce qu'elle avait dit était parfaitement logique ; elle avait mis dans le mille. Il ne faisait aucun doute que j'allais faire de mon mieux pour laisser tomber l'affaire Barrow. Au minimum, je me le devais, à moi et à elle. Elle le méritait.

Je me suis demandé pourquoi elle ne s'était jamais mariée. Peut-être que le fait d'être flic avait fait fuir beaucoup de prétendants. C'était dommage. Vargas était une femme douce et compréhensive, et elle n'était pas mal du tout. Elle méritait quelqu'un qui puisse l'apprécier, mais il y avait beaucoup de cinglés qui traînaient.

En parlant de cinglés, j'en suis revenu à Stewart. Quelle énigme. J'ai repensé à ma visite chez lui, qui continuait de me tracasser. Même si l'histoire de la voiture n'avait rien donné, il ne faisait aucun doute que Stewart n'avait pas apprécié de me voir à sa porte. Pour être juste, tout le monde, même les gens les plus honnêtes, est nerveux en présence de la police. Mais Stewart ? J'ai cru que je pouvais sentir la peur qui émanait de lui.

Il n'était pas aussi soigné que d'habitude, et son appartement était en désordre. Mais j'étais arrivé à l'improviste. Peut-être qu'il était comme tout le monde et ne rangeait que lorsque des gens venaient. Mais sa façon de retenir des informations sentait la protection de quelqu'un. La candidate la plus probable était Robin, mais je ne la voyais plus comme une tueuse.

Je m'en suis un peu voulu d'avoir soutenu la théorie selon laquelle elle et Phil avaient tout planifié pour toucher l'argent de l'assurance. Cette théorie a volé en éclats lorsque le corps boursouflé de Gabelli a été repêché à Clam Pass. La partie sur le complot est partie en fumée, mais ça ne voulait pas dire qu'elle n'avait rien à voir avec la mort de son mari. Son compte en banque contenait trois millions de dollars de motivation. En plus, elle avait un tas de problèmes conjugaux.

44

LUCA

PARFOIS, IL FAUT COURIR APRÈS LES CHOSES COMME UN DÉRATÉ, et parfois, elles vous tombent toutes cuites dans le bec. J'ai terminé l'appel et j'ai raccroché le téléphone.

« Tu ne vas pas en croire tes oreilles, Vargas, mais c'était Goren. »

« Qui ça ? »

« Le type qui possédait l'entreprise de construction, Simmons Construction, pour laquelle Gabelli travaillait. »

« Ah oui, un sale type. Il a failli baver quand je suis allée le voir. »

« Oh, alors j'ai un point commun avec lui ? »

Vargas a souri, et j'ai cru déceler une pointe de rougeur sur ses joues.

« Bref, il a dit qu'ils avaient découvert ce qui ressemblait à une fraude sur un contrat dont Gabelli était responsable. »

Vargas s'est penchée en avant. « Ils pensent qu'il volait ? »

« On dirait bien. Goren a dit que Gabelli avait autorisé un virement pour un projet qu'ils construisaient à la Barbade, destiné à un bénéficiaire dont le nom était assez proche pour passer inaperçu. Ils ont suivi la piste de l'argent et, dès que le virement a été effectué, il a été transféré vers une autre banque à Saint-Martin avant d'atterrir dans une banque aux Caïmans, où il a disparu. »

« On parle de combien ? »

« Six cent mille. »

« Six cent mille, c'est beaucoup d'argent. Comment ça a mis autant de temps à remonter à la surface ? »

« Il a dit que c'était un projet à long terme, sur plusieurs bâtiments, qui durait depuis deux ans, et quand ça s'est terminé, un entrepreneur a dit qu'il y avait un solde impayé. »

« Et maintenant ? »

« Ils sont en train de faire un audit, mais ça pourrait être la première brèche. »

« Sans aucun doute. »

« Gabelli avait une bonne raison de prendre ses jambes à son cou, surtout s'ils découvrent autre chose. »

Vargas a hoché la tête. « Ou alors il volait pour couvrir ses dettes de jeu. »

« Je ne sais pas, il se pourrait qu'il ait couvert ses pertes en sachant que ça allait éclater et qu'il ait filé avant que ça n'arrive. »

« Plausible. »

Je devais bien en convenir. « Ouais, c'est clairement une possibilité, mais il me faut plus d'infos avant d'écarter l'hypothèse qu'il ait pris le fric et se soit barré, peut-être même avec une de ses autres maîtresses. »

« Tu penses qu'il montait la fraude avec quelqu'un d'autre et que, quand le moment est venu de partager l'argent, Gabelli a dit non ? »

J'ai acquiescé. « Ou qu'il a tout flambé au jeu. Il ne l'avait plus, et il a fini par se faire descendre. »

Mon portable a vibré. C'était Kayla. Je suis sorti et j'ai répondu : « Allô. »

« Luca, salut, c'est Kayla. »

« Salut, comment tu vas ? »

« Je vais bien, mais toi, comment tu te sens ? »

« À cent cinquante pour cent. Tout est revenu à la normale. »

« C'est super. Qu'est-ce qui s'est passé ? »

« J'ai dû me faire opérer, j'avais deux petites tumeurs dans la vessie, figure-toi. »

« Oh mon Dieu. Ça a dû être effrayant pour toi. »

« Disons que je n'avais vraiment pas besoin de ça, surtout en plein milieu de mon premier rendez-vous avec tu-sais-qui. »

« J'ai appelé pour prendre de tes nouvelles, tu sais. »

« Merci, ma coéquipière me l'a dit. Je voulais t'appeler, mais je n'avais pas ton numéro, et c'était le chaos, c'est le moins qu'on puisse dire. »

« Mais tout va bien maintenant ? »

« Absolument. J'ai été sur la touche pendant deux mois. Je devenais fou à ne rien faire. »

« Moi, j'aurais été à la plage tous les jours. »

« J'y suis allé assez souvent, mais, bref, j'ai eu un peu de mal à retrouver ton numéro. Tu ferais une bonne espionne. »

Son rire était une musique à mes oreilles. « Pas vraiment. »

« Ce serait super qu'on se revoie. En plus, je te dois toujours un dîner. Tu as prévu de redescendre par ici ? »

« J'adorerais, mais en ce moment j'aide mes parents. Mon père s'est fait enlever un poumon. »

« Je suis désolé de l'apprendre. Comment va-t-il ? »

« Assez bien, maintenant. Il a été opéré il y a environ quatre mois et il allait bien, mais il a développé une mauvaise infection et a dû être de nouveau hospitalisé. Ensuite, il a été en rééducation pendant un moment, mais maintenant il commence à remonter la pente. »

« Ça doit être dur pour ta mère. »

« Ça l'est. Mon père s'occupait de tout, et maintenant maman court partout pour essayer de tout gérer, tout en travaillant à plein temps. »

« Eh bien, tu fais ce qu'il faut en étant là pour eux. »

« Je suis heureuse de les aider. Mais ce n'est pas comme si je n'avais pas envie de hurler par moments. » Elle a ri.

« J'imagine. »

Nous avons discuté de la météo, de son travail, puis des affaires sur lesquelles je travaillais avant de commencer à conclure l'appel.

« J'ai utilisé tous mes congés et plus encore avec l'opération et tout le reste, mais je pourrais peut-être venir te voir pour un week-end. »

« Ce serait bien. »

« Génial. Peut-être que dans quelques semaines, ça t'irait ? »

« J'adorerais, mais attendons que les choses se calment avec mon père. Je détesterais que tu viennes jusqu'ici pour que je sois prise avec eux. »

« Ça marche. »

45

LUCA

Robin n'a pas semblé surprise de nous voir, ce qui m'a laissé perplexe tandis que nous nous asseyions sur des chaises pivotantes. Elle n'était pas aussi séduisante cette fois. Était-ce parce que Vargas était là, ou s'était-elle jouée de moi ?

Elle a dit : « Avez-vous quelque chose à me dire à propos de Phil ? »

Vargas a pris la parole : « Nous avons quelques questions sur votre mari et le travail qu'il faisait. »

« Son travail ? Qu'est-ce que cela a à voir avec son meurtre ? »

J'ai dit : « Saviez-vous que votre mari était impliqué dans une combine pour escroquer son employeur ? »

Ses épaules se sont affaissées. « Phil volait ? »

Vargas a demandé : « Vous n'en saviez rien ? »

« Bien sûr que non ! Je ne comprends pas. Qu'est-ce qui se passait ? »

J'ai poursuivi : « Phil gérait le projet Sweet Bay pour Simmons. Un paiement important, qu'il avait personnellement demandé, a été effectué et viré sur un compte qui n'avait aucun lien avec l'entrepreneur. »

« Je ne suis pas sûre de comprendre. Pourquoi Simmons virerait-il de l'argent à un tiers ? »

Vargas a expliqué : « L'argent a été envoyé sur un compte Sweet Bay, mais il n'avait rien à voir avec le projet qu'il gérait. Il semble que lui, et nous pensons qu'il avait un complice, a ouvert un compte sous un nom très similaire, dans ce cas Sweet Bay LLC au lieu de Sweet Bay Resort. »

« De quelle somme parle-t-on ? »

« Six cent mille, une coquette somme », ai-je dit.

Elle a eu le souffle coupé : « Six cent mille ? »

J'ai répondu : « Non, six cent mille. »

« Oh, quand vous avez parlé de coquette somme, j'ai pensé... »

J'ai répliqué : « D'où je viens, cent mille balles, c'est déjà une coquette somme. »

Vargas a ajouté : « Pas grand-chose comparé à trois millions, n'est-ce pas ? »

« Qu'est-ce que cela veut dire ? »

« Rien, je faisais juste allusion à l'argent de l'assurance. »

« Ça n'a rien à voir avec... »

« Mesdames, revenons-en à l'argent qui, semble-t-il, a été volé par le mari de Robin. »

« Êtes-vous sûre que Phil était impliqué ? »

J'ai répondu : « J'ai bien peur qu'il n'y ait aucun doute. Il a ordonné le virement. L'argent n'est pas resté à la première banque plus d'un clin d'œil. Puis il a rebondi dans au moins trois autres institutions avant de disparaître aux îles Caïmans. »

« Quelqu'un aurait pu faire croire que c'est lui qui a demandé le virement. »

J'ai dit : « C'est vrai, mais son nom figurait sur un compte, à la Royal Bank of Scotland à la Barbade, si je me souviens bien. Il n'y a pas de Philip Gabelli à la Barbade. Et le compte a été ouvert à distance depuis une succursale à Fort Myers. Ce n'est pas une coïncidence, madame, nous appelons cela une preuve. »

Robin s'est affaissée davantage dans sa chaise, mais est restée silencieuse.

Vargas a demandé : « Connaissez-vous des comptes que votre mari aurait pu avoir dans une banque ou une coopérative de crédit ? »

« Aucun à ma connaissance. »

J'ai demandé : « Pensez-vous à quelqu'un qui aurait pu être impliqué avec votre mari dans cette affaire ? »

« Je n'arrive toujours pas à croire qu'il ait fait ça, et encore moins que quelqu'un l'ait aidé. »

« Nous savons que Phil aimait jouer, et qu'il s'est mis dans le pétrin à plusieurs reprises en devant de l'argent aux mauvaises personnes. »

« Il n'avait qu'à venir me voir, comme il l'avait fait par le passé. »

J'ai dit : « Mais n'avez-vous pas dit à Dom Stewart que vous en aviez marre de sortir Phil de ses problèmes de jeu ? »

« Vous croyez que ça me plaisait de jeter mon argent durement gagné à un bookmaker pour couvrir ses pertes ? Bien sûr que j'étais furieuse, mais ça ne veut pas dire que je ne l'aurais pas aidé. »

J'ai dit : « Peut-être qu'il sentait que vous ne le feriez pas. Peut-être que les bookmakers lui mettaient la pression. Peut-être qu'il n'avait personne vers qui se tourner et que la pression l'a poussé à voler. »

« Alors, c'est de ma faute ? »

Vargas a dit : « Ce n'est pas ce qu'il est en train de dire. »

J'ai demandé : « Selon vous, qu'est-ce qui est le plus probable : qu'il ait volé l'argent pour rembourser une dette de jeu, ou qu'il ait volé l'argent et allait l'utiliser pour commencer une nouvelle vie ailleurs ? »

« Je ne sais plus quoi penser. C'est de la folie : il disparaît, on le retrouve assassiné, et maintenant ça ? Vous pensez vraiment que c'était lui ? »

J'ai dit : « Ça en a tout l'air. »

« Eh bien, je peux vous assurer que je n'en savais rien et que j'ai du mal à le croire. Il doit y avoir une explication. »

J'ai dit : « Nous allons continuer d'enquêter là-dessus. »

———

Nous sommes remontés dans notre voiture.

« C'est un sacré quartier, Vargas. Tu vois la blanche sur la gauche ? C'est ma préférée. »

« Les maisons sont jolies, mais je n'aime pas ce coin. »

« Pourquoi ? »

« Je ne sais pas, il n'y a pas de trottoirs, et ça a un côté un peu vieillot. »

« Tu ferais un bon agent immobilier, peut-être quand tu prendras ta retraite. »

« Non, merci. »

Quand nous nous sommes engagés sur Pine Ridge, j'ai dit : « Je ne sais pas, Vargas. Ça ne colle pas. Il a volé l'argent, ou du moins c'est ce qu'on pense. »

« Comment peux-tu dire ça ? Il a trempé là-dedans jusqu'au cou. »

« C'est vrai, alors disons qu'il a organisé le coup. Qu'il a volé les six cent mille pour couvrir une dette de jeu ou pour se faire la malle sur une île des Caraïbes. »

« Exactement. »

« Alors comment se retrouve-t-il au fond de Clam Pass ? »

« Il a eu l'argent, a remboursé sa dette, et il a énervé la pègre, qui l'a liquidé. »

« Non. Gabelli était un distributeur de billets pour eux. Avec des sommes pareilles, six cent mille, ils lui auraient déroulé le tapis rouge. »

« D'accord, il a eu l'argent, et quelqu'un qui n'a rien à voir avec les bookmakers l'a appris, ce qui a conduit à son meurtre. »

« Je ne crois pas à la piste du jeu. On aurait entendu quelque chose s'il devait six cent mille à Fingers. Et n'oublie pas, ils harcèleraient sa femme si la dette était toujours d'actualité. »

« Alors pourquoi a-t-il volé l'argent ? »

« Est-ce que l'argent a une quelconque importance ? »

« Bien sûr que oui. »

« En tout cas, il prévoyait de disparaître. Ça colle assez bien, car on peut penser que le vol aurait fini par être découvert tôt ou tard. À moins qu'il ait eu un moyen de le garder secret. »

« Ce genre de choses finit toujours par se savoir. C'est pour ça que beaucoup d'entreprises forcent les gens à prendre deux semaines de vacances d'affilée. »

« Et si quelqu'un d'autre avait fait en sorte que ça ressemble à un vol de Gabelli ? Comment se fait-il que ça ait soudainement fait surface dès que Gabelli s'est retrouvé à la morgue ? »

« Hum. C'est une idée originale, Luca, mais j'aime bien le raisonnement. Ça se tient. »

Peut-être que je ne perdais pas la boule, après tout.

J'ai dit : « Il n'y a pas de doute que le fric est intéressant, et j'ai poursuivi un paquet de crapules pour bien moins que six cent mille billets, mais peut-être que l'argent n'a rien à voir avec tout ça. »

« Mais tu dis toujours qu'il n'y a pas de coïncidences dans le crime, que ça s'appelle des preuves. »

« C'est bien que tu sois attentive, Vargas, mais l'argent est la preuve d'un vol, pas d'un meurtre. »

46

STEWART

« *Une vision sans action n'est qu'un rêve. Une action sans vision est un cauchemar.* »

— *PROVERBE JAPONAIS*

J'AI PRIS UNE AUTRE BOUFFÉE DE MON NÉBULISEUR.

Je ne sais pas ce qui m'a pris. Cette connasse me retournait vraiment le cerveau. Il fallait que je change de tactique, que j'abandonne le plan initial. Ça me rendait dingue de savoir que M. Le Bureaucrate avait passé la nuit chez elle. Tout le PUTAÏN de week-end.

Je suis passé, quoi, dix, douze fois ? Chaque fois que j'y allais, je m'énervais de plus en plus. Pourquoi ai-je continué à y aller ? Si seulement je m'étais sorti ça de la tête, les choses n'auraient pas dérapé. Sérieux, qui ouvre la porte torse nu ? Ça m'a déstabilisé, et quand Robin est apparue à la porte, la chemise à moitié déboutonnée, là j'ai vraiment pété les plombs.

Ce n'était pas bon du tout. Je perdais mon temps. Ma vie

filait à toute allure et j'étais toujours coincé dans une vieille maison de ville. La citation était juste : « On ne peut jamais trouver le bonheur si on ne va pas de l'avant. »

Était-il temps de passer à la vitesse supérieure avec Melissa ? Ça en avait tout l'air. Mais j'avais consacré beaucoup de temps à tout ça, et il y avait une dernière chose que je devais tenter avant de passer à autre chose.

———

JE N'ÉTAIS PAS l'ami des chiens. Pas du tout. Ils courent partout dehors et ensuite ils vous sautent sur les meubles. C'est dingue. Ils peuvent tout salir, et il y a même des gens qui les laissent dormir dans leur lit. Jamais de la vie ça n'arrivera sous mon toit.

Robin, elle, adorait les chiens, elle en avait toujours voulu un, mais pas Phil. Vous voyez, Phil et moi, on pensait pareil sur plein de choses. C'est pour ça qu'on était les meilleurs potes du monde. Les chiens, c'était juste un autre exemple où on était raccord sur toute la ligne.

Phil avait résisté aux tentatives de Robin pour avoir un chien au moins une douzaine de fois, d'après ce qu'il m'avait dit. Elle le harcelait surtout avec ça quand il était sur la défensive après une infidélité. Comme avec les enfants, Phil ne voulait pas avoir plus d'attaches que nécessaire.

J'ai commencé à parcourir Internet, sachant que si ça devait être un chien, il faudrait qu'il soit petit et, c'est sûr, qu'il ne perde pas ses poils. Peut-être qu'il pourrait être dressé pour faire ses besoins à l'intérieur, pour qu'il reste propre. Ça dépendrait de Robin, mais il faudrait que j'influence la chose. Je me suis décidé pour un bichon maltais. Robin les aimait bien et ils me semblaient être les plus mignons.

L'éleveur était loin dans l'Est, près de Pine Ridge Road, et il avait trois portées de bichons maltais différentes parmi lesquelles choisir. Les modèles « tasse de thé » étaient les plus petits, mais je n'allais pas payer le supplément, alors j'ai choisi une boule de poils blanche femelle âgée de deux semaines.

Elle était super délicate et tenait dans la paume de ma main. Au moment où je suis sorti de là, j'avais fait débiter plus de 1 600 dollars sur deux cartes, et je devais encore acheter une caisse de transport et tout l'attirail pour chiot.

J'ai mis une bâche en plastique puis une serviette sur le siège passager et le chiot s'est endormi pendant que je conduisais. Il n'a pas poussé le moindre gémissement et avait l'air si paisible. Mon moral est remonté en flèche. Ça allait être une de mes meilleures idées. J'ai appelé Robin et je lui ai dit qu'il fallait que je la voie immédiatement. Elle m'a gonflé à temporiser, mais elle a fini par accepter.

———

TENANT le chiot contre mon ventre, j'ai sonné à sa porte. Robin est venue m'ouvrir en tongs roses, t-shirt des Beatles et short, mais sans le sourire. J'ai soulevé le chiot et elle a dit : « Oh mon Dieu, elle est trop mignonne. » Elle a câliné le chiot et a dit : « Où est-ce que tu l'as trouvée ? »

« Je l'ai trouvée chez un éleveur dans l'Est, et elle est à toi. »

« Quoi ? »

« Je te l'ai offerte. Je sais que tu as toujours voulu un chien, mais que Phil ne voulait pas. »

Elle m'a rendu le chiot. « Mais je… je ne peux pas l'accepter. »

« Ce n'est rien, c'est un cadeau de ma part. »

« Mais je ne veux pas de chien. »

Le chiot a commencé à gémir.

« Comment ça ? Tu as toujours dit que tu en voulais un. »

« Je sais, mais ce n'est pas le bon moment. »

« C'est le moment parfait. Ça te fera du bien. »

« Je ne peux pas m'en occuper. »

« Tu as toujours dit que tu voulais un chien, mais Phil t'empêchait d'en avoir un, et maintenant tu en as un. »

« Je ne peux pas m'en occuper. N'oublie pas, Phil avait de la flexibilité pendant la journée. Il pouvait passer s'occuper d'elle. »

« Tu peux le faire. »

« Je ne veux pas être enchaînée à m'inquiéter pour un chien. Ce n'est juste ni pour moi ni pour elle. »

Et ça a continué comme ça. Je n'arrivais pas à comprendre sa résistance et on a commencé à se disputer. J'en avais marre d'essayer de bien faire et que ça me retombe en pleine figure. Je ne voyais plus l'intérêt d'essayer de la convaincre, alors, le chiot pleurnichant dans ma paume, je suis reparti vers ma voiture et j'ai fait demi-tour pour rendre le chien. Pour couronner le tout, l'éleveur m'a facturé cinq cents dollars de frais de « traitement » pour reprendre le chiot.

47

LUCA

J'AI DORMI PRESQUE TOUTE LA NUIT. ÉTAIT-CE GRÂCE À MA discussion avec Mary Ann ? C'était la première fois depuis longtemps que je me souvenais avoir dormi d'une traite, et je me sentais frais et dispos en sirotant mon café du matin. Je lisais une revue de médecine légale quand mon téléphone a sonné.

« Inspecteur Luca ? C'est Robin Gabelli. »

Je ne l'avais jamais entendue aussi formelle.

« Bonjour. Qu'est-ce que je peux faire pour vous ? »

« Ce n'est peut-être rien, mais c'était troublant. Je n'ai pas pu dormir de la nuit. »

« Qu'est-ce qui vous préoccupe ? »

« Eh bien, hier soir, il était tard, après vingt-trois heures, et Dom est venu chez moi. »

« Stewart ? »

« Oui, Dom Stewart. »

« D'accord, que s'est-il passé ? »

« Eh bien, j'avais de la visite, un ami est resté pour la nuit, et Dom s'est mis à fulminer. »

« Un ami ? »

« Oui. »

« Est-ce que Stewart l'a agressé ? »

« Non, mais j'étais persuadée qu'il allait le faire. Il a commencé à jurer et à proférer des menaces. »

« Quel genre de menaces ? »

« C'est justement ce que je voulais vous dire. Il a dit qu'il tuerait Michael comme il a tué l'autre type. »

« Doucement. Michael, c'est votre ami qui passait la nuit chez vous ? »

« Oui, c'est un ami du travail. »

« Stewart n'a jamais levé la main sur ce Michael ou sur vous ? »

« Non. Il hurlait, c'est tout. C'était effrayant, et quand il a dit qu'il le tuerait comme il a tué l'autre type, j'étais tétanisée. Vous pensez qu'il parlait de Phil ? Ils étaient amis, ça ne se peut pas, si ? »

« Parfois, les gens disent des choses juste pour faire de l'effet. Cela ne veut pas dire que c'est vrai. »

« Non, non, là, c'était différent. Il était… comme le diable en personne. Je vous le dis, je le connais depuis longtemps, et il m'a donné la chair de poule. »

J'avais envie de dire : vous voulez dire que le type avec qui vous avez sauté au lit vous donne maintenant la chair de poule ? Mais j'ai demandé : « Qu'a pensé votre ami de la menace ? »

« Il pense que Dom est complètement instable et que c'est probablement lui qui a tué Phil. »

« Qu'est-ce qui le lui fait croire ? »

« Ce n'est pas la première fois que Dom le menace. »

« Vous n'avez jamais signalé d'incident précédent. »

« Je ne pensais pas que c'était si grave à l'époque. Vous

voyez, Dom a toujours voulu une relation avec moi. Je sais que c'est de ma faute, pour cette fois-là. Mais il y a quelques mois, j'étais sortie avec Michael au Brio à Waterside et Dom nous a vus, et dire qu'il n'était pas content est un euphémisme. »

« Est-ce qu'il y a eu un contact physique ? »

« Non, pas vraiment. Dom me criait dessus, et quand Michael lui a demandé de nous laisser tranquilles, il lui a planté son doigt dans la poitrine en disant quelque chose comme quoi il allait l'étaler s'il ne se mêlait pas de ses affaires. »

« Comment cela s'est-il terminé ? »

« Un des voituriers est arrivé et Dom s'est éloigné en marmonnant tout seul, comme un vrai taré. »

« Il serait peut-être temps d'obtenir une ordonnance restrictive. »

« Pour qu'il ne puisse pas s'approcher de moi ? »

« Vous pourriez tenter cela, mais il serait plus facile d'en obtenir une au moins pour le tenir éloigné de votre maison. »

« Vous ne pouvez pas l'interpeller ? Il a dit qu'il avait tué quelqu'un, et ça pourrait être Phil. »

« Il nous faut plus que des ouï-dire. »

« Ce ne sont pas des ouï-dire. Michael l'a entendu aussi. Nous l'avons tous les deux entendu. Si vous l'aviez vu hier soir, vous ne prendriez pas ça à la légère. »

« Je ne prends pas ça à la légère, mais dire des choses, même insensées, n'est pas un crime. »

« Vous ne croyez pas qu'il l'a fait ? »

« Ce n'est pas une question de croyance ; nous avons besoin de preuves. »

« Mais il a dit qu'il avait tué quelqu'un. »

« Je le comprends bien, mais il aurait pu simplement essayer d'intimider votre ami. »

« Donc, c'est ce que vous pensez, que c'était de l'intimidation ? »

Je devais reprendre le contrôle de la situation. « Un instant, madame Gabelli. Pour le moment, il n'y a aucune base légale pour embarquer Stewart. Cependant, soyez assurée que cette information sera prise en considération, comme toutes les autres. Maintenant, je pense que vous devriez sérieusement envisager d'obtenir une ordonnance restrictive. Si vous décidez d'engager une procédure, je serais ravi de contacter le bureau du procureur et de fournir les détails de l'affaire en votre nom. »

48

LUCA

J'AVAIS TRAVAILLÉ SUR DES AFFAIRES DE DÉLITS FINANCIERS À quelques reprises dans le New Jersey. Toutes ces affaires dans le Jersey visaient les légions de fonctionnaires corrompus qui infestent le soi-disant Garden State. Nous avions fait tomber un certain nombre de maires et de conseillers municipaux, mais, tels des cafards, une nouvelle génération de remplaçants est sortie de l'ombre.

Après que les inspecteurs principaux de la brigade financière de Collier se sont fait emboutir par l'arrière par un camion de paysagiste, Vargas et moi avons repris leur affaire, qui se trouvait à un moment critique. Il y a une quantité infinie de pognon, et par là, j'entends du très gros pognon, à Naples. On pourrait penser que tout cet argent et la perspicacité de ceux qui le possédaient les rendraient insensibles à l'escroquerie.

Eh bien, vous auriez tort sur toute la ligne, et ce pour deux raisons principales. La première, c'est la cupidité ; elle infecte même les plus riches d'entre nous. L'autre, une condition souvent sous-estimée, est ce que j'appelle le « jeu des initiés », et elle est directement liée à l'ego. Certaines personnes ont un besoin insatiable d'être dans le secret, d'avoir des relations et un accès que les autres n'ont pas.

John Seymour l'avait bien compris et l'a exploité à hauteur de cinquante millions de dollars. Et il l'a fait en un temps record. Quand j'ai lu le dossier, j'ai dû me retenir de l'admirer. Pendant que les régulateurs incompétents guettaient le prochain Madoff, ce type, Seymour, qui mettait en avant ses origines de Sacramento, brassait du fric pour financer de soi-disant startups de la Silicon Valley.

Le problème, c'est qu'il n'y avait aucune startup, et que tout ce que les investisseurs ont obtenu, c'est de pouvoir se vanter dans les cocktails pendant plusieurs mois. Je suis presque sûr que même si les investisseurs n'ont reçu aucun retour financier sur leur argent, pour certains, le dividende social était plus que suffisant.

C'est-à-dire, si la nouvelle de leur arnaque ne s'ébruitait pas. Seymour le savait et s'en est habilement servi contre les gens qui faisaient la queue pour lui donner leur argent. C'est la raison pour laquelle l'escroquerie a duré si longtemps. Personne ne voulait se manifester. Ils avaient peur que ça se sache et que leur réputation soit entachée. Qui sait, ils risquaient de ne plus être invités aux meilleures soirées.

Cependant, une personne a porté plainte, une vieille dame pleine de cran nommée Martha Notingham. Elle vivait dans une vieille propriété sur le golfe et n'avait donné à Seymour que, et je pèse mes mots, deux cent mille dollars. C'était une goutte d'eau dans l'océan pour Notingham, mais elle était vexée qu'il ne réponde que rarement à ses appels. Qui sait combien de temps Seymour aurait pu continuer sa petite arnaque s'il s'était contenté de l'embobiner une ou deux fois ?

C'est Vargas qui a eu l'idée que nous nous fassions passer

pour des parents de Notingham, cherchant à investir à ses côtés. J'ai joué son neveu, et Vargas était ma femme. Je ne saurais dire si c'était parce que je n'avais jamais fait d'infiltration ou parce que Vargas avait insisté pour me tenir la main pendant la rencontre qui a rendu la situation surréaliste. Quoi qu'il en soit, c'est la cupidité de Seymour qui lui a fait gober notre petite comédie. Je n'arrivais pas à déterminer si Notingham était elle-même ou si elle jouait un rôle, mais elle me donnait l'impression de faire partie de la royauté anglaise. C'était une femme impressionnante, et il ne faisait aucun doute qu'elle savourait son rôle, celui de battre Seymour à son propre jeu.

Nous avons remis au procureur les documents et les instructions de virement que Seymour nous avait demandé de remplir. Ils ont travaillé avec la Commission bancaire de Floride et le Bureau de la réglementation financière pour établir une piste exploitable en justice et nous ont rapidement donné le feu vert.

Dreymore, un substitut du procureur, Vargas et moi nous sommes installés autour d'une table de conférence. Nous avons branché le magnétophone et j'ai passé l'appel.

« Bonjour, monsieur Seymour. Jonathan Notingham à l'appareil. »

« Bonjour, Jonathan. Ravi de vous entendre. »

« De même. Nous avons fait examiner les documents par l'avocat de notre family office, et bien qu'il ait pensé que nous devrions modifier un peu la formulation, je crois que ce sont des modifications mineures, et nous sommes à l'aise pour procéder avec les documents tels quels. »

« C'est une excellente nouvelle. Je dois dire que votre timing est excellent. Vous allez prendre part à une opportunité passionnante qui vient de m'être présentée par un contact de longue date dans la vallée. »

« Merveilleux. On dit que le timing est primordial. »

« C'est tout à fait ça. J'aurais détesté que vous manquiez cette occasion. Allez-vous virer les fonds bientôt ? »

« J'ai déjà donné des instructions à nos banquiers. C'est en cours d'organisation en ce moment même, et si cela rapporte les rendements que vous avez indiqués, d'autres investissements suivront. »

« Ce sera le cas, vous pouvez y compter. »

« Excellent. »

« Je suis désolé, monsieur Notingham, mais je suis en retard pour une réunion d'investissement avec quelques pontes de la tech. Nous nous reparlerons bientôt, et transmettez mes salutations les plus chaleureuses à votre tante. »

J'ai dit au revoir et j'ai raccroché.

« Bien joué, monsieur Notingham », a dit Vargas.

« Elle a raison, il n'a rien soupçonné », a dit Dreymore.

« C'est la cupidité, ça aveugle la plupart des gens », ai-je dit.

« Vous êtes sûr de pouvoir garder la main sur l'argent ? Je détesterais penser que Seymour va nous rouler », a dit Vargas.

« Ne vous inquiétez pas, a dit Dreymore. Nous avons alerté tout le monde le long de la chaîne, et le transfert est signalé. Où que l'argent aille, nous le saurons. Même s'il part à l'étranger, comme nous le soupçonnons. »

« Et s'il va, disons, aux îles Caïmans ou sur l'île de Man ? » ai-je demandé.

« Peu importe, paradis fiscal ou non. »

« Les banques coopèrent ? »

« Elles n'ont pas le choix ; elles ont été assignées. »

J'ai retiré la cassette du magnétophone, l'ai étiquetée et l'ai mise dans le dossier de l'affaire pendant que Dreymore partait.

« Hé, Vargas, ça te dit d'aller manger un bout chez Chipotle ? Attraper des voyous, ça m'ouvre l'appétit. »

« Chipotle ? Monsieur Notingham, un homme de votre rang ne devrait pas fréquenter ce genre d'établissements. »

« Pardonnez-moi, ma chère. Et si nous allions chez Nemo ? »

« Si c'est vous qui payez, je suis carrément partant, enfin, si tant est qu'on arrive à entrer. »

« Vous savez quoi ? On l'a bien mérité. »

J'ai rallumé mon téléphone et j'avais un message vocal.

« J'ai un message de Bilotti. »

« Qu'est-ce qu'il dit ? »

« Le rapport toxicologique de Gabelli est revenu. Il a dit qu'il n'y avait aucune trace de nitrite d'amyle, mais qu'ils ont trouvé autre chose. »

« Quoi ? »

« Il ne l'a pas dit, il a dit de le rappeler. »

Je l'ai rappelé, mais il était en pleine autopsie.

49

LUCA

La lumière rouge était allumée au-dessus de la porte de la salle utilisée pour l'examen des dépouilles infectieuses ou calcinées.

Bon sang, combien de temps ça allait prendre ? J'ai jeté un œil par le petit hublot de la porte. Bilotti était penché sur ce qui ressemblait à un corps calciné, parlant dans un microphone tout en incisant un abdomen carbonisé. Je l'ai regardé prélever un échantillon et le jeter dans un haricot en acier inoxydable. Ça n'avançait pas. Je suis parti à la recherche de toilettes et d'une tasse de café.

Quand je suis revenu, Bilotti était en train de recouvrir le corps avec le drap. Il a poussé le brancard jusqu'à une chambre froide et a passé un bref appel. Il a retiré ses gants et a commencé à se laver les mains si lentement que j'ai cogné à la porte. Il a levé les yeux, a attrapé une serviette et s'est dirigé vers moi.

« Bonjour, docteur. »

« Je suis désolé, Frank, je n'ai pas le temps. »

« Je vous promets que ce sera rapide. »

« Vous savez que je ne travaille pas que sur les homicides, n'est-ce pas, Frank ? »

« Je sais, je suis désolé. C'est juste que votre message m'a laissé sur ma faim. Vous avez dit que quelque chose était apparu. Qu'est-ce que c'était ? »

« Comme je vous l'ai dit, il n'y avait aucune trace de nitrite d'amyle, mais j'ai élargi la demande d'analyse toxicologique et un taux non négligeable de terbutaline est apparu. »

« De la terbutaline ? Qu'est-ce que c'est ? »

« C'est un bronchodilatateur. Il aide à ouvrir les voies respiratoires pour faciliter la respiration. Il est prescrit pour les personnes souffrant d'emphysème et d'asthme. »

De l'asthme ? L'image de Stewart aspirant son inhalateur m'a envahi l'esprit.

« Mais pour autant que nous le sachions, Gabelli n'avait aucun problème respiratoire, n'est-ce pas ? »

« La victime n'avait aucun problème respiratoire connu, et son dossier médical n'indique pas qu'elle prenait des médicaments sur ordonnance pour cela. »

« Y a-t-il une autre raison pour laquelle quelqu'un prendrait ce truc ? »

Le docteur a souri. « La seule autre utilisation que je connaisse est de retarder l'accouchement. »

« Vous voulez dire quand une femme accouche ? »

Il a hoché la tête. « Dans certains cas d'accouchement prématuré, les médecins l'administrent pour retarder la naissance afin d'améliorer la santé d'un bébé prématuré. »

« Je n'ai jamais entendu parler de ça. »

« Parfois, ça peut retarder l'accouchement de quelques jours, ce qui est crucial pour la santé d'un bébé prématuré. Bien sûr, comme tous les médicaments, il y a des risques, surtout pour la mère. »

« Est-ce qu'on peut planer avec ça ? »

« Non. En fait, une surconsommation peut provoquer une crise cardiaque. »

« Quelle quantité de terbutaline provoquerait une crise cardiaque ? »

« C'est difficile à dire. Ça dépendrait de l'état de santé et de la masse corporelle… »

« Allez, docteur, on parle de Gabelli. Quelle quantité aurait-il fallu pour lui provoquer une crise cardiaque ? »

« Je ne suis pas un expert de ce médicament. »

« Gabelli avait de l'alcool dans le sang. Est-ce que ça aurait pu contribuer ? »

« Ça n'a pas dû aider, mais encore une fois, je ne connais pas bien les interactions. »

« Merci, docteur, vraiment, j'apprécie. Il faut que je file. »

J'ai composé un numéro sur mon portable.

« Vargas, on a la piste qu'on attendait. Bilotti, que son scalpel soit béni, a fait une analyse supplémentaire et, bingo, un médicament pour l'asthme est apparu. »

« Gabelli était asthmatique ? »

« Non, mais son pote Stewart, oui. »

« Tu crois qu'il… »

« On dirait bien pour l'instant, mais ça fait si longtemps qu'on court après des murmures et des fantômes que je dois essayer de garder la tête froide. Écoute, appelle notre contact à la pharma et obtiens tout ce que tu peux sur la terbutaline. »

« Comment tu épelles ça ? »

« T-E-R-B-U-T-A-L-I-N-E. J'arrive. »

———

J'AI ARRACHÉ ma veste et l'ai jetée sur une chaise.

« Qu'est-ce que tu as trouvé, coéquipière ? »

Vargas a brandi une feuille de notes. « La terbutaline ouvre les voies respiratoires pour faciliter la respiration. Elle n'est généralement prescrite que lorsque les inhalateurs ne fonctionnent pas. Il a dit qu'elle avait beaucoup d'effets secondaires et qu'elle pouvait avoir un impact sur le cœur. Ça accélère le rythme cardiaque, et il a dit qu'on pensait qu'elle affaiblissait le cœur, en particulier chez les femmes enceintes. »

« Sous quelles formes ça se présente ? »

« Sous forme injectable et en comprimés. »

« Quelle quantité faudrait-il pour provoquer une overdose et déclencher une crise cardiaque ? »

« Il n'a pas voulu spéculer, mais il a dit que c'est un médicament très dangereux et qu'il ne devrait être prescrit qu'en l'absence de soulagement avec les inhalateurs. Oh, et écoute ça, il a dit qu'une simple dose de cinq milligrammes augmente la fréquence cardiaque de trente pour cent. »

« Ouah, c'est un tout petit comprimé. Tu aurais dû insister. »

« C'est ce que j'ai fait, Frank. Il est resté évasif, alors je lui ai demandé ce qui se passerait si on administrait à quelqu'un cinq ou dix fois la dose. Il a dit que la forme injectable agit super vite et pousserait le cœur à ses limites. »

« Stewart aurait pu piquer Gabelli avec une aiguille. »

« Peut-être, mais il a aussi dit que le mélange avec de l'alcool amplifierait l'effet, ce qu'il a appelé… » Vargas a regardé ses notes. « Une cardiomyopathie du péripartum. Ce qui pourrait entraîner un arrêt cardiaque soudain, une crise cardiaque massive. »

J'ai senti une pointe sur le côté en disant : « Je me demande ce que Gabelli a bu. »

« Ça va, Frank ? »

« Ouais, pourquoi ? »

« Tu as grimacé comme si tu venais d'avoir mal. »

« J'ai une petite pointe sur le côté. »

« C'est la première fois ? »

Je ne pouvais pas mentir. « Ça me l'a fait deux ou trois fois. Ce n'est pas grave. Qu'est-ce qu'il a dit d'autre ? »

« Tu en as parlé au médecin, Frank ? »

« Ils ont dit que ça pouvait n'être que du tissu cicatriciel. »

Alors que Vargas me dévisageait, j'ai eu l'impression d'être transpercé sur le côté. « Aïe ! » Je me suis plié en deux.

« C'est bon, Frank. J'appelle une ambulance. Tu vas à l'hôpital. »

La douleur était fulgurante, mais j'ai dit : « Non. J'y vais en voiture. »

« Tu n'es pas en état de conduire. »

Je me suis agrippé le côté. « J'espère que ce n'est rien de grave. Ce n'est pas une sensation agréable, Mary Ann. »

« Comment s'appelle le chirurgien qui t'a opéré ? »

Vargas a appelé une ambulance et a prévenu mon chirurgien. Pendant le trajet vers les urgences, je n'arrivais pas à me défaire de la conviction que mon cancer était revenu. La douleur était intense, vraiment intense. L'idée de la trappe s'ouvrant pour me faire quitter la scène de la vie me terrifiait. J'ai attrapé la main de Vargas. Dieu merci, elle était dans l'ambulance.

STEWART

« *Toutes les opportunités dont vous avez besoin dans la vie attendent dans votre imagination. L'imagination est l'atelier de votre esprit, capable de transformer l'énergie de l'esprit en accomplissement et en richesse.* »

— NAPOLEON HILL

LE SOLEIL RÉCHAUFFAIT MON VISAGE ALORS QUE JE DÉVALAIS LES escaliers. Je me sentais vraiment bien ce matin et je dormais beaucoup mieux depuis ma rupture avec Robin. La décision n'avait pas été facile, mais elle aurait dû l'être. La seule chose que l'on ne peut pas fabriquer, c'est le temps, et je savais qu'il ne fallait pas le gaspiller. Plus question de faire des erreurs avec ça.

La Mustang n'était pas une Porsche, mais ça n'aurait pas été bien vu de conduire une 911 avec une fille dont le père possédait quelques concessions Ford. Ce n'était certainement pas une question d'argent ; ils en avaient à revendre. Pas autant que Robin après qu'elle a touché l'argent de l'assurance, mais Melissa n'avait ni frère ni sœur, donc c'était un parti plutôt intéressant pour moi.

Je ne connaissais rien au secteur automobile, mais ça n'a pas empêché Melissa, qui était la directrice générale de leurs showrooms, de m'embaucher comme directeur adjoint pour le magasin de Bonita. Le meilleur moment a été de dire à Greely que j'en avais marre de ses conneries et de démissionner. Je n'ai pas pu m'empêcher de lui lancer quelques piques en partant. Ça m'a fait du bien de finalement mettre ce plan à exécution.

Les deux premières semaines chez Ford, je n'ai pas fait grand-chose, je me suis juste familiarisé avec tout le monde, mais c'était une concession très active, et les horaires ne me plaisaient pas. Elle était ouverte de neuf heures à vingt et une heures, six jours par semaine, et le dimanche de onze heures à dix-sept heures.

Ça bouffait une grosse partie du temps qui nous est imparti dans la vie. J'allais faire ces heures pour l'instant, mais dans quelques mois, je comptais sur Melissa pour travailler le vieux au corps. Il ne voudrait pas priver sa fille d'une vie de famille, n'est-ce pas ?

Je devais sans cesse me rappeler d'arrêter de comparer Melissa à Robin. Le truc avec Melissa, c'est que je devais jouer sur le long terme. Elle n'avait pas les liquidités de Robin ; j'avais découvert qu'elle ne gagnait que cent dix mille dollars par an. On n'allait pas très loin avec ça, et ils ne me payaient que quatre-vingt-cinq mille. Son père était un homme de soixante-six ans en pleine forme, donc le retour sur investissement était encore loin.

L'autre chose qui me dérangeait, c'était que même si Melissa avait grandi dans l'argent, elle n'avait pas le sens du style de Robin. Dans pratiquement toutes les catégories,

Robin la surclassait. Melissa ne s'habillait pas particulière-
ment bien. Je détestais les tailleurs-pantalons vieillots qu'elle
portait à la concession. Et ça m'agaçait quand elle me disait de
mettre un short quand on sortait manger.

Oh, il y avait encore une chose : sa maison. Melissa vivait
dans un vieil immeuble bas de Park Shore, peint d'un jaune
canari embarrassant. Elle disait que l'endroit était confortable,
pratique et sans dettes. On pouvait ajouter, meublé comme si
une octogénaire y vivait.

Je devais réévaluer le calendrier pour cette relation.
Peut-être que ça me prendrait un peu plus de temps que je ne
le pensais, mais si je jouais bien mes cartes et que je m'en
tenais au plan, je trouverais un moyen de m'épanouir.
D'abord, cependant, j'attendrais encore trois mois, puis je lui
dirais qu'on devrait emménager ensemble. Comme ça, je
pourrais quitter mon appartement et réduire mes dépenses. Je
n'avais que des clopinettes en termes de valeur nette, mais je
m'en sortirais avec une trentaine de milliers pour rembourser
mes dettes de carte de crédit.

Ensuite, je la travaillerais pour qu'on améliore notre loge-
ment. L'emplacement lui plaisait. D'accord, on pourrait déménager dans un de ces nouveaux gratte-ciel. Ce serait génial, de
regarder le golfe scintiller avec un cocktail à la main.

LUCA

Je pouvais voir Vargas chuchoter au téléphone alors qu'on me ramenait d'un examen. Je lui ai fait un signe du pouce levé et un grand sourire.

« Ce n'est qu'un calcul rénal. »

« Oh, Dieu merci. »

« À qui le dis-tu ! J'ai cru que c'en était fini pour moi. »

« Ils vont le fragmenter par ultrasons ? »

« Ouais. Avec un peu de chance, une seule séance suffira à le briser. Quoi qu'il en soit, je vais pouvoir sortir après qu'ils me l'auront pulvérisé. »

« Oh, Frank, j'ai eu si peur pour toi. »

« Merci, Mary Ann, je te comprends. Tu sais, j'ai vraiment cru que le cancer était revenu et que la partie était terminée. »

« On n'avait pas besoin de ça, hein ? »

« C'est le moins qu'on puisse dire. Mais merci d'être venue avec moi. C'était bien que tu sois là. »

« Ne me remercie pas. Je suis juste contente que ce ne soit rien de grave. »

« Pas grave, mais bon sang, les calculs rénaux, ça fait un mal de chien. »

« Je sais, ma mère en a eu deux fois. »

J'ai rajusté ma blouse pour couvrir mes jambes. « On se les gèle, ici. »

Vargas a déchiré l'emballage d'une autre blouse d'hôpital et l'a posée par-dessus le drap.

« Merci. Alors, où en étions-nous avec cette histoire de médicament de Gabelli ? »

« Repose-toi, aujourd'hui. On reprendra ça demain. »

« Je vais bien, l'antidouleur a fait effet. On ne peut plus perdre de temps. Ça fait bien trop longtemps qu'on est sur cette affaire. Soit Stewart lui a planté une aiguille, soit il a écrasé une poignée de cachets et les a dissous dans ce que Gabelli était en train de boire. »

« Ça devait être des cachets écrasés. »

« Pourquoi ? »

« D'abord, il n'aurait eu qu'une seule chance. S'il l'avait piqué avec une aiguille, il aurait dû être sûr d'injecter toute la dose. Il y aurait probablement eu une lutte pendant que Gabelli essayait de comprendre ce qui se passait. »

« Sauf si une seule fiole suffisait. Tu as dit que le pharmacologue avait affirmé que ça agirait vite. »

« Il aurait fallu que Stewart sache quelle était la dose mortelle, et même notre expert n'a pas voulu se prononcer là-dessus. »

« Tu as raison, mais il est asthmatique. Peut-être qu'il l'a appris par son médecin. »

« Hmm. Peut-être. »

« Mais je suis d'accord, il est probablement plus facile et plus sûr de pré-écraser un tas de cachets et de les mettre dans sa boisson. Mais est-ce que ces pilules ont un goût ? »

« Je ne sais pas. »

« Vérifie ça et tiens-moi au courant. Mais de toute façon, il faut qu'on convoque Stewart et qu'on obtienne un mandat de perquisition pour son domicile. »

« Ça me semble être un bon plan. »

« Maintenant, file d'ici et mets-toi au travail. »

« Tu es sûr que ça va aller ? »

« Ce n'est qu'un calcul rénal. Je serai sorti d'ici dans quelques heures. »

Vargas est partie et je suis resté là à réfléchir, ou plutôt, à être obsédé par l'affaire Gabelli. Tant d'informations prometteuses n'avaient mené nulle part. Beaucoup de ces données pointaient vers Stewart, mais ce médicament pour l'asthme était maintenant le fil qui pourrait tout relier.

Il fallait que je découvre qui était son médecin. C'était toujours délicat de traiter avec le corps médical. Ces types se retranchent derrière le secret médical encore mieux que les entreprises de la tech. Dans notre cas, nous devions identifier le médecin, puis tout ce qu'on voulait savoir de lui, c'était s'il avait prescrit de la terbutaline et quand. Si on obtient ça, c'en est fini de Stewart.

On ne devrait pas avoir trop de mal à obtenir un mandat de perquisition. On trouverait probablement quelque chose chez lui qui nous donnerait le nom de son médecin. Qui sait, on pourrait même trouver une partie de l'arme du crime pendant la perquisition.

Les choses finissent toujours par s'équilibrer, et on méritait certainement une avancée dans cette affaire. Je devais appeler Vargas pour m'assurer qu'elle inclue le médicament dans notre mandat et qu'elle parle au procureur des menaces de Stewart s'il rechignait à l'émettre.

Robin. Je me sentais un peu mal de la façon dont je l'avais

rembarrée quand elle m'avait parlé des menaces que Stewart avait proférées à l'encontre de l'un de ses amants. Mais, vous savez quoi, elle n'avait pas été tout à fait honnête avec moi. Comme toutes les personnalités de type A, elle croyait pouvoir me manipuler. C'était sa première erreur, mais au final, il semblait que c'était la seule, à moins qu'on ne puisse trouver des preuves qu'elle conspirait avec Stewart.

Je devais définir une stratégie pour interroger Stewart. Il allait être sur ses gardes ; on ne pouvait pas s'attendre à ce qu'il craque facilement. Mais je trouverais un moyen de créer une petite fissure et de m'y engouffrer. J'avais hâte. Ce serait un plaisir de voir Stewart se tortiller.

———

VARGAS ÉTAIT à son bureau quand je suis arrivé au travail le matin.

« Comment tu te sens, Frankie ? »

« Presque comme neuf. Ils ont réussi à le pulvériser en une seule séance. J'aurai quelques douleurs le temps que ça passe, mais tu sais à quel point je suis un dur à cuire. »

« Ouais, tu es un vrai Superman. »

« Des nouvelles pour le mandat ? »

« Esposito a dit qu'on l'aurait probablement cet après-midi. »

« Bien, bien. Maintenant, comment va-t-on s'y prendre avec Stewart ? »

« Attends une seconde, je me suis dit que tu aimerais savoir que Gabelli n'était pas un voleur, finalement. »

« Je m'en doutais. Qui a volé l'argent ? »

« C'est le directeur financier de Simmons qui a orchestré la fraude et a tout fait pour que ça retombe sur Gabelli. »

« Ce ne sont pas les gens qui manquent pour faire porter le chapeau aux morts. »

« Tu l'as dit. Bon, revenons à Stewart. »

« On doit voir comment on va s'y prendre. Tu penses qu'on devrait emmener Stewart avant ou après la perquisition ? »

« Si on le convoque avant, a dit Vargas, Stewart va faire disparaître tout ce qui pourrait soulever des questions. D'un autre côté, si on débarquait avec le mandat avant de lui parler, il serait vraiment sur ses gardes pendant l'interrogatoire qui suivrait. »

« Je sais. Mais je suis assez confiant sur le fait qu'on le fera craquer, même s'il est sur ses gardes. Je pense qu'au bout de dix minutes, il va se blinder. »

« On pourrait d'abord l'arrêter, puis lui parler. Ça pourrait le secouer. »

J'ai secoué la tête. « Ça ne me plaît pas. On pourrait obtenir quelque chose d'utile au début. On le voit, on essaie de brouiller les pistes et peut-être qu'il lâchera quelque chose. Si on l'arrête, son avocat sera là, et je ne pense pas qu'on ait assez d'éléments pour que le procureur signe un mandat d'arrêt à ce stade. »

Vargas a froncé les sourcils. « Tout est circonstanciel. »

« À moins qu'on ne trouve quelque chose chez lui. Bon, quelle est notre théorie sur la façon dont il a tué Gabelli ? »

« Ils se sont retrouvés tous les deux chez Stewart. Ils regardent un match et ils boivent. Stewart a écrasé une douzaine de cachets et les a versés dans le verre de Gabelli. »

J'ai dit : « Tu penses qu'il les a tous mis d'un coup ? »

« Je dirais qu'il met environ dix pour cent dans le premier verre. Comme ça, ça entre dans le sang de Gabelli, et ensuite il met le reste dans le deuxième. »

« Deux verres le placeraient juste sous la limite légale, exactement là où l'autopsie a situé son taux d'alcoolémie. »

« Après le deuxième verre, Gabelli a une crise cardiaque foudroyante et il meurt. »

« Il n'aurait pas paniqué avant, quand son cœur a commencé à s'emballer ? »

« Si. Stewart l'a probablement calmé, a peut-être fait semblant d'appeler une ambulance. »

J'ai repris : « D'accord, et maintenant le corps est sur le canapé ou par terre. Qu'est-ce que Stewart fait ensuite ? »

« On sait où Gabelli a été retrouvé. Pourquoi est-ce qu'on ne remonterait pas le fil à partir de là ? »

« Bonne idée, mais avant de continuer, est-on seulement sûrs qu'il a eu sa crise cardiaque chez Stewart ? »

« Stewart avait besoin d'un endroit où ils pourraient prendre quelques verres, a dit Vargas. Ça pourrait être n'importe où, mais plus que ça, il lui fallait un endroit privé où il pourrait soit verser les médicaments dans son verre, au moins une fois, soit planter une seringue dans Gabelli. En plus, il ne pouvait pas savoir quelle serait sa réaction. Il ne pouvait pas être certain de pouvoir faire sortir Gabelli de là. »

« Tu as raison, le plus probable est que ça se soit passé chez Stewart. »

« Alors comment amène-t-il le corps jusqu'à Clam Pass ? »

« Une idée sur le fait qu'il ait gardé le corps un moment avant de s'en débarrasser ? »

« J'en doute. À moins que ça ne se soit pas passé chez lui. Très peu de gens ont le cran de dormir dans la même maison que la personne qu'ils viennent de tuer. »

« Le cran ? Il faudrait plutôt être complètement fou. »

« En supposant qu'il voulait se débarrasser du corps le plus vite possible, il a dû utiliser sa voiture pour au moins l'approcher de l'eau. Il a peut-être utilisé un bateau ensuite, même si on n'a aucune preuve de ça. »

« Stewart aurait dû descendre Gabelli par les escaliers et le mettre dans sa voiture. »

« Il a probablement emballé le corps dans son garage. »

Vargas a hoché la tête. « Ensuite, il a attendu le milieu de la nuit pour le conduire jusqu'à Clam Pass. »

« Je veux aller à nouveau interroger le voisin qui a dit qu'il avait emprunté la voiture de Stewart. »

« Bien sûr. Tu sais, Stewart aurait pu choisir un autre chemin. On a des kilomètres et des kilomètres de voies navigables. Il aurait pu le mettre sur un bateau quelque part, même dans une de ces rues de Seagate. Elles ont toutes un accès à l'eau. »

« J'espère qu'on n'aura pas à prouver cette partie-là. Stewart avait une liaison avec la femme du défunt. Elle dit qu'il voulait que ça continue. On sait qu'il a menacé d'autres types qui étaient avec Robin. Si on peut le relier au médicament qui a tué un Gabelli en pleine santé, on aura beaucoup de matière. Et ça, c'est avant la perquisition. Qui sait ce qu'on trouvera d'autre ? »

52

LUCA

Vargas, quatre agents en uniforme et moi, nous nous sommes faufilés dans Calusa Bay et avons garé nos voitures devant la maison de Stewart. La rue était mouillée par une averse et de la vapeur s'élevait de l'asphalte. Avant même que nous soyons à mi-hauteur des marches, des voisins de deux maisons différentes ont ouvert leur porte pour voir ce qui se passait. Sur le point de leur crier de se mêler de leurs oignons, j'ai préféré appuyer sur la sonnette.

Stewart a ouvert la porte, et je lui ai brandi le mandat sous le nez.

« Monsieur Stewart, voici un mandat de perquisition autorisé par le juge Randolph. Il nous autorise à fouiller votre propriété et à saisir tout ce que nous estimons être lié à notre affaire. »

« Quelle affaire ? »

« Le meurtre de Philip Gabelli. »

Stewart s'est mis à respirer rapidement. « Qu'est-ce que j'ai à voir là-dedans ? »

« Écartez-vous, monsieur Stewart, nous allons procéder à la perquisition. »

Stewart a plongé la main dans sa poche, et j'ai dégainé mon arme. Vargas lui a attrapé le bras et a dit : « Retirez votre main, lentement. »

Stewart a obéi à ses instructions, le souffle court. « C'est seulement mon inhalateur. J'ai besoin de mon inhalateur. »

Vargas a fouillé dans sa poche et en a sorti un inhalateur bleu. Elle a lu l'étiquette, a secoué la tête et le lui a donné.

J'ai dit : « Monsieur Stewart, vous restez dans l'entrée avec l'agent Putnak. »

Stewart a eu une respiration sifflante. « Vous m'arrêtez ? »

« Au cours de l'exécution d'un mandat de perquisition, le tribunal nous autorise à maîtriser les habitants de la propriété en question. »

Il a retiré l'inhalateur de sa bouche. « Maîtriser ? »

Même s'il aspirait frénétiquement son inhalateur, il ne se laissait pas faire.

Vargas a dit : « Monsieur Stewart, la loi est claire. Si vous résistez, nous devrons vous mettre en état d'arrestation. C'est clair ? »

Stewart s'est écarté et nous nous sommes répandus dans sa maison. En enfilant des gants, j'ai dit à un agent de s'assurer que Stewart ne nous gêne pas et reste dans l'entrée.

Vargas a murmuré : « L'inhalateur est un produit naturel appelé Dr Kings. C'est en vente libre. »

« D'accord, je prends la chambre principale. Toi, vérifie la cuisine et le salon, et demande aux agents de fouiller le garage. »

La chambre de Stewart était sans couleur. Ce n'était pas un de ces thèmes modernes tout en blanc ; c'était un blanc terne, vieillot. L'endroit avait désespérément besoin de couleur. J'ai baissé les stores Silhouette et je suis allé droit à la table de chevet. Ma méthode consistait à ouvrir d'abord le tiroir du bas et à remonter, en laissant chaque tiroir ouvert pour savoir qu'il avait été fouillé.

Le tiroir du bas contenait une paire de jumelles poussiéreuses et deux vieux téléphones à clapet aux batteries mortes que j'ai décidé de laisser là. Dans le deuxième tiroir se trouvaient un épais album photo et une quinzaine de paires de chaussettes soigneusement pliées. J'ai sorti l'album et j'ai feuilleté des images de Stewart enfant, adolescent et adulte. Personne d'autre n'apparaissait sur les quelque quatre-vingts photos, à l'exception de vous-savez-qui. J'ai sorti la photo de Robin et l'ai retournée, mais il n'y avait aucune annotation.

En regardant la photo, j'ai compris la fascination de Stewart. Vêtue d'un chemisier écourté rouge et d'un short des plus minuscules, Robin était allongée au bord de la piscine de la maison Gabelli. Pas de doute, elle avait ce qu'il fallait. Après avoir pris une photo de la photo avec mon portable, je suis passé au tiroir du haut.

En le faisant coulisser, une décharge d'adrénaline a parcouru mon corps. Je me suis approché de l'embrasure de la porte et j'ai passé la tête.

« Hé, Vargas. Tu as une seconde ? »

Je prenais des photos du tiroir ouvert quand ma coéquipière est entrée.

« Qu'est-ce qu'il y a ? »

J'ai mis un doigt sur mes lèvres et j'ai désigné trois flacons de terbutaline et une boîte d'aiguilles hypodermiques posés à droite d'un vide-poche pour montre et monnaie.

Vargas a chuchoté : « On le tient, Frank, on le tient. »

« Je crois bien. Mais on ne sabre pas le champagne tout de

suite. Continue de chercher, avec un peu de chance, on trouvera autre chose. »

Après avoir noté le nom de la pharmacie et le médecin prescripteur, j'ai refermé le tiroir, puis j'ai continué à fouiller la chambre principale. Il n'y avait rien d'autre qui semblait important.

En entrant dans le salon, j'ai dit : « Mettez tous les coussins de siège sous scellés. »

Stewart a dit : « Vous ne pouvez pas tous les prendre. Où vais-je m'asseoir ? »Vargas m'a tiré à part et a murmuré : « On n'est pas censés prendre ce genre de choses. La portée du mandat ne le prévoit pas. Qu'est-ce que tu cherches ? »« Des fluides corporels. S'il l'a tué ici, peut-être que Gabelli a eu une fuite en trépassant. »« Tu sais qu'il nous faut une cause juste, Frank. »« D'accord, prends juste le coussin de gauche du canapé. »« Tu es sûr, Frank ? On n'a rien pour le justifier. »

J'ai désigné une photo de Gabelli et Stewart assis sur le canapé.

« C'est vraiment tiré par les cheveux, Frank. »

J'ai souri. « Peut-être, mais Gabelli porte une chemise rouge, la même que le jour où il a disparu. Mets aussi la photo sous scellés et donne un reçu à Stewart pour ce qu'on a pris. »

———

« Euh, inspecteur Luca ? »

« Oui, c'est l'inspecteur Frank Luca à l'appareil. Qui est-ce ? »

« Euh, je m'appelle Lenny, Lenny Nership. Vous êtes venu me voir. J'habite en face de chez Dom. »

J'ai regardé le téléphone avant de dire : « Oui. Bien sûr, je me souviens. Vous êtes le voisin qui a dit avoir emprunté la voiture de M. Stewart. »

« Je, je ne sais pas comment dire ça, mais… J'espère que je ne vais pas avoir d'ennuis ou quoi que ce soit. Je ne voulais rien faire de mal, il a dit que c'était… »

« Calmez-vous. Personne ne va avoir d'ennuis. Dites-moi simplement ce qui vous préoccupe. »

« Eh bien, je n'ai jamais emprunté la voiture de Dom. »

« La Nissan Cube blanche ? »

« Ouais. Il m'a demandé de dire que je l'avais fait, mais ce n'est pas le cas. »

« Je vois. Maintenant, qu'est-ce qui vous a poussé à mentir à la police ? Et ne vous inquiétez pas, ce n'est pas grave. »

« Eh bien, voyez-vous, il a dit qu'il avait une liaison avec la femme du shérif et qu'il savait que les flics le surveillaient. »

« Vous n'avez jamais emprunté la voiture de M. Stewart en mai dernier ? »

« Non, monsieur. »

« Puis-je vous demander ce qui vous a poussé à appeler aujourd'hui ? »

« Eh bien, j'adore regarder *Les Experts : Miami*, et je sais à quoi ressemble une perquisition de la police. J'ai vu quand vous êtes tous allés chez Dom. Je me suis dit qu'il avait fait quelque chose de très grave, alors je l'ai appelé pour savoir ce qui se passait. Il a dit que c'était un malentendu, mais ça n'avait pas de sens. Puis j'ai commencé à réfléchir, j'ai cherché le shérif sur Google pour voir à quoi ressemblait sa femme, mais elle était, genre, pas très jolie et un peu âgée, beaucoup plus que Dom. Alors, je me suis dit qu'il fallait que je dise quelque chose. »

« C'était très malin de votre part. »

« J'ai… j'ai peur. S'il l'apprend, il va s'en prendre à moi. »

« Rassurez-vous, il ne l'apprendra jamais. Voyez-vous, nous lui dirons que nous avons une vidéo de lui quittant Calusa Bay cette nuit-là. »

« Vous êtes sûr ? »

« Oui. Maintenant, nous allons devoir prendre votre déposition. Ça vous va ? »

« Euh, est-ce que je suis obligé ? »

C'était une mission pour Vargas ; elle saurait le mettre en confiance. « Oui, ce sera rapide. Je vais envoyer ma coéquipière. C'est une femme très gentille. Elle s'appelle Mary Ann. S'il vous plaît, dites-lui exactement ce que vous m'avez dit. »

Après avoir raccroché, j'ai levé le poing en signe de victoire. Il était temps d'embarquer Stewart.

53

LUCA

J'ai décidé d'utiliser la plus petite salle d'interrogatoire que nous avions. Stewart était asthmatique, et l'exiguïté de la pièce allait le mettre mal à l'aise. Il avait tergiversé quand nous lui avions demandé de passer, mais la menace à peine voilée de l'arrêter l'a convaincu de se présenter de son plein gré. C'était une bonne chose, car nous n'avions que des preuves circonstancielles.

Vargas et moi nous étions mis d'accord sur une stratégie, et il était maintenant temps de voir où elle nous mènerait. Nous avons fait escorter Stewart dans la pièce et l'avons laissé seul pendant quinze minutes, le temps d'aller chercher un café.

J'ai jeté un œil à travers le miroir sans tain. Stewart tapotait du pouce sur la table en acier, l'air défiant. J'avais monté le thermostat juste avant qu'on le fasse entrer. Quand j'ai encore augmenté la température, Vargas a secoué la tête et est partie aux toilettes pour dames.

À son retour, Stewart avait étalé ses coudes sur la table. Le spectacle pouvait commencer. J'ai toqué brièvement et nous sommes entrés.

« Monsieur Stewart, merci d'être venu aujourd'hui. Vous vous souvenez de ma partenaire, Mary Ann Vargas ? »

Stewart a secoué la tête. « C'est un vrai four, ici. »

« C'est vrai qu'il fait un peu chaud. Vous voulez que je baisse la température ? »

« Absolument. »

« Pas de problème. Mary Ann va baisser le thermostat pendant que j'installe la vidéo. »

« La vidéo ? »

« C'est la procédure standard. C'est pour votre protection. »

« Ouais, c'est ça, ma protection. »

« Si, croyez-moi. Pensez-y, comme ça, ce qui est dit est dit. Il n'y a pas de "ma parole contre la vôtre". On ne peut rien inventer. Tout est enregistré. »

Vargas est revenue. « Je l'ai réglé sur vingt-deux. On respire déjà mieux, ici. »

Stewart a dit : « Merci. »

Nous nous sommes assis sur des chaises en plastique en face de Stewart, et Vargas a allumé l'enregistreur. Après qu'elle a énoncé les noms des personnes présentes, l'heure et la date, j'ai commencé l'interrogatoire.

« Monsieur Stewart, la nuit où Philip Gabelli a disparu, votre Nissan Cube a été aperçue dans le parc de Clam Pass en plein milieu de la nuit. Quand nous vous avons interrogé à ce sujet, vous nous avez dit que vous aviez prêté la voiture à un voisin. »

« C'est exact. »

« Et qui était ce voisin ? »

Stewart a sorti son inhalateur. « Lenny Nership. »

« C'est amusant, parce qu'il a dit que vous lui aviez demandé de prétendre qu'il vous l'avait empruntée cette nuit-là. »

« Il ment. Ce type a un problème. Je suis désolé pour lui, mais il lui manque un chromosome ou quelque chose comme ça. »

« Pourquoi mentirait-il sur une chose pareille ? »

Stewart a haussé les épaules. « Je ne sais pas, mais pourquoi est-ce que je lui aurais demandé de dire ça ? »

Vargas a dit : « Pour vous tenir à l'écart de l'endroit où le corps a été retrouvé. »

« Ouais, c'est ça. Vous pensez que j'ai tué mon meilleur ami ? »

« Nous essayons juste de comprendre ce que vous faisiez à Clam Pass cette nuit-là. »

Stewart a pris une bouffée de son inhalateur. « Peut-être que je me suis trompé de soir. Peut-être que j'avais un rencard. »

« Avec qui ? »

« Sûrement quelqu'un que j'ai rencontré chez Campiello. »

« Vous ne vous en souvenez pas ? »

Stewart a souri. « Ce n'est pas pour me vanter, mais je me débrouille bien avec les femmes. »

« Mais pas avec Robin. »

La colère a traversé le visage de Stewart. « Qu'est-ce que ça veut dire ? »

« Rien. Je disais ça comme ça. »

Vargas a dit : « Je vois que vous utilisez un inhalateur. Vous souffrez d'asthme, c'est bien ça ? »

« Ouais, je l'ai depuis que je suis gamin. »

« C'est pénible. Quand j'étais petite, Katie, ma meilleure amie, en avait et c'était parfois difficile. »

« Je le gère très bien. Ça ne m'empêche pas de faire ce que je veux. »

« J'imagine que tous les médicaments qu'on a de nos jours facilitent la gestion. »

J'ai cru voir Stewart tressaillir avant qu'il ne dise : « Sûrement. »

J'ai dit : « Vous savez, votre ami Phil, il est mort d'une crise cardiaque. »

« Une crise cardiaque ? »

« Ouais. »

Stewart s'est mis à respirer par la bouche. « C'est fou. Il était en pleine forme. On ne sait jamais ce qui se passe à l'intérieur de notre corps, j'imagine. C'est effrayant. »

Vargas a dit : « Certainement. »

« C'est pour ça que je dis toujours qu'il faut profiter de la vie au maximum. Mieux vaut être le roi du monde tant qu'on peut, parce qu'on ne sait jamais quand notre heure viendra. »

Je me suis surpris à hocher la tête. Ce que Stewart disait résonnait en moi et mes pensées ont dérivé. Vargas m'a donné un coup de genou sous la table en disant : « Il y a quelque chose qui me tracasse. Phil Gabelli a eu une crise cardiaque foudroyante qui a causé sa mort. Alors pourquoi et comment s'est-il retrouvé à Clam Pass ? »

J'ai ajouté : « Ouais, pourquoi quelqu'un aurait-il fait passer ça pour un meurtre ? »

Stewart a dit : « Il y a beaucoup de gens tordus dans ce monde. »

Vargas a dit : « Mais c'était bien un meurtre. »

J'ai dit : « Qu'est-ce que vous en pensez, Dom ? »

« Il a pu prendre une grosse dose de coke et son cœur a lâché. Les mecs ou les nanas avec qui il était ont paniqué, et ils se sont débarrassés du corps. »

Tous les suspects qui s'avèrent coupables ont toujours un ou deux scénarios tout prêts à vous servir. Ça montre qu'ils pensent avoir tout prévu, ou du moins c'est ce qu'ils croient.

Vargas a dit : « Pas mal. Qu'est-ce que tu en penses, Frank ? »

Je me suis caressé le menton. « J'aime bien, à un détail près. »

Vargas a dit : « Lequel ? »

« Ce n'est pas la coke qui a tué Gabelli, mais la terbutaline. »

Stewart a dit : « De la terbu-quoi ? »

« Bien essayé, Dom. Mais vous savez très bien ce que c'est, la terbutaline. N'est-ce pas, Mary Ann ? »

Vargas a dit : « Nous avons trouvé ce médicament chez vous lors de notre perquisition, et les vérifications qui ont suivi confirment qu'il vous est prescrit depuis plus de dix ans. »

J'ai dit : « Ça vous dit quelque chose, maintenant ? »

« Vous voulez parler des petits flacons ? Je ne m'en sers qu'en cas d'urgence, quand mon inhalateur ne suffit pas, comme pendant la saison des allergies. »

« Ou quand vous voulez vous débarrasser d'un ami. »

« C'est des conneries ! »

Vargas a dit : « Nous trouvons intéressant que vous ayez demandé à votre médecin plus de terbutaline un mois avant le meurtre de Philip Gabelli. »

« C'était la saison des allergies. Voilà pourquoi j'en ai demandé, si vous voulez tout savoir. »

Stewart a pris une bouffée de son inhalateur tandis que Vargas disait : « Monsieur Stewart, ce que nous savons, c'est que vous êtes en possession d'importantes quantités du médicament qui a provoqué l'arrêt cardiaque massif de M. Gabelli.

Et l'angle intéressant, c'est que vous couchiez avec la femme de la victime. »

J'ai dit : « Pas vraiment, elle l'a jeté après un coup vite fait. Peut-être qu'il n'est pas aussi bon au lit qu'il le pense. »

« Allez vous faire foutre. »

J'ai dit : « Alors, dites-nous, comment avez-vous fait, Dom ? »

« Je n'ai rien fait. »

J'ai dit : « Écoutez, on peut tourner autour du pot aussi longtemps que vous voudrez, mais on sait que c'est vous, et vous allez tomber pour ça. »

Stewart haletait en fixant ses mains.

Vargas a dit : « Si vous coopérez, nous glisserons un mot en votre faveur au procureur. Vous pourriez peut-être obtenir une négociation de peine sans passer par le tribunal. Vous épargnez aux contribuables les frais d'un procès, et ils se montreront plus coulants sur la durée de votre peine de prison. »

Stewart a relevé la tête. « J'ai fini de parler. Je veux mon avocat. »

─────

« JE N'ARRIVE PAS à croire qu'ils aient relâché Stewart. »

« Allons, Frank. Tu savais bien qu'on n'avait pas assez de quoi le retenir. »

« D'accord, alors dis-moi : primo, combien de personnes prennent de la terbutaline ; secundo, qui connaissait Gabelli ; tertio, couchait avec sa femme ; quarto, nous a envoyés sur de fausses pistes ? »

« Des preuves circonstancielles, rien que ça. N'oublie pas qu'il avait une ordonnance valide pour ce médicament. Je déteste l'admettre, mais son avocat avait raison. Ce n'est pas un crime d'avoir une prescription pour un médicament qui peut être utilisé en quantités mortelles. Et il n'a jamais eu de problèmes avec la justice auparavant. »

« Il y a une première fois à tout, et c'est celle-là. On a juste besoin d'une preuve matérielle et c'en est fini de Stewart. »

« Qu'en est-il du coussin de la perquisition ? »

J'ai dit : « Rien, pas de fluides corporels ni de traces de terbutaline. »

« Je pense que c'est à notre avantage que Stewart se croie tiré d'affaire. »

« Ça ne me plaît pas. Tu cherches le mot « suffisant » dans le dictionnaire, et tu tombes sur une photo de Stewart. »

« N'est-ce pas toi qui m'as appris à ne pas en faire une affaire personnelle, mais à travailler plus dur ? »

J'ai hoché la tête. « Tu as raison. Écoute, pendant qu'il se pavane comme un oiseau en liberté, on va redoubler d'efforts. Commençons par sonder le voisinage de Stewart, pour voir si quelqu'un se souvient d'avoir vu Gabelli là-bas la nuit où Stewart est allé à Clam Pass. Voir si quelqu'un se souvient que Stewart est parti au milieu de la nuit, quelqu'un qui promenait son chien ou autre. Tout ce qu'on trouvera, même circonstanciel, aidera à lui mettre la pression. »

Vargas a dit : « Ça me semble être un bon plan. Toujours rien sur l'ancienne voiture de Stewart ? »

« Non. Le concessionnaire l'a gardée sur son parc pendant quelques mois et comme elle ne se vendait pas, ils l'ont vendue aux enchères en Géorgie. Un grossiste de Pennsylvanie l'a achetée et il l'a gardée un mois avant de la vendre à un concessionnaire du Massachusetts. Bref, ils sont en train de remonter la piste. On devrait avoir quelque chose bientôt. »

« Je n'ai pas beaucoup d'espoir. Stewart a l'air prudent,

même s'il a merdé avec l'histoire du voisin qui a emprunté la voiture. »

« Peut-être, mais le voisin avait emprunté le Cube plusieurs fois. Il a pu se mélanger les pinceaux dans les dates. »

« Mais cette histoire comme quoi il aurait eu une liaison avec la femme du shérif, c'est quoi ce truc ? »

J'ai secoué la tête. « On a besoin d'un petit coup de pouce, c'est tout, et ça fait bien trop longtemps qu'on en attend un. »

54

LUCA

LES AGENTS DE POLICE DE SOMERVILLE, CROWLEY ET SPEAR, se sont garés devant le 81 Gilead Street. Ils sont descendus de leur voiture et ont scruté l'allée menant à la maison. Les agents se sont fait un signe de tête et ont monté l'escalier délabré de la demeure datant du début du dix-neuvième siècle.

Ils ont frappé à la porte, et une femme approchant la cinquantaine, en tenue de sport et une banane à la main, leur a ouvert. Les agents se sont présentés et ont demandé : « Madame, possédez-vous une Nissan Cube blanche, année 2010 ? »

Le visage de la femme a blêmi. « Oui, c'est la voiture de mon fils. Pourquoi ? »

L'agent Crowley a tendu un papier à la femme. « Nous avons un mandat de saisie. Nous sommes ici pour récupérer la voiture. »

Elle s'est appuyée contre le cadre de la porte, laissant tomber sa banane. « Qu'est-ce qu'il a fait ? »

« Nous ne pensons pas qu'il ait fait quoi que ce soit. La

voiture est recherchée dans le cadre d'une affaire impliquant un ancien propriétaire. »

« Ça n'a rien à voir avec nous ? »

« Nous ne le pensons pas, madame. »

« Oh, Dieu merci ! »

Une dépanneuse s'est arrêtée devant la maison dans un grondement de moteur.

« Nous allons devoir prendre la voiture. »

« Quand est-ce qu'on la récupérera ? Il a besoin de la voiture pour ses études. Il est à l'université, vous savez. »

« Nous vous donnerons un reçu après l'avoir chargée sur le camion, et il y aura un numéro de contact dessus. Vous pourrez appeler ce numéro plus tard dans la journée. Ils vous fourniront tous les détails. »

Des voisins s'étaient rassemblés dans la rue pour assister au chargement de la Nissan sur la dépanneuse. Tandis que le camion disparaissait au loin, la mère est allée voir ses voisins pour leur expliquer les circonstances inhabituelles.

55

LUCA

Stewart a levé ses mains menottées. « Vous allez me les enlever ? »

Au départ, je voulais lui menotter les mains dans le dos, mais Vargas m'a rappelé qu'il devait avoir accès à son inhalateur. Garder un prisonnier menotté était une tactique controversée que je n'avais jamais utilisée. Avec Stewart, je pariais que ça aiderait à le faire craquer.

C'est nous qui avons le contrôle, pas toi, Dom.

J'ai dit : « Nouvelles règles de sécurité. On ne peut pas vous les enlever. Mais ce que je peux faire, c'est vous menotter un bras à la table si vous préférez. »

« Alors, faites-le. »

J'ai dit à Vargas de commencer, et elle a énoncé les formalités pour l'enregistrement pendant que je réajustais les menottes.

Je me suis assis à côté de Vargas. « Monsieur Stewart, étiez-vous à Clam Pass la nuit de la disparition de Philip Gabelli ? »

« C'est possible. Ça remonte à longtemps. »

« Nous avons une vidéo de votre Nissan Cube blanche sur le parking. »

« Comme je l'ai dit, ça remonte à longtemps. »

« Précédemment, vous avez déclaré que, comme c'était la nuit où Gabelli a disparu, vous aviez… comment avait-il dit, inspecteur Vargas ? »

Vargas a dit : « Je crois que c'était un souvenir parfaitement limpide. »

J'ai dit : « C'est ça. Si vous le souhaitez, nous pouvons vous le repasser. »

Stewart a dit : « C'était une période stressante. J'aurais pu y être ce soir-là pour un rendez-vous galant. »

J'ai dit : « On en revient donc à l'excuse du rendez-vous. »

« Ce n'est pas une excuse. »

Vargas a dit : « La personne qui vous accompagnait vous a retrouvé là-bas ? »

Où voulait-elle en venir ? À la tête de Stewart, je voyais bien qu'il était tout aussi perplexe que moi.

« Qu'est-ce que vous voulez dire, me retrouver là-bas ? C'est une sorte de piège de flic ? »

Vargas a dit : « Ce n'est pas une question piège, monsieur Stewart. C'est une simple question. La personne qui vous accompagnait vous a retrouvé au parc de Clam Pass ? »

« Non, nous avons quitté Campiello's, je crois, et nous sommes allés au parc ensemble. »

« C'est intéressant », a dit Vargas.

« Qu'est-ce qui est si intéressant ? »

Vargas a dit : « La vidéo que nous avons indique clairement que vous étiez seul dans la Nissan Cube lorsque vous êtes entré sur le parking. »

Quoi ? Vargas bluffait. J'adorais ça, mais si l'avocate de Stewart en entendait parler, elle allait devoir s'expliquer.

« Je ne sais pas ce que vous essayez de prouver, inspecteur. Qu'est-ce que ça peut bien faire si j'y suis allé seul ? »

J'ai dit : « Alors, qu'est-ce que vous faisiez à Clam Pass à cette heure de la nuit ? »

« Je n'arrivais pas à dormir, alors je suis allé me promener. »

J'ai dit : « Vous devriez essayer de vous en tenir à la même version. Ça ne fait pas bonne impression quand vous changez tout le temps. »

Vargas a dit : « Je comprends, une promenade m'aide à dormir. Donc, vous étiez à Clam Pass ce soir-là pour vous promener ? »

Stewart a hoché la tête et a pris une grande bouffée de son inhalateur contre l'asthme.

Vargas a dit : « Monsieur Stewart, pourriez-vous formuler votre réponse à voix haute, s'il vous plaît ? »

« J'y étais, mais ce n'est pas si grave. Il va vous falloir plus que ça pour me mettre le meurtre de Phil sur le dos. »

« C'est amusant que vous disiez ça, n'est-ce pas, Mary Ann ? »

Vargas a dit : « Je ne sais pas si M. Stewart trouvera ça drôle, mais tu veux le lui dire ou je m'en charge ? »

Je détestais abandonner le coup de grâce, mais elle l'avait magistralement préparé. J'ai dit : « Je t'en prie. »

Vargas a joint ses mains et a tambouriné des doigts pendant vingt bonnes secondes. Les épaules de Stewart s'affaissaient à chaque répétition. J'ai dû m'éclaircir la gorge pour qu'elle se décide à parler.

Vargas a dit : « Ce que nous *avons*, monsieur Stewart, c'est une preuve scientifique solide que Philip Gabelli était dans votre Nissan Cube. »

Stewart s'est redressé d'un coup. « Vous êtes des génies, vous savez ça ? » Il a souri. « Bien sûr qu'il y a de l'ADN de Phil, ou je ne sais quoi, dans ma voiture. Vous oubliez, nous étions les meilleurs amis du monde. Il est monté dans ma voiture des dizaines de fois et, hé, pour info, je suis aussi monté souvent dans la sienne. »

J'ai dit : « L'inspecteur Vargas est plus intelligente que moi, mais il ne faut pas être un génie pour attraper un tueur. Juste du bon vieux travail de police et une pincée de science. »

Les yeux de Stewart clignaient rapidement tandis qu'il humectait ses lèvres.

Vargas a dit : « Pouvez-vous expliquer comment l'urine et le sang de Philip Gabelli ont été trouvés dans votre voiture ? »

« Le type a pissé dans ma bagnole ? »

J'ai dit : « Au moment de sa mort, M. Gabelli a relâché une petite quantité d'urine qui a été retrouvée sur votre siège passager. »

« C'est de la folie. Phil aurait pu avoir une fuite n'importe quand, comme quand on s'est arrêtés en allant au casino. »

« Et le sang trouvé sur le plancher côté passager ? »

« Je ne sais pas, un saignement de nez ? »

« Très bien. La terbutaline augmente considérablement la pression artérielle, ce qui provoque des saignements de nez. Les hémorragies capillaires trouvées dans la cavité nasale de M. Gabelli correspondent à un saignement de nez. »

« Vous vous raccrochez aux branches. »

Vargas a dit : « Je crains que vous n'ayez tort, M. Stewart. Saviez-vous que les fluides corporels d'une personne décédée sont chimiquement différents de ceux d'une personne vivante ? »

Stewart s'est raidi.

Qu'est-ce qu'elle venait de dire ? J'ai dû repasser la scène dans ma tête. J'étais impressionné par la façon astucieuse dont Vargas avait formulé ça. J'ai dit : « C'en est fini de vous, Stewart. » Je me suis tourné vers ma coéquipière. « Tu sais quoi, Vargas ? J'ai encore du mal à comprendre pourquoi Robin aurait accepté ne serait-ce qu'une partie de jambes en l'air avec ce type. Qu'est-ce que tu en penses ? »

Stewart a secoué la tête. « Vous ne la connaissez pas comme moi. Vous ne savez rien d'elle, ni de moi. »

J'ai dit : « Je sais que Robin est une fille plutôt distinguée. Une fille des beaux quartiers, comme on les appelait dans le New Jersey. Vous n'avez rien en commun. »

« Nous sommes plus semblables que vous ne le pensez. Elle méritait plus que ce que Phil lui donnait. Bon sang, il la traitait comme de la merde. Comment pouvait-il lui faire ça ? Elle a tout pour elle. »

J'ai dit : « Robin est une femme intelligente et accomplie. Une professionnelle qui gagne gros. Même si vous aviez eu quelque chose à un moment donné, et j'en doute, ça n'aurait jamais duré. Vous êtes en deuxième division, Stewart, en première au mieux. Elle, elle joue dans la cour des grands. »

Stewart a souri. « Vous êtes complètement à côté de la plaque. Robin m'a dit que nous étions des âmes sœurs, que personne ne la comprenait comme moi. Nous avions une connexion spéciale. »

J'ai dit : « Seulement quand elle avait besoin de vous. Vous ne comprenez donc pas ? Robin s'est servie de vous. Elle se sentait seule. Vous étiez son doudou d'un soir. Ça s'arrêtait là. »

Stewart a aspiré avidement dans son inhalateur, et j'ai continué.

« Vous savez ce qu'elle nous a dit, Dom ? Robin a dit qu'elle a immédiatement regretté d'avoir eu une aventure d'un soir avec vous. »

« Pas possible qu'elle ait dit ça. »

Vargas a dit : « C'est vrai. J'étais là quand elle l'a dit. »

« Ce n'est pas ce qu'elle m'a dit après qu'on a été ensemble. Elle a dit que c'était spécial. »

« Elle vous mentait, Dom. Elle vous méprisait, détestait la façon dont vous épiiez ses moindres faits et gestes. N'est-ce pas, Mary Ann ? »

Vargas a dit : « La façon dont Robin l'a dit, c'est que vous l'étouffiez. »

« L'étouffer ? C'est des conneries. Je ne sais pas pourquoi elle s'est retournée contre moi. Robin et moi, on était parfaits ensemble. Phil n'était qu'un fardeau pour elle. Il lui pompait son énergie et gaspillait son argent par-dessus le marché. Je ne lui aurais jamais fait ça. J'aurais pris soin d'elle, je l'aurais protégée. On n'aurait eu besoin de personne. On aurait tout eu. Regardez sa maison, mec, quel endroit pour vivre, et vous savez quoi ? J'y suis presque arrivé. Mon plan était bon. »

J'ai dit : « Parlez-nous du plan, Dom. »

Vargas a dit : « Vous savez, nous avons mené de nombreuses investigations, et il ne fait aucun doute que Phil Gabelli était un mari exécrable. »

Stewart a dit : « À qui le dites-vous. D'abord, j'ai essayé de convaincre Phil de partir. J'ai essayé de le raisonner, mais il était têtu. Et Robin, je ne sais pas pourquoi diable elle n'est pas partie. Elle passait pour une idiote. Encore et encore. »

J'ai dit : « Même les gens avec qui elle travaillait savaient qu'il courait tous les jupons. C'était embarrassant pour elle. »

Stewart a dit : « C'était écœurant. Elle aurait dû me supplier de me débarrasser de lui. »

Vargas a dit : « Peut-être que si elle avait su que c'était vous qui vous étiez débarrassé de son mari infidèle, elle aurait vu les choses différemment. »

« Vous croyez ? »

Vargas a dit : « Absolument. Je suis une femme, et je sais comment Robin pense. »

Les épaules de Stewart se sont affaissées. « Je n'ai jamais pensé à le lui dire, mais c'était quand même un bon plan. »

J'ai dit : « C'était un plan brillant. On avait presque abandonné l'idée de vous attraper. »

Vargas a dit : « Pourquoi ne nous en parlez-vous pas ? »

Stewart a révélé qu'il avait commencé à élaborer son plan après que Phil l'avait embarrassé devant une femme avec qui il commençait à avoir une ouverture. Une fois son plan finalisé, Stewart a décidé de le mettre en œuvre après une soirée dans une salle de billard où Phil avait disparu dans les toilettes avec une fille. Après leur rapport sexuel, Phil a encore plus exaspéré Stewart en dénigrant Robin auprès d'un groupe de gars lors d'un tournoi de billard. Cette accumulation a poussé Stewart à concocter son plan.

Le complot mortel n'était pas exactement comme nous le pensions, mais nous n'en étions pas loin. Stewart a invité Gabelli chez lui pour regarder un match des séries élimina-toires de hockey et, en prévision, il avait écrasé une poignée de pilules ce matin-là. Il a ensuite dissous une partie de la poudre dans chacun des deux verres de vodka-cranberry que Gabelli a bus. Le cœur battant à tout rompre, Gabelli a pani-qué, et Stewart lui a dit qu'il l'emmènerait à l'hôpital.

Ils sont montés dans la Cube de Stewart, qui était dans le garage. Stewart avait deux seringues hypodermiques remplies de terbutaline dans la voiture et a enfoncé les deux dans la cuisse de Gabelli en même temps. Gabelli n'a jamais su ce qui lui arrivait et a rapidement succombé à un arrêt cardiaque.

Gabelli mort, Stewart a incliné le siège et a enveloppé le corps dans du plastique. Puis il a abandonné la voiture de Gabelli à Lehigh Acres et a attendu quelques heures avant de jeter le corps dans la baie d'Outer Clam.

Nous avons clarifié quelques points pour être sûrs d'avoir tout ce qu'il fallait contre lui avant de conclure.

––––––

APRÈS QUE STEWART a été conduit à une cellule, Vargas et moi avons rencontré le procureur, en lui remettant les aveux et les preuves que nous avions recueillies. Ça aurait dû être une satisfaction de retirer un psychopathe comme Stewart de la circulation, mais cela m'a laissé un sentiment de malaise. Si on n'était pas en sécurité avec un ami de longue date, où pouvait-on l'être ?

Il y a un fossé abyssal entre le remords et le regret. Stewart ne montrait aucun signe de remords, seulement le regret que son plan ait été rejeté par Robin. Je savais que ce dingue allait se mettre à négocier pour obtenir une peine plus courte, mais il n'obtiendrait aucune aide de ce détective.

J'avais hâte de faire une promenade sur la plage. Ça m'aidait toujours à digérer les choses après une affaire comme celle-ci, mais avant de fouler le sable, j'avais deux choses à faire. L'une que j'attendais avec impatience, l'autre qui me rendait nerveux. Kayla avait dit qu'elle était libre le week-end prochain, ce qui tombait à pic, car c'était au tour de Vargas d'être de garde. J'adorerais prendre un jour de congé et partir du jeudi au dimanche, mais est-ce que ce ne serait pas brûler les étapes ? Nous ne nous étions pas vus depuis la soirée au

Baleen où j'étais tombé dans les pommes. Et c'était notre premier rendez-vous.

Me rendant compte que mon imagination s'emballait, j'ai limité ma recherche de vols et d'hôtel au week-end. Après vérification, j'ai mis plus de temps que prévu à rédiger un texto pour Kayla avant de réserver quoi que ce soit.

Nerveux à l'idée qu'elle puisse me décevoir, je suis monté voir le shérif Liberi, à qui on avait diagnostiqué un lymphome. Liberi et moi nous respections mutuellement et avions développé de bonnes relations. Il gérait les responsabilités de son poste sans la moindre faille et s'était démené pour m'aider à m'intégrer quand j'ai rejoint le service. C'était décevant d'apprendre qu'il songeait à prendre sa retraite pour affronter sa maladie.

Le shérif était secoué par le diagnostic, et qui pourrait le lui reprocher ? S'il y avait bien quelqu'un qui pouvait compatir, c'était moi. Je sentais que c'était mon devoir d'essayer de le rassurer, mais l'idée de parler de choses que je n'avais pas encore réglées moi-même me rendait fébrile. En sortant de la cage d'escalier, la peur de ne pas être à la hauteur a commencé à m'envahir.

M'éclipsant dans les toilettes pour hommes, j'ai commencé à répéter quelques mots que je dirais à Liberi quand mon téléphone a sonné. C'était un texto de Kayla. J'ai ouvert le message et j'ai expiré ; le week-end tenait toujours. La nouvelle m'a ragaillardi, me donnant le courage de réconforter et de soutenir un ami. J'ai envoyé un smiley à Kayla et je suis allé voir le shérif.

———

J'ESPÈRE SINCÈREMENT que vous avez eu autant de plaisir à lire ce livre que j'en ai eu à l'écrire. Si c'est le cas, je vous serais très reconnaissant de laisser un court commentaire sur Amazon ou votre site de livres préféré. Les commentaires sont cruciaux pour tout auteur, et même une ligne ou deux peuvent faire une énorme différence. Merci, Dan.

Visitez le site de Dan : http://danpetrosini.com/

LIVRES DE DAN PETROSINI

Dan est un auteur à succès figurant sur les listes de best-sellers de USA Today et d'Amazon. Il a écrit sa première histoire à l'âge de dix ans et aime raconter des histoires ou des blagues.

Dan trouve ses idées d'histoires en explorant la question : « Et si ? »

Dans presque toutes les situations où il se trouve, Dan se demande : « Et si ceci ou cela se produisait ? Et si cette personne mourait ou faisait quelque chose d'inhabituel ou d'illégal ? »

Le tourbillon incessant de son esprit lui fournit une matière abondante pour tisser des histoires intéressantes.

Passionné de livres et de films aux rebondissements imprévisibles, Dan façonne ses histoires pour empêcher les lecteurs d'en deviner l'issue. Il écrit tous les jours, force les mots à sortir si nécessaire, et a écrit plus de vingt-cinq romans à ce jour.

Ce n'est pas une question de vouloir écrire, pour Dan, c'est une nécessité.

Dan est convaincu que les gens peuvent réaliser leurs rêves s'ils se concentrent et agissent, et il les y encourage.

Son dicton préféré est : « Le prix de la discipline est toujours inférieur au coût du regret ».

Dan rappelle aux gens de chasser la négativité de leur vie. Il la croit contagieuse et conseille d'éviter les personnes négatives. Il sait qu'adopter un état d'esprit véritablement positif donne l'impression que la vie est truquée en votre faveur. Quand il s'en écarte, il se dit : « On ne peut pas passer une bonne journée avec une mauvaise attitude. »

Marié, père de deux filles et propriétaire d'un bichon maltais capricieux, Dan vit dans le sud-ouest de la Floride. Originaire de New York, Dan a enseigné dans des universités locales, écrit des romans et joue du saxophone ténor dans plusieurs groupes de jazz. Il boit aussi beaucoup trop de vin et ne se prend jamais, au grand jamais, au sérieux.

Il publie une newsletter bimensuelle présentant des articles, ses écrits, ainsi que des offres spéciales et de bonnes affaires.

www.danpetrosini.com